/中/短/篇/小/说/集

三水湾
SANSHUIWAN

李琳 著

北京日报出版社

图书在版编目(CIP)数据

三水湾:中短篇小说集/李琳著. —北京:北京日报出版社,2018.10
ISBN 978-7-5477-2733-1

Ⅰ.①三… Ⅱ.①李… Ⅲ.①中篇小说-小说集-中国-当代②短篇小说-小说集-中国-当代 Ⅳ.①I247.7

中国版本图书馆 CIP 数据核字(2018)第 095319 号

三水湾:中短篇小说集

出版发行	北京日报出版社
地　　址	北京市东城区东单三条 8-16 号东方广场东配楼四层
邮　　编	100005
电　　话	发行部:(010)65255876
	总编室:(010)65252135
印　　刷	成都勤德印务有限公司
经　　销	各地新华书店
版　　次	2018 年 10 月第 1 版
	2021 年 4 月第 2 次印刷
开　　本	880 毫米×1230 毫米　1/32
印　　张	9
字　　数	240 千字
定　　价	38.00 元

版权所有,侵权必究,未经许可,不得转载

内容简介

这部中短篇小说集立足于当下中国农村,用细腻的笔触描绘出新一代中国农民的生活画卷。不论是老支书还是新支书,或是金老歪、陈三思、大盘子、退伍军人、二嫂、于村长、老卡、胡大风等芸芸众生,他们是新中国成立后出生的人,虽然文化层次不高,但仍然是有文化的一代人,他们秉承着农民代代相传的优良传统,坚持着农民固有的道德底线,却又有着对新生活的追求,倡导富强、民主、文明、和谐,倡导自由、平等、公正、法治,倡导爱国、敬业、诚信、友善,用实际行动培育和践行社会主义核心价值观。小说用生动活泼的细节,幽默风趣的语言讲述了不同性格的人物正在发生的正能量故事,体现了新一代农民思想意识多元多样多变的新特点,是中国农民生活正在进行时的真实反映。

目录 Contents

拯救金三胖 …………………… (1)

村医老郁 ……………………… (19)

朱桥媳妇阿茹娜 ……………… (33)

孤岛 …………………………… (47)

麦花婶的秋天 ………………… (85)

二嫂 …………………………… (100)

王大鹏三下乡 ………………… (118)

马小槽去哪了 ………………… (159)

践诺 …………………………… (175)

一个人的铁路 ………………… (192)

老卡 …………………………… (208)

找牙 …………………………… (225)

一九四二年的驴 ……………… (247)

后记 ………………………… (283)

拯救金三胖

金老歪两手握着钉耙正在菜园里搂地，兜里手机猛一响，吓得一哆嗦，不搂了，掏出手机一看，见是儿子三胖的电话，随手又将手机装进兜里，再次拿起钉耙搂起地来。手机铃声不响了，金老歪想，三胖肯定以为没人接，挂了。谁知，金老歪刚开始搂地，手机铃声又响了起来。

金老歪搂到地头，放下钉耙，提提裤子，重新扎紧腰带，掏出手机一看，不是三胖的电话，是个陌生的号码。金老歪立马想到诈骗电话，本想不接，又怕有人找，便在屏幕上划了一下，电话里传来的却是儿子三胖的声音："爸，我是三胖，这是网吧老板的手机……"话没听完，金老歪就不耐烦地说："多少钱？"

"你真是我的好老爸，就一千块钱，你快点送来哦，不然老板不让我走……"

金三胖的话还没有说完，金老歪气得接连在结束通话键上点了好几次，才将电话挂掉。

金老歪真的要被儿子三胖气死了。三胖有两个姐姐，金老歪就这么一个带把的宝贝疙瘩。金老歪对村里人说，不论三胖今后是考上大学还是考上研究生，书能读多高就读多高，能读上天，就是砸锅卖铁也让三胖读，让金家老祖林上冒冒烟。谁知，三胖读完初中,说什么也不考高中。金老歪对三胖说:"你只要上学读书,花多少钱我都花。"三胖说:"爸,别白花钱了,我不是上大学的料。与其花钱在学校里玩,还不如在家里玩,找点事做做,减轻减轻你的负担嘛!"金老歪听三胖这么一说,砸锅卖铁让儿子读大学读研究生读天书的希望像肥皂泡一样破灭了,憋闷三天,叹了口气。三胖就像出笼的小鸟一样,扑棱一声飞了出去,拿了家里五百块钱,跟村里人到浙江宁波一家电器厂打工去了。

　　三胖的大姐玉秀和二姐玉岚都嫁在镇上,大姐夫刘桂松在镇里循环经济开发区搞废车拆旧;二姐夫马建忠在街上开了一家小酒馆,两家的小日子都过得有滋有味。金老歪想,三胖与其到外地打工,还不如在家跟着两个姐夫干,说不定过几年就可以单干了呢。金老歪和老婆商量后,觉得三胖回来,随便跟哪个姐夫干都能学点吃饭的本事。三胖接电话时,对金老歪说:"爸,你先给我寄五百块钱来,一是还账,二是买车票回家。"金老歪气得差点儿吐血,他无论如何也想不通,一个人在外打工混不上一个人吃的,还要寄钱去买回家的车票。金老歪本不想给三胖寄钱,又怕三胖越借外债越多,只好给三胖寄去五百块钱,三胖这才买了车票从宁波回来。三胖在大姐家的厂里干了一个星期,不干了,回家对金老歪说:"不是拆旧摩托就是拆破汽车,要不就是拆发动机,一天到晚两手油泥,浑身油渍麻花,熏得喘不过气来。"金老歪好说歹说,三胖就是不去干,大姐玉秀打了几次电话叫他回去,他也不回去。金老歪和老婆商量来商量去,觉得不能让三胖在社会上穷逛荡打溜秋,那样三胖今后就毁了,于是让三胖到二姐家的小酒馆去帮忙。三胖在二姐家的小酒馆干了半个月,招呼也没打,跑得没了影。二姐家的小酒馆中午端盘子上菜没人,到处找三胖也找不到,打电话给金老歪时,三胖正跟金老歪说话："天天叫我端盘子、刷盘子刷碗、择菜洗菜，你说这活儿是我一个大小伙子干的吗？一个月给一万块钱我也不干。"

"那你想干什么？"

"天生我材必有用，总归能找到合适的活儿干。"

"这不能干，那也不想干，我看你是想坐在躺椅上看钱从天上掉下来！"

"正好，我手里没钱了，你给我点钱，我到城里找个活儿干干。"

拿了金老歪给的五百块钱，三胖这家伙又窜得没了影。十多天后接到三胖要钱的电话，金老歪才知道三胖拿了钱到城里网吧玩去了，气得一肚子两肋巴鼓胀胀的。

金老歪打电话给大女儿玉秀，想让玉秀给三胖送一千块钱去。玉秀说正忙着卖铁货没工夫。金老歪又打电话给二女儿玉岚，玉岚说中午饭桌都定完了走不开。金老歪知道，三胖的两个姐姐是不想给三胖送钱去。金老歪对玉岚说："你先把钱送去，我回头再给你。"

"爸，不是钱不钱的事，是真的没时间。"

"不送钱去，人家就不让你弟回家了。"

"不让回家，就叫三胖在网吧住吧。爸，我还有事，挂了啊。"

金老歪连喂了几声，听到电话里传来的忙音，知道玉岚那边已经挂断了，只好坐村村通车到镇里，又坐中巴到县城，打电话给三胖问清地址，给星奇网吧送去一千块钱，才把三胖从网吧里领出来。

金老歪带着儿子三胖在站前街陈文勇的小馆子里吃饭，说起想给三胖找活儿干的事，陈文勇一口答应下来，说认识建筑工地的马老板，可以叫三胖到工地打工。

金老歪千谢万谢，对三胖说："你看人家文勇，小两口起五更睡半夜，日子不是过得挺红火嘛。什么事儿你得认真干，不认真干，啥事儿也做不成。还不快谢谢你文勇哥。"

　　陈文勇说："老金叔，亲不亲，村里人，帮个忙是应该的，马老板常到我小馆里吃饭，等我跟马老板说好后，给三胖弟打电话。"

　　金老歪听陈文勇这么一说，心里发热，鼻子酸楚楚的，半响点了点头，心里说，你看人家文勇这孩子办事多扎实。

　　陈文勇是村里陈三思的儿子，跟三胖大姐一般大，比三胖大九岁，没考上大学，他拿了家里两千块钱来县城创业，干活儿儿在站前街开了一家小馆子，诚实待客，七八年了还红红火火的。

　　金老歪没料到，三胖在马老板的建筑工地只干了一天，就被马老板开了。

　　因为三胖钢筋工、抹灰工等技术活一样不会，就连提着瓦刀砌墙也不会，马老板安排三胖在小工组干活儿。小工组长见三胖是新来的，也有些欺生，领着组里原来的几个人不是挂着铁锹站着，就是慢慢腾腾地干，还一个劲地催三胖快干。三胖干到天晌，觉得手疼，低头一看，两只手掌磨出了血泡。再看看组里的其他人，不是站，就是看，立马来了火，铁锹一扔不干了。上来一个小伙子，拾起地上的铁锹塞在三胖手里，叫三胖快干，三胖歪头看了半响，还是不干，小伙子说如果不干就走人。三胖心里的火一下子蹿上头顶，又把铁锹扔了。那小伙子弯腰再去拾铁锹，三胖趁机一脚将小伙子踹了个嘴啃泥。小工组长一看，二话没说，上去就踹三胖，三胖一闪身，闪得小工组长差点儿摔个大跟头，两个人就厮打起来，三胖拾起铁锹在小工组长屁股上拍了一下，拍得小工组长趴在地上大喊大叫。有人打电话找来马老板，小工组长见马老板来了，两手捂着屁股嗷嗷直叫。马老板知道小工组长是不想要金三胖，小工组的费用是承包的，多来一个人就少分一杯羹。马老板白了小工组长一眼后，打电话给陈文勇，要陈文勇把金三胖领走。陈文勇说破了嘴，马老板就是不要，还说自己的庙小，容不下金三胖这尊大佛。哪里发财，叫金三胖哪里去吧。

陈文勇打电话给金老歪说了这事，金老歪又打电话给三胖，说你新来乍到，多干点活儿又累不死人。

三胖说："爸，一上午我两只手上磨了四个血泡，那帮孙子不是站就是看，都是干小工的，凭什么他们站着看我干？这活儿能累死人，我不干了。"

虽然小工组长在马老板跟前没有多说啥，背后却打电话找金三胖，说屁股被金三胖一铁锨拍伤了，坐骨神经也打坏了，正在住院，要三胖赔两万块钱医药费。如果不赔，一是法庭见，二是赔条腿。

三胖拍着自己的胯骨说，这腿怎么好赔给他呢？想了半晌，吓得一屁股瘫坐在地上，我个娘哎，他想要我一条腿啊。三胖赶紧给金老歪打电话，金老歪又给大女婿刘桂松打电话，说再忙也得去一趟县城，要不你弟三胖的腿都保不住了。刘桂松带了钱，急急忙忙开车去县城，找遍了人民医院和中医院也没找到，后来在新建路的一家小诊所才找到小工组长。不光买东西看望组长，还给组长道了歉，又赔了五百块钱医药费，这才算了事。

金老歪天天为三胖操心，夜夜为三胖担心，想什么法儿能治治三胖呢？眼看三胖一年一年大了，这样混下去怎么得了？咱不成才也得成人吧！金老歪大半夜大半夜地睡不着觉，自己吃尽千辛万苦，带着老婆东躲西藏，生了个带把的儿子，哪想到竟弄了个"半夜愁"。

这天，眼圈乌黑的金老歪遇到了村里的老苗支书，突然想，能不能让老苗支书帮着治治三胖？这样一想，金老歪像见到救星一样，把老苗支书拉到路边的柳树下，又给老苗支书上了烟。

"老歪，有事说事，这是干啥？"

金老歪咧着嘴把三胖的事说了一遍，然后说："我实在也没办法了，你帮我治治三胖这个小龟孙。"

老苗支书早听说三胖的事儿了，听金老歪说让他帮着治治三胖，还是吃了一惊，说："老歪，你是三胖爸，别弄错了。"

"我是真的想叫你帮我治治三胖。"

"我个娘哎，三胖是你儿，你都管不了，我怎么替你管？"

"三胖是不是三水湾人？"

"他户口没迁走，不是三水湾人是哪里人，你说？"

"你是三水湾书记吧？"

"没错，三水湾书记我都干了快二十年了。"

"这不就是了，三胖是三水湾人，你是三水湾书记，你不管谁管？"

"好你个老歪，你画好圈让我往里钻？"

"我能画圈给你钻？借个胆我也不敢。"

"你说我怎么救？"

"把他捆了，在村部里关上十天半个月的。"

"老歪，这不是我们小时候，大队说声捆，民兵就来了，关上三五天谁也不敢说啥。现在你把他捆了关起来看看？老歪，你是不想要我干书记了吧？"

"哎哎，苗书记，你领着村里人干了快二十年了，每次支部选书记，我都举双手赞成。我的意思是想叫你吓唬吓唬三胖，教训教训他。"

老苗支书看看金老歪，金老歪又连忙给老苗支书上了一支烟。老苗支书点上烟吸了一口，说："捆三胖关上几天没问题，问题是三胖出来以后会到镇里县里去告我,那我可就吃不了兜着走了。要是再上北京去告我,你说我怎么办,你说?"

金老歪愁眉不展地盯着老苗支书的脸看。

老苗支书想了半晌,对金老歪说:"你看这样好不好?"

"什么法儿?你快说。"

老苗支书抽了口烟,说:"我先找三胖谈谈,有没有效果,我不敢保证。"老苗支书又抽口烟说:"当年你要是不要这个小龟孙,哪有这些烦心事?"

"当年不是想要个儿嘛?谁知弄了个'半夜愁',搅得我心里窝七八糟的,夜夜睡不着,不知三胖哪天又给我惹什么事。"

"你看你那两只眼,都快熬成大熊猫了。"

"我只能依靠组织了。老书记,你得给我做主啊!"

"那就这样,哪天三胖回来了,你跟我说一声,我来找他谈谈。"

金老歪一把抓住老苗支书的手,摇过来晃过去,激动得半晌说不出话来。

一个星期后,三胖手里的钱花完了,回家来找金老歪要钱。金老歪趁上茅房的工夫偷偷给老苗支书打了个电话。金老歪从茅房里出来时,看见三胖站在院里。三胖说:"爸,你给谁打电话?"

金老歪说:"没有啊?"

三胖说:"那我怎么听有人说话。"

过了一会儿,老苗支书果然来了,跟三胖到堂屋里说东拉西聊了起来,老苗支书说三胖你也是个十八九出头二十岁的大小伙了,要好好干,要学着创业,别叫你爸天天为你操心。三胖说苗书记你放心,等找好项目,创了业,赚了钱,我要在城里买楼,将来把我爸和我妈都接过去,给他们养老。老苗支书说,你天天向你爸要钱花,你爸那钱是天上掉下来的?三胖笑笑说,我不是正在找项目嘛。有句话怎么说的，舍不得孩子套不住狼，我爸现在不投入，我找到项目也没法干，是不是？……金老歪蹲在门外听老苗支书跟三胖说话，心想，到底还是老书记有水平，就没有解不开的疙瘩。

老苗支书走了，三胖对金老歪说："爸，你叫这老家伙来教训我的？"

"不是的，不是的。苗书记是路过咱家，听你说话，过来看看你的嘛。"

"一个老家伙说什么说？听他说话，我是敬重他，给他根棍，还当针了呢。"

"人家是老书记，说的话都在理上。你得好好干，别再给家里惹事了。"

"我知道，你放心，到时候我会给你们养老的。"

金老歪从床底棉鞋壳里掏出三百块钱，给了三胖，说："儿子，家里没钱了，你省着花。"

三胖拿了钱，发动摩托，一溜烟窜了。

望着三胖越走越远的背影，金老歪心里沉甸甸的，抬起胳膊，擦了擦额上的汗。

金老歪的老婆在二女儿玉岚家带外孙子，金老歪也在镇里建筑工地找了个活儿干，晚上下工后，去二女儿家一是看看外孙子，二是看看老婆。听老婆说，三胖又来向他二姐要了一千块钱，气得金老歪饭也没吃，骑上自行车就回了三水湾。想了一路，想了半夜，到底又想出个办法来，能不能叫镇派出所郭所长管教管教呢？金老歪想想自己小时候看见公安，都吓得朝路边躲，连话都不敢说，三胖能不怕？关键时刻，郭所长一拍桌子，三胖这小龟孙还不吓尿了？再不行，郭所长就拍拍屁股后的枪，如果还镇不住，郭所长就把枪掏出来朝桌子上拍，我看他三胖怕不怕。金老歪越想越兴奋，大半夜也没睡着，天还没亮，就起来骑车子朝镇里去。他一是要到工地请个假，二是要请大女婿刘桂松帮忙找找郭所长。

听金老歪说想找郭所长教训三胖，刘桂松说："我前几天还和郭所长一起打掼蛋呢。"

金老歪见大女婿跟郭所长这么熟，心里十分高兴，对刘桂松说："我打电话叫你小妹中午摆一桌，我跟你去把郭所长请来一起吃个饭，把这事说说，请他帮个忙。"

刘桂松开车带着金老歪去请郭所长，郭所长不在派出所，值班民警说郭所长到工地检查社会治安去了。刘桂松又开车到镇东开发区，一直等郭所长检查完。

郭所长看见刘桂松，走过来说："桂松，有事？"

"没事，我老丈人来了，想请你一起吃个饭。"

"上面三令五申，一顿饭、一杯酒、一根烟都不能吃也不能抽。"

"郭所长，你跟我谁跟谁？"

"有事说事，饭以后再吃。"

"我老丈人有点事，不大。"

"不大也是事，说吧。能办我会给你办的，不能办，我也没办法。"

刘桂松拉了一把金老歪说："爸，你跟郭所长说说。"

金老歪两腿有点哆嗦，说："我想请你帮帮忙，管教管教我家三胖。"

"三胖？"

"三胖是我的儿子。"

"犯法了？"

"没有。"

"没有犯法教训什么?"

这时,刘桂松手机响了,接完电话,对郭所长说:"郭所长,家里来个客户,我先回去了。"又对金老歪说:"爸,你把三胖的事儿跟郭所长说说。"

刘桂松走了之后,金老歪简明扼要地把三胖的事儿说了一遍,最后说:"郭所长,你能不能把三胖逮派出所去关几天?"

郭所长听完金老歪的话,针扎一样地说:"老金叔,你这是叫我犯错误呀。"

"我请你帮我教育教育儿子,这犯什么错?"

"三胖既没犯法又没犯罪,我平白无故把人抓起来,三胖还不跟我闹翻天?"

听郭所长这么一说,金老歪心里一阵冰凉,是的,三胖一没犯法二没犯罪,郭所长怎么好把三胖逮起来呢?想想,又说:"我实在被这个小龟孙气死了。"

"老金叔,你再想想办法,我也帮你想,有什么好办法,我及时跟你联系。我还要到其他工地去检查,我先走了啊。"

见郭所长转身走了,金老歪咬牙切齿地说:"没办法,我就弄死他个小龟孙。"

这话让郭所长听见了,郭所长转身对金老歪说:"我严重警告你,弄死三胖,你就犯法了。三胖没犯法,我不能抓他,你要把三胖弄死了,我就能抓你了。"

金老歪听了郭所长的话,苦笑着说:"郭所长,我只是这么一说。"

这天,金老歪正在工地干活儿,手机响了,一看,又是三胖的电话,接通电话后没好气地说:"三胖,你又有啥事?"

"我在县城鸿雁大酒店端盘子,菜汤洒在客人西装上,人家要我赔两千块钱。"

金老歪一听，气得一屁股坐在正在摊铺的水泥里，被工友们赶紧拉了起来。金老歪对着电话说："三胖，家里真的没有钱了。"

"没有钱，那当初生我干吗？生了又养不起，你叫我怎么活哦？"

"人家像你这么大，不是上大学，就是在外边打工挣钱，哪有还要父母养着的？早知你这样，当初还不如把你弄死算了。"

金老歪还想再骂几句，三胖早把电话挂了。金老歪又赶紧给大女儿玉秀和二女儿玉岚打电话，要她们不要给三胖钱。

玉秀和玉岚在电话里都对他说不给三胖钱，可三胖真的上门来要钱时，还是偷偷地一人给了三胖一千块钱。这是后来金老歪听说的。

半个月后的一个雨天，工地不能干活儿，金老歪打电话要大女婿刘桂松和二女婿马建忠到三水湾家里来，两个女婿不知老丈人有啥事，急急忙忙地回了三水湾。

刘桂松和马建忠来家一看，茶也沏好了，桌上还摆着烟，丈二和尚摸不着头脑。老丈人金老歪这是演的哪出戏？

金老歪见两个女婿来了，到大门外两边看看没人，这才进院关上大门，插上门闩；又把堂屋门关上，也插上门闩。

两个女婿说："爸，啥事搞得跟地下党开会似的。"

"差不多。"

"这么机密？"

"找你们来，想商量个事。"

刘桂松和马建忠听金老歪说是商量事，两个人都松了口气。

"啥事不能电话里商量，非得回家来商量？"

"这事就不能在电话里商量。"

"那是啥事？"

"叫你们两个回来，商量一下看看怎么弄死三胖这个小龟孙。"

两个女婿大吃一惊，心想，老丈人是不是开玩笑？看看金老歪的脸，见金老歪一脸严肃，没一点儿开玩笑的样子。

"爸，你不是开玩笑吧？"

"爸，这可是人命啊！"

"我自己的儿子不想要了，弄死他多大事？"

"真弄死他事就大了。"

"这可不是开玩笑。"

"三胖这个小龟孙人高马大的，我怕一个人弄不了他，你们得帮我一起弄。"

"爸，你这不是要我们两个跟你一起犯法吗！"

"你说，这事我不跟你们当面商量，在电话里怎么商量？"

刘桂松和马建忠两个人对了一下眼，都摇了摇头。

"爸，这事没商量。"

"没商量就好，哪天三胖来家，我打电话叫你们来帮忙。"

"爸，你听差耳了，我说这事没商量，是不能弄死三胖。"

"爸，把三胖弄死了，我跟建忠还有你，都得一块儿去蹲大牢。"

"你说，就剩下玉秀玉岚和妈她们几个寡妇娘们怎么办？你得替她们想想。"

"唉，三胖这也不能干，那也不想干，光想坐着有钱花，我手里攒的几千块钱都被他花完了，你们说怎么办？我都愁得夜里睡不着觉。"

爷几个正说着话，金老歪的手机响了。接听，是村里老苗支书打来的。老苗支书说："我听郭所长说你想弄死三胖，有这事吗？老歪，你可不能啊，那不光是犯法，而且是犯罪。"

"我只是随口说说。"

"随口说说就是有这个想法,这可要不得啊。郭所长叫我严密监视你的一举一动。你是上过学读过书的人,也懂法,不能知法犯法。你现在在哪里,我得跟你谈谈。"

"来吧,我在家呢,正好桂松和建忠都在,中午一起喝一杯。"

刘桂松看看马建忠,然后,两个人一起看着金老歪。

"是苗书记,郭所长怕我把三胖弄死了,叫他监视我呢。"

"爸,你想弄死三胖这事跟郭所长说过?"

"没有,那天桂松带我去找郭所长,我想请郭所长帮忙教育三胖,郭所长不帮,走的时候我说了句狠话被他听见了。你看看,郭所长还当真了呢。"

"郭所长当真是郭所长这人办事认真。你今天不是把我们两个找来商量怎么弄死三胖的吗?"

金老歪看看大女婿刘桂松,又看看二女婿马建忠,然后说:"不说了不说了,我再想办法。"

不一会儿,听见敲门声,刘桂松连忙起身走出堂屋,开了大门,让老苗支书进来。老苗支书穿着雨衣一边朝堂屋里走一边说:"大白天的,拴什么门。"走进堂屋又说:"桂松、建忠怎么有空回来?"

刘桂松说:"我爸找我们两个来,商量一下怎么教育三胖呢。"

老苗支书脱了雨衣,挂在北墙的橛子上,坐下来,接过刘桂松递过来的烟点上,抽了一口说:"我在三水湾活了五十多年,你家三胖脚后跟镶玻璃,是村里第一名角啊。"

金老歪说:"苗书记别孬我了,我连死的心都有了。"

"那可不能死,你还有两个闺女,还有两个这么好的女婿,还有讨人喜爱的外孙子外孙女呢。"

"我被三胖这个小龟孙气死了。"

"上次跟三胖谈话，我的话他都听进去了吗。"

"你的话跟耳旁风一样，早刮跑了，还是啥事也干不了，啥事也不想干，光想有钱花。"

这时，刘桂松一拍大腿说："爸，我看让三胖当兵去，到部队锻炼几年，说不定思想上会有个大转变。"

老苗支书说："让三胖到部队去锻炼锻炼，我看这个办法行。"

金老歪说："苗书记，部队又不是你家的，说去就去了？体检不过关，哪里也去不成。"

"你看你这个熊人，这不正给你出主意嘛！"

马建忠掏出手机看了看。金老歪问："有十一点了吗？"

"十一点二十了。"

"走走走，到野味馆去，边吃边聊。"

在村里的野味馆吃饭时，几个人又说了一些整治三胖的办法，经过老苗支书的梳理，认为还是让三胖到部队去锻炼锻炼这个办法好。因为三胖不想好好干活儿，光想有钱花，既没有偷也没有抢，还没有学坏，是可以教育过来的。要是学坏了，当兵部队也不要。

老苗支书说："征兵时，村里报名没问题。镇武装部梁部长我熟悉，到时我再跟他说说，只要身体合格，我看走人没问题。"

"要不是苗书记，我真的不想管三胖了。"

"那是你儿，管好了，是你的事；管不好，还是你的事。自己的儿子，自己不管谁管？我说老歪，对不对啊？"

"是是是，我都被三胖气糊涂了。"

"当年你有两个闺女，非要再生一个儿子，东躲西藏在外一年多，不光计划生育罚了九千块钱，房子还给刨了半边，现在又说不想要了。我说老歪，你这人可真是的。"

"咱农村不就这风俗嘛。"

"你看看桂松跟建忠，两个女婿都不孬，我看比儿子还好。"

"是的是的，我当时鬼迷心窍，早知道这样，我就不要三胖了。如果没有三胖，你说我现在省多少心。"

"晚了，三胖长得人高马大的，你不要也不行了。"

弄死三胖的事儿没商量好，倒商量出让三胖当兵锻炼的事儿来，金老歪总算松了一口气。到镇里开发区建筑工地干活儿时，把这事儿告诉了在二闺女家带外孙子的老婆，老婆听说要让三胖去当兵锻炼，又有些舍不得，哭哭啼啼地说："三胖太小了。"

金老歪歪着头说："都十八了还小？啥事不能干，啥事也干不好，你天天给他钱花养着他？当兵锻炼你又舍不得，你说怎么办吧。你说你怎么就给我养了个'半夜愁'呢？你说我都快六十岁了，还得天天上工地筛沙搬砖干活儿挣钱给他花，你说这叫什么事？"

老婆子看着在太阳底下晒得黑不溜秋、一脸皱纹的金老歪，也心疼地豁豁直跳，说："那就让三胖去当兵吧。"

"你说去当兵就当兵了？这事还说不准呢。"

三胖真的没有当上兵，体检时发现脂肪肝，金老歪找老苗支书，老苗支书又去找镇武装部梁部长，重新做了一次 B 超，还是脂肪肝，体检没过就刷下来了。

金老歪希望儿子到部队锻炼锻炼换换脑子的希冀破灭了，事儿又回到了原点，你说金老歪那个气呀。气谁？气儿子，吃那么多长那么胖干什么？人家当妈的为给儿子换肝，一天走二十多里路，把脂肪肝都走没了，三胖你年纪轻轻的为什么不跑步锻炼？埋怨完儿子又埋怨老婆子，这个死老婆子也是的，小时候天天给三胖吃肉,自己舍不得吃,也得留给儿子吃,这回好了,吃成脂肪肝了。金老歪对二闺女玉岚下了死命令,三胖再到小馆子里来吃饭,光炒青菜给他吃。

三胖还是一个人在县城混,今天在这个店端几天盘子,明天又去送几天水,挣得钱也不够自己花的,隔三岔五回家向金老歪要钱。

金老歪又跟三胖谈了两次,三胖说得头头是道,可就是不好好干,金老歪到底也不知道三胖脑子里是怎么想的,是驴不走,还是磨不转?仍然愁肠百结,闷闷不乐。

这天晚上,金老歪刚从镇里工地回到家,老苗支书就来了,说有事要跟他说。金老歪让老苗支书等一会儿,连忙跑到野味馆炒了两个菜端回来,跟老苗支书一边喝着小酒一边聊天。

前两天镇里开会传达县委学习谢芳丽座谈会会议精神,谢芳丽是被截了三肢只剩一只胳膊的残疾人,不光开了水晶实体店,还开了网店,一年收入上百万元,是省市县三级"自强自立模范"、首届全国文明家庭,还上了中央电视台三套《向幸福出发》栏目,原来县委宣传部陈部长说过,现在朱部长也说了,要全县人民学习谢芳丽自立自强,艰苦创业的精神。开会时,老苗支书正好跟派出所郭所长坐在一起,会后两人一琢磨,决定叫三胖到谢芳丽水晶店去干。

"这事能成吗?"

"你放心,郭所出面跟谢芳丽联系,我看问题不大。"

"我是害怕三胖干不好。"

"装个货,发个货,这事难不倒三胖。"

"你看三胖能干就行,这事你费心了。"

"我是村里老书记,三胖是咱三水湾人,他的事我当然要管了。"

"听老书记的,你说怎么办就怎么办,只要三胖这个小龟孙能改好上路子。"

半个月后,金老歪接到老苗支书的电话,带着儿子三胖赶到镇派出所,跟郭所长一起坐警车到了县城。郭所长当着金老歪的面,把三胖交给了谢芳丽。

金老歪见了谢芳丽一面,回来后感慨万千,对老苗支书说:"真没想到,一个残疾人,能把事儿干得那么好。你说三胖好胳膊好腿的,怎么就不能好好干事呢?我都差点儿纳闷死了。"

"要不,县里能开会学习谢芳丽?!"

金老歪点点头,唏嘘再三地说:"谢芳丽真不容易啊,一个残疾人。"

金老歪一个月没接到三胖要钱的电话,心想,也不知三胖是不是还在谢芳丽店里干。正想着,金老歪接到老苗支书的电话,说村委会有他一封信,叫他去拿。

金老歪纳闷了,现在连城里拾破烂的都有手机了,有事打个电话就行,谁还寄信?到了村部,金老歪果然看到一封信,封皮上写着自己名字的信,名字下边还有三个小字"大人收"。拆开来一看,信的开头第一句话是:"爸,我是三胖。"

金老歪想,这个小龟孙又耍什么花招?有事打电话说一声就是了,还写什么信!

老苗支书把办公桌上的老花镜递给金老歪,金老歪戴上眼镜,看起信来:"爸,我不能给你打电话,一打电话我就哭得说不出话来。在芳丽姐的水晶店干了一个月,芳丽姐的精神深深感动了我……我再也不能像过去那样了……我好胳膊好腿的……将来也开个水晶网店……"

泪水模糊了金老歪两眼,他摘下眼镜擦擦,又重新戴上,看看信纸,见信纸好像水湿过一样皱巴巴的,心里猛一颤,悲喜交加地说:"三胖……"

老苗支书听金老歪嘟嘟囔囔不知说啥,说:"老歪,你说啥?"

金老歪的眼泪更加汹涌,一边哗哗掉泪,一边把三胖的来信递给了老苗支书。

村医老郁

兰花气喘吁吁地站在村卫生室门口喊老郁的时候，村医老郁正在专心致志地给老沈头扎针，扎好针，又仔细地把输液管在老沈头手背上固定好，这才直起腰，转过脸来看着门外的兰花问："兰花，你喊我？"

"爸没有了。"

"爸没有了？今早晨不是还好好的吗？"

"真的没有了。"

村医老郁的脑袋"轰隆"响，早晨起来的时候，爸还好好的，这半上午怎么突然就丢了呢？他掏出手机，给刚刚回家奶孩子的洪梅打电话，要她赶紧来医务室。洪梅是村医务室的护士，是村医老郁的助手，如果村医老郁有事出去不在医务室，村里人来看病，她就顶着村医老郁的班，既当医生又当护士。待洪梅大口小口喘着跑到医务室后，村医老郁交代了一番，便和兰花一起急匆匆地回家去了。

兰花是村医老郁的老婆，姓马，叫马兰花。村里没有人喊马兰花，都喊兰花，你喊兰花，他喊兰花，全村人都喊兰花，觉得喊兰花十分亲切，没一点儿生分。

回家的路上，村医老郁脚步匆匆地走在兰花前面，转过头问兰花:"爸什么时候没有的?"

"不知道,我去湾里洗衣服回来,就找不到爸了。"

村医老郁脑子里迅速转了一圈,七十多岁的人了,能到哪儿去呢?是不是找哪个老头儿拉呱去了,于是又问兰花:"村子里找过了?"

"找过了,没有。"

村医老郁心里扑通一下,像落了块大石头,立马对兰花说:"你再到村里去找找,看看是不是在哪家拉呱儿了,我到车站去找找。"

"到车站去找?村里的还是镇里的?"

"爸是不是想回老家了?我到县城火车站和长途汽车站去找找。"

兰花没有想到村医老郁要到县城火车站和汽车客运站去找爸,小跑着跟在村医老郁身后,半晌没有说话。

村医老郁回到家,推着电动车就要走,兰花喊住他,从兜里掏出一把钱塞到他裤兜里,说:"找到找不到爸,都给我打个电话,抓紧回来,再想办法。"

村医老郁深情地看了兰花一眼,说句"我走了",骑上电动车头也不回地走了。

兰花觉得是自己没有看好爸,应该和村医老郁一起去找爸。她喊了声老郁,见老郁已经走远了,望着村医老郁的背影,心里想,谁能想到在湾里洗几件衣服,爸会没有了呢?

村医老郁叫郁林生,和兰花不是一个村的人,兰花家在二水湾,郁林生家在三水湾,两个人虽说不是一个村的,但两个人是在镇高中读书时的同班同学,两个人没有考上大学,郁林生当年就参军走了,两个人通了十几封信后,郁林生就随部队到了中越自卫反击战前线。那些日子,兰花一天到晚都提着心,直到郁林生四肢健全地站在她面前，她才把心放下来。郁林生在部队是连里的卫生员，复员回到村里后，村支书就把村医务室交给了他。郁林生在村医务室一干就是三十多年，对人热情，嘘寒问暖，看病认真仔细，五十大几的人了，村里人有个头疼脑热的半夜来敲门，不论是刮风下雨，还是天寒地冻，从来没有耽搁过，都是随叫随到，立马穿衣起床或是到医务室去，或是到村里人家去，村里人没有不夸的。

兰花站在村街边，朝村头望望，早没有郁林生的影儿了，这才连忙朝村里走去，她想到村里再挨家挨户地找一遍，真说不准爸是不是在哪家跟人家说话拉呱儿呢。

正是初夏时节，郁林生骑着电动车，虽说不费力气，但额头上还是布满了大大小小的汗珠，他抬起胳膊在脑门上撸了一把，两手抓着车把，风一样朝县城刮，一个多小时后，他就来到了县城南部的火车站，站在候车大厅门口朝里望望，大厅里人声嘈杂全是人头，哪个是爸呢？他一排椅子一排椅子地找，看见有个花白头发勾着头的老人，他欣喜若狂地连忙跑过去，抓着老头的肩膀就喊爸，半晌仰起来一张陌生老人的脸，才知道认错了人，连说对不起。他在候车大厅里一连找了两遍，也没找到爸，心里很是纳闷，爸能到哪儿去呢？突然想起，爸会不会到汽车站去坐长途汽车呢？这么一想，他又连忙跑出火车站候车大厅，骑上电动车，火急火燎地朝城东北角的汽车长途客运站驶去。

郁林生来到长途客运站，停放好电动车，一头钻进候车大厅，早上的长途班车都开走了，大厅里等中午和下午长途班车的人不是太多，买票的人也不多，他在大厅里来回走了两趟也没有找到，心里有些失望，要是把爸弄丢了，这可怎么好，村里人一定会说闲话的。爸能到哪里去呢？他闷闷不乐地走出候车大厅，给兰花打电话，先是问兰花找到爸没有，听兰花说没有找到，心里又是一沉，然后才告诉兰花自己在火车站、汽车站也没有找到爸。挂断电话，郁林生骑上电动车就回三水湾了。

刚出县城不久，电动车没电了，郁林生只好下来推着电动车走，正走着，一辆面包车吱嘎一声停在身边，他急忙朝路边让让，忽听有人喊，转脸一看，村里的老苗支书正摇下车窗喊他："林生，车子坏了。"

"没电了。"

老苗支书下了车，打开车门说："搬上车，一块儿走。"

郁林生和老苗支书一起把电动车抬到面包车上，然后坐在副驾驶座上，系好安全带，老苗支书便发动车子，呜一声开走了。

老苗支书是来城里办事的，当他听郁林生说是来城里火车站和汽车站找爸的，焦急地说："村里找过了？"

"兰花找了两遍也没找到，你说急不急人。"

"老人家能到哪去呢？"

半晌，郁林生突然说："停停停。"

老苗支书连忙在路边停下车，问："怎么啦？"

"我得到县里几家医院去找找。"

"到医院去找？"

"爸如果到城里来，突然发病晕倒了呢？那不早被人送到医院去了嘛！"

老苗支书想想郁林生分析得有道理，说："我跟你去。"然后调转车头，又驶回县城，在县人民医院、中医院，还有惠民医院、利民医院找了一圈也没有找到，急诊医生说没有收到从街上送来的病人。

老苗支书问郁林生："林生，你看还上哪里找，我陪你去。"

"到交警大队去，问问有没有老人在街上被车撞了。"

老苗支书二话没说，开车又去了交警大队。郁林生咨询了交警大队的工作人员,得到了肯定的答复"没有事故记录"。

医院里没有,说明爸没有在街上发病晕倒;交警大队没有事故记录,说明没有发生事故。郁林生和老苗支书的心暂时放了下来。

老苗支书见郁林生还没有走的意思,就说:"林生,咱们先回村去,再了解了解村里有没有人看见你爸。你看这样好不好?"

郁林生点点头,跟老苗支书一起回到村里时,已经是下午三点钟了。

"苗书记,爸丢了,这是我大不孝啊。"

"林生,别急,我跟村里人说说,让大家一起帮着找。"

郁林生扑通一声跪在老苗支书面前,哭着说:"苗书记,谢谢你!"

老苗支书一边说着这是干啥,一边赶紧把郁林生拉起来,说:"你爸就是我爸;你急我也急,我让村里人帮着找找再说。"老苗支书把郁林生拉到家,对老婆说还没有吃饭。老婆说以为他在外边吃了,家里没有饭。老苗支书就把郁林生拉到村里的野味馆,炒了两个菜,要郁林生喝二两,郁林生说找不到老爸没心情,郁林生不喝,老苗支书也不喝了,吃完饭,郁林生要回家和兰花商量商量,老苗支书要到村里找人了解情况,两个人出了野味馆的门就分了手。

郁林生忧郁地沿着村街朝家里走,脑袋里一直在想,爸患有高血压和心绞痛,每年春秋两季,都要给爸挂丹参和脉络宁冲刷血管,速效救心丸不光床头有,衣兜里也有,最近又有点轻微的老年痴呆,万一有个好歹,没法交代啊。爸到底能到哪儿去呢?

郁林生正恍惚着,忽听有人喊:"林生,找到爸没有?"

郁林生抬头一看,见是老婆兰花一边说着话,一边快步朝他走来,说:"没有。"

"你电动车呢?"

"没电了,在苗书记家充电呢,你去骑回家来充吧。"

"怎么放苗书记家充电呢?"

"回来半路上没电了,要不是遇到苗书记开车从城里回来,我还不知道要走到什么时候才能到家呢。"

兰花噢了一声,又问:"吃饭了吗?"

"刚吃过,跟苗书记在野味馆吃的。"

"爸回没回来?"

"没有,我在村里挨家挨户又找了一遍,也没找到。"

郁林生和兰花正说着话,突然像针扎一样说:"我到西边山里老鹰岩去找找。"

"爸怎么会到老鹰岩去?"

"爸有病,是不是怕拖累我们?"

兰花听郁林生这么一说,也觉得十分有可能,要跟郁林生一起去老鹰岩。郁林生说:"你在家等爸,爸如果回来了,家里没人怎么行?"

"那你快去快回。"

郁林生一路小跑着朝西边山里去了。老鹰岩是个悬岩,生产队时,村里曾有想不开的女人从岩上跳下去摔死了。郁林生气喘吁吁地爬上老鹰岩时,天色向晚,站在岩上朝远处看,只见暮色苍茫,雾霭缭绕;看看脚下,见老鹰岩上的石缝里长着一溜青绿的长长的抓根草;伸头看看岩下,只见岩下一片白蒙蒙灰蒙蒙,啥也看不见。他想,我得到岩下去找找。爸怕拖累我们,万一……郁林生不敢想下去了,他想趁着天光余晖,下到岩下,别管有没有,到岩下找找就放心了。

郁林生小时候跟小伙伴割草经常到老鹰岩来玩,上上下下都十分熟悉。朝岩下走的时候,他才发现,坡上坡下长满了茅草杂树，小时候熟悉的小路已经长满荒草看不出来了。郁林生心里着急，走得有些急躁，脚在茅草上一滑，身子一歪，连忙抓住身边的一棵小树，没想到竟把小树连根拔起，叽哩咕噜一直滚到坡下……

天已经黑了，兰花见郁林生还没有回来，打郁林生的手机，手机通了，却没人接，半响，手机里响起语音：您拨打的手机无人接听。兰花心想，郁林生怎么不接电话呢？是找到爸了，还是……兰花连忙去找老苗支书，老苗支书刚从村里了解情况回来，见兰花来找他，对兰花说："村里没人看到你爸哎。"听兰花说郁林生到老鹰岩去找爸了，又说："赶紧的，叫陈三思和于四孩一起到老鹰岩去找林生。"老苗支书说完，就紧着打电话，等陈三思和于四孩来了，带上手电筒，几个人一起急急忙忙去了老鹰岩。

几个人来到老鹰岩，岩上没有人，兰花带着哭腔朝空旷的山野里喊："林生，林生——"老苗支书和陈三思、于四孩也都跟着一起喊，山沟里一片死寂。

老苗支书当机立断，带着人到岩下找。在坡上，老苗支书在手电光里，发现郁林生刚才蹭过的痕迹，跟踪到半坡，又看见郁林生拔下来的小树扔在旁边，断定郁林生出事了。老苗支书再打郁林生的手机，这时，手机里传来郁林生疲惫的声音："我在岩下。"

几个人下到沟底，找到了躺在草丛里的郁林生，用手电筒照照，见郁林生满头满脸的血，兰花扑在郁林生身上大哭起来。半响，郁林生才坐起来，对兰花和老苗支书说："我没事，下坡时脚踩滑了。"

老苗支书带着陈三思和于四孩在沟底找了个遍，只见荒草萋萋，夏虫低吟浅唱，却没有找到郁林生的爸。

郁林生听说没有找到爸，心里一酸，哭着说："找不到爸，叫我怎么做人呐……"众人又连忙安慰郁林生,要他千万不要多想,今天找不到,明天发动全村人找。

月亮升起来的时候,陈三思和于四孩两人倒换着把郁林生背回了村里。

老苗支书叫郁林生在家休息休息,又对兰花说,他要给镇派出所郭所长打电话,要郭所长通过公安的监控系统帮着查找查找。

郁林生对老苗支书说:"苗书记,找不到爸,我也不活了。"

老苗支书安慰了一会儿郁林生,见郁林生情绪稳定下来,这才走到院里,给郭所长打电话。打完电话,老苗支书回到屋里,对郁林生说:"郭所长说了,他给县公安局长打电话。你累了一天了,在家躺着好好歇歇。"半晌,老苗支书又说:"林生,有没有你爸的照片?"

郁林生想了想说:"没有。爸来了以后,还没有给他照过相呢。"

老苗支书略微沉思了一下说:"那我再跟郭所长联系一下,如果县公安局明天查看监控,我去跟着一块儿看最好了,他们不认识你爸,我认识。"

郁林生一把握住老苗支书的手说:"苗书记,真的谢谢你!"

"林生,说这啥话,我是三水湾的书记,你是三水湾的村民,我不替村民办事,替谁办事?"

陈三思和于四孩也跟着说:"是啊是啊,书记不给村民办事给谁办事?"

说完话,几个人一起走了。老苗支书走到院里,又转过脸来对郁林生说:"林生,有什么需要村里办的事,你尽管说,都是村里的老人了,别不好意思。"

郁林生感动的眼泪在眼眶里转了半天,弄得两眼泪汪汪的,把老苗支书几个人送到大门口，呆呆地望着几个人走上村街，走进夜色里，心想，村里要是有钱，在村街上装几盏路灯就好了。

郁林生虽说没有大碍，但毕竟是从坡上滚下去的，摔得浑身疼，躺在床上，脑子却一刻也没有闲着，一直在想，爸到哪儿去了呢？找了一天没找到，这不是要急死人吗？

天还没亮，一阵急促的敲门声，把郁林生从睡梦中惊醒。刚要起身，肋巴骨一阵疼痛，郁林生不由得"哎呀"一声，兰花也醒了，急忙说我去，披衣起床赶紧去开大门，原来是老马头的孙子马小槽，哭着说："兰花婶，我爷心口疼。"

这时，郁林生提着急救药箱也来到大门口，听马小槽说爷爷心口疼，连说："快走快走。"说着就跟马小槽一起小跑着走了。

原来是老马头突发心梗，由于抢救得及时，待郁林生给老马头挂上点滴，老马头的脸色渐渐好转过来时，天已经大亮了。

郁林生望着天想，也不知爸带没带速效救心丸，打电话给老婆，问道："兰花，你看看爸床头的速效救心丸还在不在？"

不一会儿，手机里传来兰花的声音："没带。"

郁林生心里又扑通一声，像扔了块大石头，爸没随身带药，万一犯了心绞痛……郁林生忽然想哭，但他压抑着没有哭出声来。看看马小槽，忽然想，马小槽爸妈都外出打工不在家，只跟爷爷在家，他又立马拨通了老婆的电话，要马小槽到自己家吃饭，吃过饭好去上学。

马小槽说："郁叔，家里还有昨天晚上的剩饭。"

郁林生摸摸马小槽的头说："小槽，爸妈不在家，在学校要好好学习，在家里要好好照顾爷爷，爷爷年龄大了。"

马小槽眼圈一红，一边吧嗒吧嗒掉泪珠子，一边点头。

这时兰花来了，看看脸色仍然有些焦黄的老马头，和郁林生悄悄说了几句话，见马小槽背好了书包，便牵着马小槽的手去家里吃饭。兰花和马小槽一走，屋里只剩下郁林生和躺在床上挂点滴的老马头。

郁林生突然想，爸曾经说过，到他家来，拖累他了。当时郁林生没有多想，只是把爸的话当作平常的说辞，也对爸说，到我家来，就跟你自己家一样，想干啥干啥，想吃啥你就说，没什么不好意思的，我是你儿子。这时候想起爸曾经说过的话，郁林生的心猛一下提到了喉头，想想，昨天跟老苗支书到县医院和交警大队都找过了，没有发生事故，也没有人受伤。再想想，郁林生的心里又像压了块大石头，看看桌上的水杯，猛一下想到了山里的水库，我个娘哎，万一爸跳了水库这可怎么得了……

郁林生有些坐不住了，看看床上的老马头，心想，我怎么能走呢？想了想，掏出手机，给洪梅打电话，要她立刻到老马头家来，等救护车来后，把老马头转到县医院去。之后，郁林生想想，老马头的儿子、媳妇不在家，便又给老苗支书打电话，要老苗支书派个村里人跟救护车一起去，好照顾老马头。老苗支书说他正在去镇派出所，跟郭所长一起到县局去查看一下监控。听郁林生说老马头夜里突发心梗，现在还在家里挂水，救护车一会儿就到，心里也急得上火。但老苗支书毕竟是老支书，他沉住气，给村里的陈三思打电话，要陈三思陪老马头跟救护车一起过去照顾几天，如有好转，就不打电话叫老马头的儿子回来了，如没好转，再打电话叫他儿子回来也不迟。陈三思是村里的老党员，听了老苗支书的安排，二话没说，爽快地答应了。这时，老苗支书才舒了一口气，心想，事儿可都赶一块儿了。

中午过后，老苗支书从县城开车回到村里时，天下起了小雨，刚下车，大盘子连忙跑过来，一把拉住老苗支书说："苗书记，郁林生正在到处找滚钩呢。"

老苗支书一愣，问大盘子："我个娘哎，他找滚钩干啥用？"

"听说准备到北山水库里去捞他爸呢。"

"他爸跳水库里了？"

"不知道呢。"

"那他捞什么捞？"

"不知道呢。"

"你啥都不知道说啥说？"

"我这不是给你提供信息嘛！现在可是全村人都帮着郁林生找他爸了。苗书记，郁林生这人是不是真的有点愚哎。"

"老娘们瞎叨叨个啥，愚不愚的我哪知道。"

"好好好，你去找老郁问问，看看他是不是去找滚钩了。"

老苗支书又上了车，咣当一声关好车门，开车去了郁林生家。

大盘子望着老苗支书面包车的屁股说："我好心，他还当驴肝肺了呢。"

大盘子屁股大，她男人贾大山不知怎么惹恼了她，她一屁股坐在贾大山脸上，半天才起来，把贾大山憋得青头紫脸。贾大山出来一讲，村里人就不叫她卢玉花了，都叫她大盘子。儿子在省城上大学，男人在城里打工，她在村街上开了一家超市，超市名字就叫"三水湾超市"。

郁林生从村村通车上下来的时候，恰好老苗支书开着面包车从对面开过来，郁林生急忙朝路边让让，没想到脚下一滑，叽里咕噜滚到路边沟里。车上人以为下车的人被面包车撞倒了，连声喊"停车停车"，村村通还没有停下来，小面包却"嘎吱"一声停下来，老苗支书跳下车，一边朝沟底喊着："林生，伤着没有"？一边朝郁林生伸出手。沟里没有水，是个干沟，郁林生爬起来说："没有，我自己滑下来的。"而后，抓着老苗支书的手，老苗支书用劲朝上一拉，郁林生就势往上一蹿，从沟里上来了。

"你这是从哪里来的?"

"我到兰花她妈家二水湾去借滚钩的。"

老苗支书佯装不知地问道:"借滚钩干啥用?"

"早晨给你打完电话,我突然想,我爸是不是怕拖累我跳了北山水库。到水库边问一个放羊的小孩,说昨天上午看见有个老头在水库边上转呢。"

"有没有看到老头走?"

"他说没看到,怕羊吃了庄稼,撵羊去了,老头什么时候走的,走没走,他都没在意。"

老苗支书"哦"了一声。

郁林生说:"苗书记,我爸曾经跟我说过害怕拖累我的话,我怕我爸真的想不开……所以,我想借个滚钩到水库里捞捞看。"

老苗支书看着郁林生说:"你爸如果真这样说过,也不是没有可能。"老苗支书沉思了片刻,又说:"你一个人怎么捞?我在村里找几个人帮你一块儿捞吧。"

"谢谢苗书记,谢谢苗书记。"

"先别谢了,借到滚钩了吗?"

"没有,他们村里没有人家有滚钩。"

"这样吧,我到时湖村去看看,时湖村前那条鲁兰河又宽又深,听说前些年有些欠债的躲债的被逼得跳了河,有人用滚钩捞过。"

"苗书记,你到县公安局查到了没有?"

"咱镇里所有路口的监控录像都看了,没有看到你爸。"

郁林生心里一沉,说:"说不准,还真在水库里呢。"

老苗支书上了车,调转车头,对郁林生说:"我一个人去就行了,你在村里找几个人帮忙。"

郁林生连连点头。老苗支书一踩油门,面包车疯了一样驶上乡村公路。郁林生想，滚钩找来了，没有船怎么行，想想，只有承包水库养鱼人有船，又连忙朝水库跑。养鱼人不在，但卖鱼苗时山墙上留了养鱼人的手机号码，郁林生又赶紧给养鱼人打电话。

半下午的时候，老苗支书果然在时湖村借来了滚钩，看库人接了郁林生的电话，也开车从镇里赶过来。听说老苗支书带着郁林生要用滚钩到水库里捞人，全村老老少少都来到水库边，能帮忙的帮忙，帮不上忙的看景，水库边围了一大群人，就是鱼苗最紧俏的时候，水库边也没有这样热闹过。

老苗支书也要上船跟着去拉滚钩，郁林生不让他去，说："苗书记，你在岸边指挥就行了，我带着人拉滚钩。"

老苗支书说："那好吧，如果觉得水下有东西，就不要拉了，找个水性好的下去摸摸，要真是你爸，滚钩拉上来，还不拉得一身都是窟窿？"

"我知道了。"

郁林生和几个人乘着小船，慢慢地朝水库里划去。

忽然，老苗支书听到有人喊，转脸一看，是大盘子带着两个年轻人喊他，不一会儿跑到跟前，大盘子气喘吁吁地说："苗书记，也不知道谁打的电话，说全村人都给一个退伍军人找老爸，这是县报派来的两个记者。哎哟，我个娘哎，累死我了。"

两个年轻人给老苗支书作了介绍，一个姓董，是写文章的记者；一个姓王，是摄影记者。

王记者看见小船朝水库里划，连忙跑到水边拍照。

董记者跟在老苗支书身旁，一边问一边在采访本上记。董记者问老苗支书："郁林生的老爸叫什么名字？"

老苗支书想了半天，又拍了拍脑袋瓜说："叫胡先达。"

"胡先达是郁林生的继父？"

"不是。"

"既然是父子俩,怎么不是一个姓呀?"

"胡先达是郁林生战友的父亲。"

"什么?胡先达是郁林生战友的老爸?"

"是。"

"郁林生的战友三十多年前在中越边境打仗时牺牲了,他战友是独生子女,战友妈因为思念儿子,走得早,就剩战友爸一个孤老头子自己过,又患有高血压、心绞痛什么的,一个人在家里死了都没人知道。前几年郁林生为照顾老人,就把战友的老爸从安徽什么地方接过来当亲爸养了,他是替战友尽孝的。"

听老苗支书这么一讲,董记者抽了一下鼻子说:"还有呢?"

"等回来,让郁林生自己给你们讲讲吧。"话刚说完,老苗支书口袋里忽然响起一阵"我在仰望,月亮之上,有多少梦想在自由的飞翔……"的手机铃声。

老苗支书掏出手机,走到离董记者远一点的地方接听电话,接完电话,老苗支书连蹦带跳地跑到水库边,朝水库里小船上的人大喊大叫:"别捞了,别捞了,人找到啦!"老苗支书害怕船上的人没听见,又大声喊了两遍。

董记者问老苗支书:"郁林生的爸找到了?"

老苗支书看看水库里往回划的小船,又看看董记者说:"林生这两天都快找翻天了,老爷子去看大海找不到回家的路了。镇派出所郭所长刚才来电话,要村里派车到边防派出所把人带回来。"

董记者一把握住老苗支书的手说:"苗书记,我跟你一起去,今晚我要好好采访采访郁林生和他爸……"

朱桥媳妇阿茹娜

朱老三怎么也没想到，朱桥媳妇阿茹娜上街买菜买了三个小时也没回来，等了一中午，不光没看到孙子，而且连饭也没吃上，这明摆着是要赶人走嘛！朱老三的脸色早就不好看了，憋了一肚子两肋巴的气，无奈又没地方撒，儿子朱桥在城南开发区一家光伏企业工作，中午不回家吃饭，便在心里埋怨儿子，怎么找了个这样的媳妇？墙上的挂钟"当"地一响，朱老三抬头一看，已经一点钟了，阿茹娜买菜还没有回来，这要是让村里人知道了，他朱老三到儿子家看孙子连饭都没吃上，这张老脸往哪搁？朱老三越想越气，决定不打招呼走人，刚开开门，恰好碰到阿茹娜挎着一篮子菜，手里拿着钥匙急急忙忙要开门。朱老三冷着脸朝旁边让了让说："家里还有事，我先回去了。"

"爸，别走呀，我上街买菜遇到点事儿才晚了。"

朱老三心里一惊，连忙问："遇到什么事儿了？"

"你先坐着等等，我得赶紧做饭，吃饭的时候再说。"

朱老三听阿茹娜这么一说，看看阿茹娜不像说假话的样子，也不好再走了，返回屋里，坐在沙发上，一边看电视，一边等着吃饭，一边想阿茹娜能遇到什么事儿呢？

其实，朱老三并不是专门到城里看孙子的，他是到县人民医院看望死里逃生的老马头的。前几天,老马头天没亮突发心梗,要不是村医老郁抢救得及时,县医院救护车来得及时,老马头的命早就没了,连丧事也早办完了。老马头在县医院住了些日子,再挂几天水,就可以出院回三水湾了。朱老三这是第三趟来县医院看望老马头了,他原来跟老马头的儿子马志勇是光屁股摸鱼的玩伴,又是从村小读到镇高中的同学。马志勇打山洞修铁路为救战友牺牲了,朱老三就把老马头当成自家长辈,逢年过节不是买东西送过去,就是把老马头接回家吃饭,几十年如一日,村里人都感动得不得了。看完老马头,朱老三看看不到十点钟,就想顺便到儿子家看看孙子。孙子早在电话里说想爷爷了,要不是孙子上幼儿园,朱老三早把孙子带回三水湾了。三水湾山清水秀的,人少车少空气又好,城里哪能比得上!朱桥上班中午不回家吃饭,阿茹娜在超市上晚班,正好歇班在家,见朱桥爸来了,忙着上街买菜,谁知道又遇到了事儿,一点钟才回来。过了饭点,朱老三的肚子早饿瘪了。饿瘪就饿瘪了吧,别看在老婆子跟前哼哈二将牛哄哄,在儿媳妇跟前,他朱老三也不敢乱龇牙。

朱桥的媳妇叫阿茹娜,是内蒙古乌兰察布那边的人,两个人在石家庄打工时认识的,结婚后,阿茹娜跟朱桥在老家县城买了房子,原来两个人隔三差五经常回三水湾看看,自打有了孩子,尤其是孩子上幼儿园以后回去的就少了,只是逢年过节或是假日,才带着孩子回三水湾住几天。虽说阿茹娜是草原人,但也是朱桥的媳妇,朱桥是三水湾人,村里人自然就把阿茹娜当成了三水湾人。

吃饭的时候,阿茹娜对朱老三说,她骑电动车刚从巷子里拐到街上,就听身后发出一声响,停车一看,见一个白发老太太突然摔倒在地。

朱老三立马说:"那你还不赶快走。"

"我看是个七八十岁的老太太,就过去看看她。"
"有没有人看到你?"
"没有。"
"你碰没碰到老太太?"
"没有。"
朱老三舒了口气,说:"老太太摔得怎么样?"
"我过去一看,老太太脸色苍白,双眼紧闭,不能说话了。"
"那摔得不轻哦。"
"就是呀,我叫了辆三轮车,把老太太送到县医院安顿好,才去买菜,这才回来晚了。"

听了阿茹娜的话,朱老三一边吃饭一边想,过了一会儿问阿茹娜:"老太太家里来人没有?"

"没有。你在家等着吃饭,我还要上晚班,给医生留了电话和住址,我就买菜去了。"

"你把电话和住址都留给医生了?"
"留了。"
"现在人躲都躲不了,你还留电话住址?"

"就我一个人又没别人,老太太家里如果有人找,我好把事情说清楚。"

吃完饭,阿茹娜收拾碗筷洗刷去了,朱老三越想越觉得这事可能会有麻烦,待阿茹娜洗刷完,他说:"我怕这事没有完,你跟超市请几天假,带上孩子跟我回三水湾,过几天再回来。"

"爸,我又没碰到也没撞倒老太太,是她自己摔倒的,不会有什么事。"

"你没看电视,有人还专门碰瓷呢。老太太半死不活的,不是更讹人嘛。"

阿茹娜把放学的孩子接回来,孙子一见爷爷,亲热得不得了，缠着朱老三要回三水湾找奶奶。朱老三看着活泼可爱的孙子，嘴咧得跟裤腰似的。等朱桥下班回来，阿茹娜又把事情经过讲了一遍，朱老三把自己的分析也说了一遍，最后说："我觉得还是叫阿茹娜带孩子回三水湾住几天再说，如果真让老太太家里人讹上了，那麻烦就大了。"

阿茹娜说："爸，不会的。我一没碰到她，二没撞到她，三是她自己摔倒的，还是我把她送到医院去的呢。"

朱桥看看阿茹娜，又看看朱老三，觉得还是老爸分析的有道理，万一被老太太家里人讹上了呢？这么一想，朱桥对阿茹娜说："我觉得还是爸说得有道理，就算去三水湾农家游吧，过几天再回来。"

阿茹娜说："孩子不上学了？"

"幼儿园，缺几天课也没啥。"

阿茹娜打电话请了假，然后不高兴地在包里装了几件大人小孩的换洗衣服，一家人便跟朱老三一起从县城坐车到镇里，又从镇里坐车回到三水湾，一下车，孙子高兴得一蹦三跳，要爷爷带他去溪里抓山螃蟹。朱老三连声说好好好，明天带你去抓。

咸鸡蛋黄一样的太阳落在山尖上了，远山近岭笼罩在一层薄薄的暮霭里，看上去飘飘忽忽好似一幅水墨画，只是一眨眼的工夫，太阳就落下去了。朱老三一家的笑声，好像把天上的星星震落下来，三水湾人家的灯一盏接一盏地亮了。

朱老三老婆不知道家里一下子来了这么多人，光顾抱着孙子高兴了，朱老三叫老婆到野味馆炒几个菜，然后送到家里来。朱老三老婆高兴地领着孙子，有说有笑的去了野味馆。

吃饭时，朱老三把阿茹娜上午遇到的事讲了一遍，说："我怕老太太家里人讹人，就叫阿茹娜和孙子来家住几天，避避风头，过几天没事了再回去。"

朱老三老婆弄清了来龙去脉，也说："可不是，城里人贼精，又会讹人，去年陈三思骑自行车到城里儿子家的小馆子去，脚碰了一下人家汽车，连印子都没有，硬是被人讹去三百块钱。"

朱老三说："你看是不是，城里人讹人没商量。"

一夜无话，第二天天一亮，朱桥坐早班车回城里上班去了。

朱桥走了，家里又没啥农活儿，朱老三原来没事的时候，到镇里房地产开发工地干活儿，孙子来了，也不去干活儿了，带着孙子村里村外地玩，还到村幼儿园滑滑梯、压跷跷板、钻山洞。孙子玩得高兴，朱老三也高兴。朱老三以为阿茹娜这回能在家多住几天，也就放心地带着孙子到山溪里去抓山螃蟹。

没想到，两天后，阿茹娜对公公婆婆说，想回城去医院看看那个摔倒的老太太咋样了。

朱老三说："你把她送到医院已经是做好事了。"

朱老三老婆也说："就是的，阿茹娜，你放心在家住几天。"

阿茹娜说："不知道老太太醒过来没有，也不知道老太太的子女找没找到老太太，我心里七上八下的，一直放不下心。"

"别人躲都躲不开的事，哪有你这样硬朝上粘的？"

"爸，我不是硬粘，当时巷口没有人，就我一个。老太太醒过来了啥都好，要是万一醒不过来呢？"

"万一醒不过来，跟你也没有关系。"

阿茹娜掏出手机，打电话给朱桥说想去医院看看老太太。

朱桥说："爸同意了吗？"

"不同意就不能去了？"

"我觉得还是征求一下爸的意见好。"

"我再跟爸说说，不去看看老太太，我心里不安呢。"

朱老三听了阿茹娜和朱桥的通话，对阿茹娜说："你这孩子怎么那么犟呢？"

朱老三老婆也对阿茹娜说:"听话,安心在家里住几天哈。"

"爸、妈,老太太虽然不是我撞倒的,但不去看看,我心里真的不安。"

第二天一大早,朱老三起来的时候,听老婆大惊小怪地说:"阿茹娜走了,还不快去追。"

朱老三听说阿茹娜招呼也没打,带着孩子走了,便急急忙忙朝村头跑,那里有个村村通公交车站点。还好,当朱老三气喘吁吁地追到车站时,车还没有来。孙子见朱老三来了,连着说:"爷爷,我不回去,我要在老家玩。"朱老三喘匀了气,抱起孙子,对阿茹娜说:"回家,真的有事,他们会给你打电话的。"

"爸,不知道个长也不知道个短,又不能回去上班,我在家住着也没啥事。"

"走走走,回家。"

孙子也拉着阿茹娜的手说:"妈妈,我要在爷爷奶奶家玩,我不回去。"

这时,朱老三老婆也跑来了,大口小口地喘着一把搂住孙子。

刚好,村村通开来了,车停了门开了,阿茹娜抬腿就要上车,朱老三老婆一把抓住阿茹娜的后衣襟,硬是把阿茹娜拉了下来。

朱老三认识司机,连忙摆着手说:"雪峰,你走吧,阿茹娜改天再走。"

村村通司机雪峰按了按喇叭,关上车门开走了。阿茹娜挣脱婆婆的拉扯,要去追车,又被朱老三一把拉住了。

"你拉我干什么?我得去看看老太太。"阿茹娜说完,一边跺脚,一边呜呜大哭起来。

朱老三朝老婆使了个眼色,朱老三老婆赶紧过去拉着阿茹娜的手说:"这样吧,过几天再去看,好不好?"

无可奈何,阿茹娜只好跟公公婆婆一起回家。

一家人正走在村街上,遇到了村里的老苗支书。老苗支书大着嗓门说:"这老两口带着儿媳妇、孙子才从城里回来?"

朱老三尴尬地笑笑说:"阿茹娜想赶车回去没赶上。"又对老婆说:"你先跟阿茹娜回去,我跟苗书记说几句话。"

朱老三老婆带着阿茹娜和孙子走了,朱老三把老苗支书拉到路边,掏出烟递给老苗支书一根,自己嘴上也叼了一根,先给老苗支书点上,又给自己点上,然后抽了口烟说:"我这儿媳妇也太傻了。"

望着朱老三老婆和儿媳妇、孙子的背影,老苗支书笑笑说:"你看你这个熊人,儿媳妇傻不傻与你有什么关系?你家朱桥觉着不傻就行。"

"苗书记,我跟你说说,你看怎么办。"

"啥事你说,别曲里拐弯的。"

朱老三把事情经过简单明了地说了一遍,然后说:"一没碰着,二没撞着,三没剐着,四没蹭着,你说你走人就是了,这个傻丫头非叫三轮车把老太太送医院去。我怕老太太家里人讹人,叫她来家住几天。这不,刚住两天,就吵着要去医院看看老太太好没好,你说这不是傻是什么?"

老苗支书听了朱老三的讲述,吸了两口烟说:"阿茹娜真的没碰到也没撞到老太太?"

"苗书记,阿茹娜你还不知道?草原人说话都直来直去的不拐弯。"

"那叫实诚。"

"实诚好。话又说回来,老太太万一要是死了呢?这死人身上可有糨糊噢,说不清道不明的,你说这不是没事找事嘛!"

"如果阿茹娜没有碰到也没有撞到老太太，还叫车把老太太送到医院去，这是见义勇为做好事，应该受到表扬的。"

"傻不愣登的，我是怕城里人讹她。陈三思那回进城就让人讹了，电视上经常报道有碰瓷的，要是真让人讹了，你说咋办？"

"老三，这样想就是你的不对了，哪有那么多碰瓷的？"老苗支书沉思了一下，又说："我觉得阿茹娜去医院看看老太太是对的，也是应该的，说明阿茹娜有爱心嘛。"

"这草原人吧，不光性子直，心也大。"

"你就让阿茹娜去看看老太太，做好事也要做到底是不是？"

"你说阿茹娜能去？要是让人给讹上了呢？"

"阿茹娜要是让人讹上了，你找我。"

朱老三又掏了一支烟递给老苗支书，自己也点上一根，抽着说："那我信你的。"

"我是书记，你不信我信谁？"

"信你的，信你的。"

两人正说着话，忽听有人喊老苗支书，两个人抬头一看，见吕建新在不远处的路边的树下。老苗支书见了吕建新，心里有数，钱涌泉在外打了几年工，手里攒了几个钱，想回村建个砖厂，要征用吕建新家的地。吕建新想让老苗支书跟钱涌泉说说，一是叫钱涌泉多给两个钱，二是砖厂建好后，要他到砖厂去上班。老苗支书对朱老三说："我先走了，一天到晚有操不完的心。"

"你是书记，你不操心谁操心？"

老苗支书走了几步停下来，转过身对朱老三说："老三，讹不讹人是另外一说，阿茹娜要去看看老太太就让她去吧，咱三水湾人不能装孬种。"

朱老三望着老苗支书的背影，纳闷了半晌，老苗支书这说的是啥话？阿茹娜啥时候装孬种了？老太太自己摔倒了，不是阿茹娜把她送到医院的吗？连急诊费、住院费都是阿茹娜垫付的呢。朱老三又看看站在不远处和吕建新说话的老苗支书，想，老苗支书说得对，不是咱碰的，也不是咱撞的，咱也得把好事做到底！

朱老三正走着，遇到了大盘子。大盘子见朱老三自己乱点头，说："三哥，这大清早的，头点得跟鸡啄米似的，这是干啥？"

"大盘子，你这个女人能不能正儿八经说几句话？"

朱老三转身刚要迈步，被大盘子一把拉住了："三哥，听说你家阿茹娜在城里骑电动车撞死人了？"

听大盘子这么一说，朱老三的血一下子上了头，说："阿茹娜一没碰二没撞，这是哪个龟孙说把人撞死了的，我找他去。"

朱老三哪里知道，他带着朱桥、媳妇、孙子回来的第二天，阿茹娜的事儿就传遍了三水湾。再好的话，三遍传过也变了味儿，好话也传成瞎话了。

"你看你，找谁去？我说的！"

"你说瞎话，你。"

"三哥，你这个熊人不能开玩笑，还当真了呢。"

朱老三把阿茹娜的事儿又重新讲了一遍，对大盘子说："玉花，事情的经过就是这样的，阿茹娜是学雷锋做好事呢。"

大盘子说："三哥，你是知道的，去年陈三思在城里就被人讹了嘛！"

"是啊，我就是怕阿茹娜被城里人讹了，才叫她们回来住几天的。这不，一大早就要回去，说是要到医院去看看老太太好没好，你说这人是不是傻？"

"我个娘哎，遇到这样的事，能躲就躲，还有自己找上门去的？"

"就是的，我说不能去，她婆婆说不能去，朱桥也说不能去，但阿茹娜非要去。你说这人是不是脑子有问题？"

"跟三嫂说，看好了，别让她去。"

"苗书记同意她去。"

大盘子愣了半响，说："这我就不好说了，苗书记叫她去就去呗。"说完，大屁股一扭一扭地走了。

朱老三看着大盘子一扭一扭的屁股，叹了口气，闷闷不乐地朝家走。

第二天，正好老苗支书开车到城里办事，顺便把阿茹娜和孩子带回了城里。在县医院门口下车时，老苗支书说："阿茹娜，尽管去看，你这是见义勇为做好事，要是有人讹你，你给我打电话。"

"谢谢苗书记，有事我找你。"

"放心，没问题。"

看着老苗支书的面包车开进车流里，阿茹娜带着孩子到水果店买了水果，又到鲜花店买了一束鲜花，这才到医院去看望老太太。

阿茹娜刚推开病房门，见主治医生正在跟一个中年女人说话，主治医生见了阿茹娜，连忙指着阿茹娜，对那个中年女人说："就是她送来的。"

中年女人快步走过来，一把抓住阿茹娜说："我正到处找你呢。"

"我给医生留了住址，还留了电话呀。"

主治医生说："不知放哪儿去了，没找到。"

中年女人生怕阿茹娜跑了似的，抓着阿茹娜的手说："我是老太太的女儿，你看怎么办吧。"

"什么怎么办？"

"我妈醒不过来了。"

"谁说的?"

"医生说的。"

阿茹娜挣脱中年女人的手,放下水果和鲜花,连忙跑到病床前,见老太太昏迷不醒地躺在病床上,问中年女人:"摔得这么厉害?"

"你还问我,你撞的你不知道?"

"我没碰也没撞,我看老太太摔倒了,叫三轮车把她送来医院的。"

"算你还有良心。"

"这是什么话?老太太虽然不是我撞倒的,但我看老太太摔倒了不来看看心里不安。再说,老太太的急诊费和住院费都是我垫上的。"

"医生会诊,我妈成了植物人。"

听中年女人这么一说,阿茹娜心里咯噔一下,不相信地盯着中年女人看了半晌。

中年女人拉开病床头小桌的抽屉,找出病历来,说:"你看看,这是几个医生的会诊鉴定意见。"

阿茹娜接过病历看了半晌,便呆呆地看着病床上的老太太,然后对中年女人说:"我没碰到也没撞到,不关我的事啊。"

"你说没碰到没撞到不算。"

"那,谁说了算?"

"法院!"

阿茹娜心里扑通一下,像扔了块大石头,溅起无数浪花。阿茹娜想,她这是要打官司啊。

中年女人说:"反正我妈年龄也大了,你给二十万,咱私了算了。"

"我凭什么给你二十万？我没碰，也没撞，是老太太自己摔倒的。"

"别说那么多了，你要不私了，就把手机号码、住址留下来，碰没碰，撞没撞，咱到法院说吧。"

"我是凭良心把老太太送到医院的，就是到法院说，我还是没碰也没撞。"

阿茹娜心想，我既没碰到老太太，也没撞到老太太，上哪讲理也不怕。她留下手机号码，又把家庭住址留下来，对中年女人说："你记好了，我等着到法院去说。"之后，头也不回地走出病房，她没乘电梯下病房楼，而是领着孩子从楼梯上一个台阶一个台阶地走下来，一边走一边想，难不成还真叫公公婆婆说准了，城里人真的会讹人？腿忽地打了一下软，她连忙抓住楼梯扶手，又想，要不是我送老太太上医院，说不定她早死在大街上了。就凭这，上哪打官司我也不怕。

一个月后，阿茹娜果然接到了法院的传票，老太太女儿真的到法院起诉了。

朱桥对阿茹娜说："找个律师？"

阿茹娜说："不用，我没碰又没撞，开庭的时候我自己辩护。"

朱老三接到儿子朱桥的电话，立马坐车赶到城里，对阿茹娜说："我跟你婆婆都不让你到医院去看，你非要去看，人家不光没认你的好，还要跟你打官司，这下麻烦大了吧。"

朱桥也说阿茹娜："还是老话说得好，不听老人言，吃亏在眼前。"

阿茹娜说："爸，我真的没碰也没撞，我什么都不怕。"

朱老三见阿茹娜还是一副傻不愣登的样子，气得连饭也没吃就回三水湾了，他要找老苗支书，要不是老苗支书鼓动阿茹娜去医院看望老太太,哪来的这些麻烦?

又一个月后,法院判决书下来了,经专家对监控录像科学分析,老太太是受阿茹娜电动车的惊吓摔倒的,阿茹娜负百分之八十责任,赔偿老太太医疗费、生活费等三十万元。

朱桥带着阿茹娜和孩子回三水湾老家,朱老三拿着法院判决书看了一遍又一遍,心像在油锅里煎炒似的,自己都能听到嗞嗞啦啦的响声。

朱桥说:"爸,你看怎么办?"

"法院都判了,还能怎么办?"

朱老三打电话给老苗支书,老苗支书在镇里开会,说等开完会回村再说。一家人像没了头的苍蝇,坐也不是,站也不是,团团乱转。只有孙子缠着朱老三,要朱老三带他到溪里抓山螃蟹。

傍晚的时候,老苗支书才从镇里回来,连家也没回,直接去了朱老三家。

"什么事儿,急着找我?"

朱老三说:"法院判了,我家媳妇要负大部分责任。"

"阿茹娜一没碰二没撞,要负大部分责任?"

朱老三把法院判决书和眼镜递给老苗支书,老苗支书戴上眼镜看了一遍判决书,说:"好事没做成,倒做了一身的不是。"又说:"我打电话给镇派出所郭所长,看看他还有没有什么办法。"老苗支书说完,掏出手机要打电话。

朱老三说:"苗书记,别打了,法院都判了,郭所长还能有什么办法?"

老苗支书想想,点着头说:"也是,判都判了,说啥也没用了。"又说:"法院的意思是阿茹娜骑电动车拉风把老太太拉倒的?"

"不是拉风拉倒的,是老太太受了惊吓摔倒的。"

半晌，朱老三说：“苗书记，要不是听你的话，我八辈子也不会叫阿茹娜去医院看望老太太。本来是做好事，你看现在弄的……”转过头对阿茹娜说：“你要是不管不问走了呢？走了，就是被你吓倒的，你走了，上哪去找人？”

老苗支书说："别埋怨了，这样吧，先凑凑钱，缺多少，上我家拿。法院既然判了，就是咱有责任，有责任就要承担，咱三水湾人不能叫人瞧不起不是？"

两个月后，朱桥在城里的房子卖了二十万，朱老三砸锅卖铁凑了两万，在老苗支书家拿了八万，朱桥和阿茹娜两人一起，把三十万块钱给了老太太的女儿。

房子卖了，家也没了，朱桥和阿茹娜只好把孩子送回三水湾，在村里的幼儿园上学，再说老苗支书家的钱也不是白拿的，那是借的。小两口商量后，决定到苏州昆山去打工还债。

大盘子在村街上见了朱老三说："三哥，你家朱桥媳妇阿茹娜，到底是草原人，我佩服！"说完，大盘子还竖着大拇指在朱老三脸前晃了好几晃。

孤 岛

陈三思就是这么个人，大小事儿都喜欢琢磨琢磨，弄个清清楚楚明明白白。虽说事儿还在商量中，但他心里却像喝了二两香油似的，精神萎靡不振，灵魂好像也被上帝抽走了，只剩下一副空虚仓皇的皮囊，空荡荡的在初秋的风中摆动；头疼得厉害，吃了几颗去疼片也止不住，忽儿左边头皮跳着疼，忽儿右边头皮跳着疼，他在左边太阳穴上贴了一块拇指大的火柴皮，又在右边太阳穴上贴了一块拇指大的火柴皮，想镇住疼，但镇不住，头依然一蹦一蹦地跳着疼。当他一屁股坐在地头，草个子一般倒在地上，泥土的清香把他整个人浸透之后，几天来所有的烦恼，一下子都没有了，头也不跳着疼了，突然明白过来，我不能卖地，我是要种地的嗳！接着，他张开手指深深插进松软的泥土里抓了两把土，狠劲地攥着，然后又松开，一团泥蛋子从左掌心里滚落下来，又一团泥蛋子从右掌心里滚落下来。

陈三思接了地气，把自己的事儿想清楚了，也就没有什么可纠结的了，四仰八叉地静静地躺在地上，目光透过玉米叶的间隙瞭向水洗般的天空，长长地舒了口气，然后把目光落在初秋的风里摇动着沙沙作响的玉米叶上。这是他割了麦子后点种的秋玉米，长势十分地好，一个个吐着缨穗的苞米头如小炮弹一般。他准备收了秋玉米，再继续种麦子。

　　这是村里最好的一块地，在两个山岗的夹当里，算是冲击小平原，种麦子，长得油汪汪的，秆子粗，穗头大，村里人一年的白面细粮，全靠这块地。村里几十户人家，家家在这块地里都有地，陈三思家的二亩地，一季麦子，一季玉米，有人吃的，也有牛吃的猪吃的，吃不了的，卖点儿零花钱，这日子就啥也不缺了。

　　"三思，三思，我一猜你准在这里。"听嗓门，陈三思就知道是大盘子来了，他没吱声，他最反感的就是大盘子的大嗓门。

　　大盘子叫卢玉花，是个寡妇，因为屁股肥硕，村里人说她底盘大，都叫她大盘子，只有陈三思叫她卢玉花。两年前，大盘子男人贾大山想赚点儿钱给在省城读大学的儿子交学费，利用农闲到城里建筑工地打工。一天晚上下班，他跟工友说到路边报亭买张报纸看看，哪知道就被渣土车撞了，工友们急忙把他送到医院，人还是没有抢救过来。

　　大盘子和大盘子男人贾大山还有陈三思是一个村的，三个人从小学到初中，一直都在一个班。赶上土地承包以后，家里没有劳动力，后来三个人又都一起下学不上了。大盘子上学的时候就喜欢陈三思，但陈三思却不喜欢大盘子，觉得大盘子说话嗓门高，咋咋呼呼大大咧咧的。大盘子那时还不叫大盘子，是个胖乎乎的女孩，毕业没几年，转眼长成了大姑娘，有人上门提亲，大盘子不愿意，心里想着陈三思，见陈三思没有来提亲的意思，一天晚上把陈三思叫到村前河边的柳树下，也不拐弯，直截了当地说想嫁给陈三思。陈三思连忙说父母在外村给他说了一门亲事，也是初中毕业，人也见过了，就是有点儿瘦，双方基本上都同意了。陈三思婉拒了大盘子，大盘子就去找同学贾大山诉说心里的苦闷，一来二去，第二年"五一"节，大盘子成了贾大山的媳妇。

陈三思的媳妇前年得了癌病，熬了几个月，也一去不回头地走了。陈三思的儿子在城里饭店打工，麦收时被陈三思叫回来帮忙，儿子只干了一天活儿，就累得腰酸腿疼爬不上床，第二天一早背了包袱，对陈三思说："爸，我去城里打工，再也不回来种地了。"陈三思儿子回到城里，拜师学会了烹饪技术，后来辞了工，自己开了一家小酒馆，去年买了房，把媳妇和儿子都带到城里去了。陈三思的女儿考上了市里的一所大专，毕业后也留在了城里。

陈三思光棍一人在村里生活，大盘子又把心思放在了陈三思身上，想圆姑娘时的梦，对陈三思也就格外关心。

陈三思说："你一天到晚瞎咋呼，就你嗓门大，什么事儿还找到地里来了？"

大盘子说："苗书记让我找你，说镇里杨镇长来了，副的，想跟你说说话。"

陈三思直起腰，坐在地上看着大盘子说："杨镇长要跟我说话？"

"是的，苗书记叫我找你，说杨镇长在村部等你呢。"

陈三思略微沉思了一下，说："我估计是说这块地的事，你就说没找到我。"

"杨镇长找你你也不去？"

"我个小老百姓跟镇长有什么话说！"

"那行，我回去跟苗书记说你不想见杨镇长。"

"卢玉花，你个猪脑子？你跟苗书记说我不想见杨镇长，我一张纸画个鼻子，脸就那么大？"

"好好好，我就说没找到你，叫他走人。"

"这还差不多，老同学一场，差点把我卖了。"

"行行行，我不卖你。你就是个犟种。"

大盘子转过身要走，又回过头来对陈三思说："晚上我擀鸡蛋面，炒两个菜，你过来一起吃饭。"

"我不去，别叫人家说闲话行不行？"

"咦——，这个熊人，你生日都忘了？"

"你看我一天到晚尽想着地的事了，连生日都忘了。好好好，你炒好菜等着我。"

"那我走了。"大盘子说罢，扭着大屁股头也不回地走了，她要去告诉老苗支书，她没有找到陈三思。

陈三思估计的没有错，杨副镇长来找他，确实是为了地的事。

这块地，村里让给窑厂烧砖了。

村里有个叫钱涌泉的青年人，外出打工赚了点钱，老苗支书鼓动他，叫他回乡创业，带领乡亲奔小康。老苗支书鼓动钱涌泉回乡创业是有个人想法的，明年村支部换届，他想搞政绩，接着任支书。钱涌泉琢磨来琢磨去，办企业投资太大，再说手里也没有那么多钱，办不起来。他琢磨半个多月，终于想到要办个投资少见效快的窑厂，烧砖。他在城里打工，知道城市建设发展的特别快，尤其是房地产业发展得更快，城里的房子供不应求。成片成片开发建设住宅小区，那要用多少砖！砖厂办起来，没有外出打工的村里人可以进厂工作，不光自己有赚头，村里人也能跟着赚钱，再说村里拿土地入股分红，村集体也能分到钱，镇上来人检查招待的费用也就解决了。钱涌泉把这一箭三雕的事儿跟老苗支书一说，老苗支书高兴地"啪啪"拍着大腿连声叫好。

钱涌泉选中了山夹当里的这块地，土质好，有黏性，烧出来的砖质量绝对孬不了。

老苗支书听了钱涌泉的考察分析，当下心里一"咯噔"，那可是全村产粮最多的一块地啊。不过话又说回来，村里考上大学的人毕业后留在城里工作不回来，没考上大学的年轻人都外出打工了，再好的地没人种，也撂荒了。土地撂荒了是一种资源浪费，浪费了就不如利用起来，利用起来就能为村里人奔小康增加动力。道理再明白不过了，当晚召开村两委会，决定以土地入股的形式投资办砖厂。村两委干部一致举手表决通过，然后分头上门到各家各户做工作，一次性买断土地使用权。

可是走访到陈三思家时，工作做不下去了。陈三思不同意，说这么大的事要好好想想。

老苗支书听说陈三思有障碍，亲自上门做工作："我说你脑子怎么那么不好使呢？你卖了这块地，岗岭上的地照样种，照样长庄稼，你还可以到窑厂干活儿领工资，等于拿了双份钱，有什么不好？"

"这块地庄稼长得好。"

"岗岭上那些地也不孬，哪块地种粮食不够你吃的？"

"那些什么地？比这块地多用好几袋化肥。"

"三思，你儿子在城里开馆子不回家种地，还买了房成了城里人，再过几年还不把你接去享福？"

"地卖了，我就没有那块好地了，这事儿你得让我想想。"

"你这个熊人，我大叔给你起名叫"三思"一点也没错，你就三思吧，我等你给我回话。要快噢，窑厂马上就动工了。窑厂这边动工，那边就开始备料做砖坯，准备年前开窑烧砖，一开春城里建房旺季上市。"

老苗支书走了，陈三思确确实实三思起来，一想到要把种了几十年的一块好地卖给窑厂烧砖，再也没有这块好地种了，心里就像喝了二两香油似的不好受。

陈三思还没有想好，老苗支书下午又来问他："想好了没有?"

"还没有呢。"

"你怎么那么费劲,是不是要我请你一顿?那好,晚上到村里野味馆,我请你吃野味喝桃林大曲。"

"苗书记,别别别,我不能喝。"

"咦——你看你这个熊人还请不动了呢,我书记请你吃饭你也不去?"

陈三思是在家里吃晚饭的时候被老苗支书硬拉走的,到酒馆一看,村两委的干部都到了,钱涌泉也在,而且被大家让着坐在了老苗支书旁边的主宾位子上。

老苗支书说:"今晚光喝酒,不谈事。"

陈三思心想,嘴上说不谈事,可这酒就是有事儿才喝的,平常没见你支书请我喝过酒。老苗支书带头,大家一起喝了两杯酒,而后,几个村委干部各找对家喝,再然后轮流跟陈三思喝。小酒一杯一杯地喝,陈三思的脸很快就红了,脖子也粗了,舌头也大了。酒喝到二八盅时,钱涌泉亲自过来,为陈三思满上酒,双手端起来捧给陈三思喝,陈三思喝完,钱涌泉又倒满一杯酒,再端给陈三思喝。村里有个风俗,晚辈给长辈端酒,是尊敬长辈,是孝敬长辈,晚辈端的酒,长辈不能不喝。钱涌泉为陈三思端了两杯酒,想说什么,被老苗支书止住了:"涌泉,今天不谈事,光喝酒。"

钱涌泉这才把要说的话咽回肚里,看陈三思喝光了他端的两杯酒,说:"三思叔是个痛快人。"

小酒喝到快半夜才散伙,走出酒馆时,陈三思走路有点晃,钱涌泉要送他回家,他不要,要自己走,一路轻飘飘的,半路上遇到了大盘子。陈三思心里明白,大盘子是在等他的。

大盘子说:"三思,你一个人在家,酒喝多了不好,半夜里想喝口水,没人给你倒。"

陈三思心里一热,但嘴上还是说:"苗书记请酒,不喝白不喝。"

老苗支书的酒不是白喝的,陈三思回到家躺在床上准备把卖不卖地的事儿好好想一想,但还没想出个一二三,就稀里糊涂地睡着了,一直睡到天光大亮才醒酒。他爬起来倒杯水喝,又躺在床上想事儿。陈三思不能不想,老苗支书还等着他回话呢。

思来想去,陈三思就想起一件事儿来。这还是前年的事。他收了麦子,在麦茬地里点种秋玉米后,地里就没什么农活了,收秋之前是比较清闲的。听大盘子说她男人贾大山到城里建筑工地打工去了,他心里开始活泛起来,也想趁这段清闲时间找个活儿干干,赚几个零钱。他没有跟大盘子说想跟贾大山去,而是给儿子打了个电话,要儿子在城里给他找个活儿干干。没几天,儿子从城里打电话来,先说给人送纯净水,他琢磨琢磨,送纯净水得买辆摩托车,等回家收秋不干了,摩托车也就用不着了,不干;再说当保安看大门,他又琢磨琢磨,觉得自己还没老,整天跟个木橛子似的站在大门口,一收秋,又得辞工跑回家,让人家保安公司再去找人,总觉得不是个事儿,也不干。他让儿子再找找。儿子后来又打电话来,说贾大山到他馆子里吃饭,他才知道贾大山在城里建筑工地打工。听贾大山说工地缺人手,带工队长天天找人,工钱一天七八十块,就是干活儿儿起早摸黑时间长点。陈三思琢磨琢磨,建筑工地活儿虽说苦了些,重了些,但工钱也多,再说那活儿还能苦过重过地里的泥土活儿?他答应了儿子,第二天一早,用编织袋装了行李,坐车去了城里,儿子带他在新开发区工地上找到了贾大山。

到了工地,陈三思发现一件奇怪事儿。工地上用的黏土砖上都有三排窟窿，还有成堆的水泥砖、空心砖，看不到农村建房用的那种黏土实心红砖。心里又琢磨起来，这黏土窟窿砖、水泥砖、空心砖盖大楼能结实吗？见了带工队长一打听才知道，那有三排窟窿的黏土砖叫多孔砖，现在城里盖楼都用黏土多孔砖和水泥砖或是空心砖，黏土实心砖早就不给用了。

陈三思就是陈三思，不光好琢磨还好弄个清楚明白，他接着问："那砖厂不烧实心砖了？"

队长说："墙改办不给烧，都改成烧多孔砖了。再说，烧了实心砖也没地方卖，城里工地根本进不来。"

"为啥不给烧？"

"我说你是不是猪脑子？我问你，烧砖要不要烧土？烧多孔砖就是节约土地呗。"

"噢。"

"噢什么噢？城里天天盖大楼，光用实心砖那得烧多少地？"

"是的，是的。"

"什么是的是的，连砖厂都不让建新的了你知道不知道？"

"我才出来，在村里还没听说这事。"

"我也是出来干时间长了，人家墙改办今天来工地检查，明天来工地抽查，我才听说的。你问这些干什么？刚出来干就想回家建窑厂啊？"

"我是陈奂生进城，头一回见这砖，觉得新鲜，问问。"

"陈奂生？哪里的陈奂生？"

"原来小说里的一个人物。"

"噢，我说我怎么不认识呢。不建砖厂你问这些干啥？给我上支烟。"

陈三思连忙掏出烟来，想抽出一支给带工队长，却被带工队长一把夺过去，好似自己的烟一样，抽出一支递给陈三思，又抽出一支含在自己嘴里，点上火，抽一口，然后把一盒烟装进自己兜里，对陈三思说："我给你上了半天课，白上啊？"

陈三思说："不白上不白上，听你一说，长了不少见识，拿去抽吧。"

陈三思听带工队长一席话，真长了不少见识，仔细观察一下，果然，工地上出来进去的砖车，拉的不是多孔砖，就是水泥砖。不过陈三思也没把这事儿放在心上，自己又不烧砖窑，操那闲心干啥。

陈三思没有建窑厂，钱涌泉却要建窑厂烧砖了，现在想起来，那多孔砖烧的也是好土啊！没有好土烧不出好砖。要是一般的土都能烧砖，那怎么不用岗岭上的沙土烧砖呢？那沙土就烧不出好砖。再琢磨琢磨自己那二亩地，全是淤土，土质松软，几丈深都挖不到底，要是用来烧砖多可惜呀！

前几年陈三思父亲在弥留之际对陈三思说："我死了，不要埋在山夹当那块好地里，埋在岗岭上就行，留着好地种庄稼。"父亲去世后，陈三思遵照父亲的遗嘱，将父亲埋在岗岭上的薄地里。陈三思想，埋在岗岭上也好，站得高看得远，就是风大点。陈三思想起这件事来心里就发酸，父亲临终前想的还是不跟活人争地，我现在怎么能把好地卖给人烧砖呢？

自打同学贾大山被渣土车撞死后，收秋前，陈三思要了工钱卷铺盖回家，收完秋庄稼，又种上麦子，再也没有出去打工。儿子一遍一遍打电话催他去，说带工队长都找到酒馆里了，他就是不去。他觉得自己就是个农民，一个农民不种地不种庄稼跑到城里去打工，像贾大山那样把命丢在城里不值得。

老苗支书催得紧，第二天上午又来找陈三思，问陈三思想好了没有。陈三思虽说接了地气，坚定了种地的想法，但架不住老苗支书又是请酒，又是一天三遍催，他一边洗脸，一边吐噜着水说："那你容我再想想。"

老苗支书不高兴了，拉下脸来对陈三思说："三思，地你卖不卖窑厂都要开工，你有文化，是村里德高望重的老人，又是老党员，你要支持村里的工作。"

虽说老苗支书给陈三思戴了顶高帽子，但陈三思还是听出来老苗支书说话不好听，说："苗书记，你得容我再想想。"

"我给你时间了，昨晚酒也喝了，你还没想好，怪哪个？"

"种了几十年的一块好地，嘴皮子上下一吧嗒，说卖就卖了，就那么简单？再说，我昨晚也没答应呀。"

"村里人都支持办窑厂，他们卖了地，已经登记造册成了窑厂的工人。再说，村里人回村办窑厂，镇里也支持，这是农民工返乡创业带领大家共同奔小康嘛。"

陈三思忽然想起建筑工地带工队长说的话，又说："国家不是不让建新窑厂吗？"

"哪个说的？不建窑厂烧砖，城里的大楼怎么盖？"

老苗支书的话把陈三思噎得直翻白眼。

陈三思掂量掂量，也觉得老苗支书说的是实话，不烧砖，城里的大楼怎么盖？话又说回来，建窑厂烧多孔砖，烧的不还是土地吗？二亩地一卖，大窑一烧变成砖，盖了城里的大楼，二亩地就没有了。这事还真得搞个清楚，弄个明白。于是他对老苗支书说："苗书记，你再容我两天，想好了我给你回话，不要你来回跑了。"

老苗支书狠狠剜了陈三思一眼，说："那行，你抓紧想，明天窑厂就剪彩开工了，镇里杨镇长要亲自来剪彩呢。知道不知道，钱涌泉的窑厂，是全镇第一个农民工返乡创业项目，很有意义。"

"我听电视里说,十八亿亩土地是红线,要确保粮食安全嘛!"

"就你有文化是不是?少了这二亩地,就没有十八亿亩了?粮食就不安全了?"

陈三思看老苗支书牛哄哄的样子,心里有点不舒服。不过,陈三思还是一脸的热情,书记再小,也是一个村的父母官啊。

"我看你也快成城里拆迁钉子户了。"

"我哪是什么钉子户,我只是觉得二亩好地烧砖可惜了。"

"岗岭上地多得是,你种不完!"老苗支书说完气哼哼地走了,走到大门口又回过头来说:"村里的地我说了算。"

"那不行,你要把我的地卖了,我去告你。"

听陈三思说要去告他,老苗支书忽然站住不走了,转过身笑着说:"我这不是来做你工作嘛!你再好好想想,这是双赢的好事。"

看着老苗支书两只胳膊甩搭甩搭地走了,陈三思歪着头想了半晌,这是双赢的好事?二亩好地烧完了,没好地种了,这是双赢?我还真得到镇国土所去问个清楚哩。

陈三思今天要到镇上去喝喜酒,他在镇上的一个同学的二儿子结婚,一个星期前就托人送来两张请柬,他一张,大盘子一张。他不想跟大盘子一起去,怕孤男寡女的走在一起人家会说闲话,想自己先走,顺便到镇国土所去打听一下。

他推出自行车,锁了大门,推车走到大盘子家院外,见大盘子家大门开着,朝院里喊:"卢玉花,别忘了今天到镇上喝喜酒,我有点事先走了。"

"哎哎哎,在哪家饭店喝?"

"迎春大酒店。你这个人就是稀里哈拉的什么事儿不当真。"

"你等一下,我跟你一块去。"

"我有点事,先走了。"

等大盘子走出大门时,陈三思早骑上车子走了。大盘子冲着陈三思的背影说:"这个熊人,我是老虎哇。"

陈三思刚骑到村头,车链子掉了。他跳下车捣鼓半天才把链条装上,弄了两手油污,在路边抓了把土在手里搓,正搓着,兜里的手机响了,连忙使劲搓了两把,拍拍手,两个手指伸进兜里把手机夹出来一看,是儿子的电话。

"文勇,有事吗?"

"爸,听说涌泉哥要建窑厂烧砖?"

"你听谁说的?"

儿子没有回答他的话,继续说:"你年纪也大了,还种什么地?让给涌泉哥烧砖算了。"

"你爷死了都舍不得埋在那块好地里,要我把他埋在岗岭上,你不是不知道。"

"我知道,我爷那不是老思想嘛!地卖了能赚一笔钱,再到窑厂打工还能赚钱,这是好事嘛。再说,你想在村里住就在村里住,跟些老人说说话,不想在村里就来我这里住,还种什么地?"

陈三思听出来了,儿子是来当说客的,心里烦烦的,关了手机装进兜里。拍拍手上的土,推车子准备走,手机铃又响了,他知道是儿子打的,不接,手机铃又响了两遍之后才默不做声了。陈三思忽然很生儿子的气,这个小东西,你买房子住在城里也还是个农民。

陈三思一边骑车子一边想,肯定是老苗支书叫文勇给他打电话的。不然的话,文勇怎么知道钱涌泉要建窑厂烧砖?他骑车子正走着,迎头碰上骑摩托车的二歪。二歪是老苗支书的小舅子,高中毕业后没考上大学,回村里劳动。老苗当村支书后,提他做了村里的会计。二歪说:"三思哥,上哪去?"

"镇上。"

"办事?"

"办事。"

二歪停下摩托车,两脚撑地,摩托车没有熄火,一直在呼呼啦啦响。二歪问:"办什么事?"

陈三思见二歪没有走,也连忙跳下车,说:"喝喜酒。"

"噢,那我走了。"二歪一加油门,摩托车一溜烟地朝村里窜去。

陈三思骑上车子走了一会,觉得车子越蹬越费劲,越蹬越沉,怎么也快不起来,跳下车子,看看前轮,又看看后轮,才发现后轮瘪了,没气了,他只好推着车子朝镇里走。

陈三思走到半路上的时候,大盘子骑车子从后面赶上了他。

"怎么不骑了?"

"后胎没气了。"

"这是天意,你不等我车等我。"

"呵呵,我不是有事嘛。"

"有事你怎么不去办事?"

"这不是车子没气了嘛。"

"一起走吧。"

"你先走你先走,我随后就到。"

"老同学一场,还怕我吃了你不成。"

"不是的不是的,我怕走路累着你。"

"小时候上学那会儿,不都是走着走嘛。"

"是是是。"

大盘子推着自行车跟陈三思一起走到镇上的时候,天快晌午了。

陈三思叫大盘子先去迎春大酒店,他在修车处补好车胎,急急忙忙骑上车子去了镇国土所，结果，人下班了，门也锁了。

陈三思又连忙骑车子赶到迎春大酒店，大门两边放满了自行车、摩托车、电瓶车，他找地方锁上车子，走到酒店大门口时，没看到自己的同学，却被另一个班叫王鸿生的人叫住了，王鸿生两手抓着陈三思的手，摇了半晌热情地说："陈三思，你也来了。"

陈三思看见王鸿生站在酒店大门口迎接客人，有些莫名其妙地问："你在这干什么？"

王鸿生说："我家二闺女结婚。"

陈三思噢了一声，心里"咯噔"一下，而后立马连声说："祝贺祝贺。"

陈三思没想到另一个班的同学也在这家酒店请客，王鸿生他是认识的，不是一个班的同学，赶巧了，这个礼也得出，可是兜里只带了二百块喜礼钱，剩下的是些零钱，只好到桌上问问大盘子多带钱了没有，如果也没多带，只好找镇上的同学先借一下，把礼随上。陈三思还没有说话，王鸿生先说了："你是来喝于涛家喜酒的吧？他家在二楼。"

陈三思到二楼先上了礼，然后伸着脖子在大厅里找大盘子。大厅里都是人，乱哄哄的，小孩子到处乱跑，大人跟着到处乱喊。他伸长脖子找了半天也没看到大盘子，却听到大盘子喊他，伸长脖子一看，大盘子在不远处的桌旁站起来朝他招手，他连忙走过去。

大盘子在旁边给陈三思占了个座位。陈三思向大盘子借了二百块钱，到一楼王鸿生家随了礼，又回到二楼来。

同学专门安排了两桌。

陈三思没想到，在酒席上见到一个在镇国土所工作叫赵鹏飞的同学。陈三思跟别人换了座位，和赵鹏飞坐在一起，小声问起来土地烧砖的事。

赵鹏飞说:"上边是有这个政策,不让新建窑厂。不过,钱涌泉返乡创业的事镇里是肯定的,还当成示范项目来支持,要贷款给贷款,要土地给土地。"

"那不是把我家二亩好地给烧光了吗?"

"年轻人都外出打工不在家,现在村里光剩老弱病残了,再好的地也没人种,撂荒的地多得是。你家又是个小山村,天高皇帝远,多块地少块地的谁去管?再说,这是村里定下来的事,也是镇里定下来的事,更没人管。"

听赵鹏飞一席话,陈三思什么话也没说,酒宴开席后,一直和同学们你来我往地喝酒。

陈三思今天修了一路自行车,又多花了二百块钱,老同学还没有给他任何希望,心里觉得窝囊透了,回到家一直睡到傍天黑,被放在枕旁的手机铃声聒醒了,他迷迷瞪瞪接听电话,又是儿子打来的,心里厌烦地说:"文勇,我的事你不要管,你不偷不抢开好饭馆就行。"随即挂断电话。他以为儿子还会打过来,等了半晌手机也没响,还想接着再睡,谁知大盘子拍得大门"砰砰"响,一边拍一边喊:"三思,起来没有?"

陈三思只好不睡了,穿衣起床,但他一直没有答应大盘子。

大盘子不知陈三思醒了,继续拍门大声喊:"三思,三思,起来没有?"

这个熊女人生怕人家不知道似的,陈三思没好气地说:"起来了,你喊魂呢!"

"我怕你一个人睡过去了。"

陈三思和大盘子中午在镇上喝喜酒时听同学们说,大夏天的时候,镇上有个人夜里就睡过去了。那人的老婆不在家,在省城儿子家带孙子,他一个人在家。老婆第一天打手机没人接,第二天打手机还是没人接,后来再也打不通了,第三天乘车赶回家一看,人早挺了,肚子都发胀起鼓了。找医生来查,是心肌梗死睡过去的。

尽管大盘子咋咋呼呼的,但陈三思还是很感动,到底是同学啊,不然的话,谁管你?他起来开开大门,说:"就你关心我是不是?你就不能小点声?上学时你就嗓门大,到现在也改不过来。"

"中午你喝了不少酒,我做了一锅面汤,你过来喝。"

陈三思锁上大门,正准备跟大盘子去家里喝面汤,二歪骑着摩托车"嘎吱"一声停在门口,嬉皮笑脸地说:"哎哟好,三思哥,跟我大盘子嫂子好上了。"

陈三思十分不高兴,斜了二歪一眼说:"跟你大盘子嫂子好不好那是我的事,你管不着。"

大盘子上去要拧二歪的嘴:"我叫你胡说八道。"

二歪连忙躲开大盘子,笑着说:"三思哥,我姐夫叫我来听你回话呢。明天杨镇长亲自来窑厂开工剪彩,说是镇里的一件大事呢。"

陈三思没好气地说:"我还没想好。"

二歪略微停顿一下,说:"三思哥,你那块地长到两头,窑厂取土不方便,我姐夫说了,你要实在不想卖地,就跟你换地,把长条子地换成方地,这样方便取土,你种你的地,窑厂烧窑厂的砖,两不耽误。你看这样行不行?"

陈三思一下子没拐过弯来,说:"你说怎么换地?"

二歪把刚才说的话又重复了一遍,说:"这回听清了吧。我姐夫说的,要充分发挥民主,允许保留个人意见,也就是说允许你保留土地。"

陈三思琢磨来琢磨去,说:"我得考虑考虑。"

"三思哥,找你办点事怎么就那么难呢?你这名字一点儿没起错,尿泡尿也得考虑考虑是尿在外边,还是尿在家里。"

大盘子在一旁"噗嗤"一下笑出声来。陈三思瞅了瞅大盘子,大盘子立马捂着嘴到一旁"嗤嗤"地笑起来。

二歪也笑着说:"三思哥就是这肉人,打小就是。那回几个小孩去偷生产队里的瓜吃,他说你们偷你们的,我得想想。等我们几个偷了瓜都跑了,他还没想好,结果被看瓜人逮着了。"

大盘子笑得弯了腰:"我个娘哎,真笑死我了。"

"那行,换就换,省得麦子一时半天也割不到头。"

"那你现在就去,我姐夫在那儿等着你呢。"

"明天吧,天快黑了。"

"不耽误你上我大盘子嫂子家喝面汤。"

"那我也去看看。"

"你去干什么?又不是你家的地。"

"那行,我在家等你回来喝面汤。"

"你看,还是我大盘子嫂子知道疼人。"

"二歪,你要死了你。"

"我骑摩托带你去。"二歪说完骑上摩托,连着踩了好几脚,摩托也没发动起来。他对陈三思说:"帮我推一下。"

陈三思抱着后备箱猛推一把,摩托车朝前猛蹿了十几米,才"噗噗啦啦"发动起来。陈三思跑着追上去,坐在二歪身后,两手抱着二歪的腰,二歪一加油门,摩托车一溜黑烟地跑起来。

等陈三思到大盘子家喝面汤时,天已经黑透了。

"地换哪去了?"

"换在中间了。"

"我说陈三思,你真就那么肉?地撂荒了也是撂,烧砖了还能烧来钱，这不是好事嘛！你看你多啰嗦。"

"卢玉花，你是真傻还是假傻？全村就这一块好地，烧砖盖房子了，地就没有了你知道不知道！"

"我家儿子大学毕业在城里找了工作，也不回来了，就我一个女人，等他过几年儿子结了婚，有了小孩，我就过去带孙子，家里没人了，再好的地也没人种。"

"卢玉花，我不是说你，我不想去城里，在家里种地，八辈子也不会遇到车祸。还有，我又没有技术，到城里打工是出苦力，在地里干活儿也是出苦力，何必呢。"

"反正暂时我又不走，跟你一块在家种地。"

"别别别，你该上城里上城里，该带孙子带孙子，我没叫你和我一起种地。你也不怕村里人说三道四。"

"我一个寡妇娘们都不怕，你个大老爷们还怕啥？我就喜欢你，从上学时候就喜欢，到现在还喜欢。"

"好好好，别说了，喝汤喝汤。"

等陈三思从大盘子家出来时，村街上也没人了。大盘子要送他，他不让，说等回来我还得把你送回去不是。他一个人走在空空荡荡的村街上，有人的人家亮着灯，传出来电视剧里打打杀杀的声音；外出打工没人在家的人家，黑灯瞎火的一片漆黑。

陈三思洗了脚在床上躺下来，打开电视找新闻看。陈三思虽说是个农民，可他是初中毕业，是有文化的人，他喜欢看新闻，新闻里尽说些国内外大事，看了听了人心里敞亮。他从头到尾换了一遍台，没找到新闻节目，干脆关了电视，两眼望着屋顶想心事。他越想越觉得不对劲，就剩我一块地了，其他的地不是照样烧砖烧没有了吗？钱涌泉干什么不好呢？建个厂，办个企业，哪样不比建窑厂烧砖好？中午喝喜酒时赵鹏飞也说了，为了节约土地，上边确实有政策不让建新窑厂烧砖。村里新建窑厂镇里不管，我得到县里去问个明白，地烧砖烧完了，那些外出打工的人回来了哪还有地种？

陈三思琢磨好了，反正地里也没啥活儿，明天去县城问问。

第二天早上，陈三思起来，到村里卖煎饼的人家买了十块钱热乎乎香喷喷的新煎饼。其实城里不缺煎饼，只是儿子早打电话说想吃家里的煎饼，还说城里的煎饼没有家里的煎饼好吃。陈三思因为没有什么事需要到城里去，专门给儿子送一趟煎饼也不值当，所以他一直没有到城里儿子家去，也就一直没有带煎饼去。陈三思把煎饼送回家，又到菜园里拔了一捆葱，一起顺便带给儿子。城里喝口凉水都得花钱买，大葱是自家菜园里长的，不用花钱买，开小馆子正好用得着。

三耽搁两耽误，快半上午了，陈三思才推出自行车准备动身。陈三思早琢磨过了，镇里的班车到县城半小时一班，啥时到儿子家都有饭吃，开小馆子的没有饭吃那不笑死人了嘛。不过，村里到镇里没有班车，要骑自行车到镇汽车站，把自行车寄存了，然后再坐班车去。陈三思用编织袋装了煎饼，又装了大葱，鼓鼓囊囊一袋子，用绳子捆在自行车后座上，这才骑上车子走。骑到大盘子家门口时，又下了车子，心想跟大盘子说一声，省得她大嗓门村里村外地找，弄得全世界都知道。他两手扶着车把，看看大盘子家的大门没有锁，朝家院里喊："卢玉花，卢玉花。"

大盘子答应着跑出大门，一看陈三思要出门的样子，问道："上哪去，这是？"

"去县城，文勇想吃家里的煎饼了，我想再顺便到国土局去问问让不让建新窑厂的事。"

陈三思没想到实话实说竟惹出了事。

住在大盘子家隔壁的邻居于四孩，听说陈三思要去城里国土局，心里猛一"咯噔"，陈三思这是要去告状，连忙从院里窜出来，拉着陈三思的车子不让走。于四孩说："三思哥，涌泉办窑厂是好事，你千万不能去告他。我的地都卖了，钱正好给我妈看病。"

"谁说我要去告涌泉的？我只是想去问问让不让建新窑厂，怎么是去告状？再说，你妈看病，不是有合作医疗吗？"

于四孩原来也在城里打工，他妈种不动地，家里的地好几年没人种，草长得有半人高。去年他妈病了，他只好辞了工回家照看他妈。于四孩说："有合作医疗也得先拿钱看病后报销。我还得给我妈买营养品吃，打工挣得那点钱早花完了，再说我想买点好药给我妈吃，那也是不报销的。"

两个人正说着话，听村西山脚下噼里啪啦一阵鞭炮响，几个人都抬起头来朝村西头张望。于四孩又说："窑厂都剪彩开工了，你还去问个啥？"

大盘子也说："全村人都说涌泉建窑厂好，就你说不好，你别没事找事。"

于四孩又说："我已经跟涌泉签了协议，在窑厂做工，又有钱挣，又能照顾我妈。"

陈三思瞪了大盘子一眼说："我只是去问问，又没说去告状，这叫没事找事？"

"昨天晚上，二歪不是找你去换地了吗？"

"换是换了，要等收了玉米，种麦子时才能把地真正换过来。"

"三思哥，你不卖地，苗书记给你换地了？"

"我不卖，我要种地，全村就那一块好地是不是？"

"那你还去问个啥？你种你的地，他烧他的砖，谁也不碍谁嘛。"

"我是替大伙想的嘛,烧砖烧完了,地就没了。"

"我家还有岗岭上的地,种粮食也够吃的。"

"不说了,我得给儿子送煎饼去。"陈三思说完,推自行车要走。

大盘子一把拉着车后座上的编织袋说:"你这个人怎么那么犟!"

"不是我犟,是我想弄明白这个事。"

"那不还是去告状?"

"这跟告状两回事,我只是去问问。"

"怎么是两回事呢?你去问问,人家说不让建,这边建了,不是去告状是什么?"

"我再说一遍,我真的不是去告状,我只想弄明白。"陈三思说完,两手使劲朝前猛推车子,挣脱了大盘子的手,骑上车子头也不回地走了。

大盘子看着陈三思的背影,无可奈何地说:"这个熊人,上学时就好钻牛角尖,一辈子也改不了。"

于四孩像从梦里刚醒过来似的,撒开两腿朝村西猛跑,他要去告诉老苗支书,陈三思进城告状去了。

剪完彩,放完炮,老苗支书正陪着杨镇长看挖掘机挖土,于四孩跑得一头大汗,离老远就说:"苗书记,快点,陈三思要到县里去告状。"

老苗支书正跟杨镇长指指点点说话,猛听有人喊,没听清,问道:"谁要去告状?"

"陈三思。"

"告什么状?"

"新建窑厂烧砖。"

老苗支书一听上了火:"这是镇里农民工返乡创业示范项目,

又不是我自己的项目，杨镇长刚给我们剪了彩，有镇政府的支持，还反了他不成！"

老苗支书看看杨镇长，杨镇长走到一旁打电话，打完电话，关了手机，对老苗支书说："我安排人把他截回来，你跟我的车去镇上把他带回来。记着，千万不要激化矛盾，要和谐，保稳定。"

陈三思刚到汽车站，就被镇派出所的人拦下来了。

老苗支书是在镇派出所见到陈三思的，说："三思，你这不是给我使绊子嘛。"

陈三思也连忙说："苗书记，我哪里是去告状，我想给儿子送点煎饼过去，顺便问一下能不能建新窑厂的事。"

"你看看，你看看，这不就是去告状？走走走，今天中午我请客。"

"我得去给儿子送煎饼呢。"

"不用你操心，我找人专门给文勇送去。"

老苗支书走到一旁打了一通电话，回过身来说："都安排好了，你把东西放在派出所里，他们一会儿来拿。"当他带着陈三思从派出所里出来时，二歪和于四孩骑着摩托已经等在大门口了。

老苗支书要陈三思坐于四孩的摩托，他自己坐小舅子二歪的摩托。陈三思说："苗书记，我自行车还在汽车站呢。"

"自行车好办。走，到汽车站去。"

几个人一起来到汽车站，二歪找来一辆三轮车，把陈三思的自行车放在三轮车上，对三轮车司机交代几句，转过头对陈三思说："走，回家到野味馆吃饭。"

陈三思见老苗支书把事儿安排得滴水不漏，也无可奈何，只好跟老苗支书一起回村。他心里想，这事儿怎么弄成我要告状了呢？是老苗支书把这事儿弄拧巴了。

　　这回是老苗支书亲自骑摩托带着陈三思，于四孩带着二歪，两辆摩托噗噗啦啦冒出两股黑烟出了镇，风驰电掣般朝村里驶去。

　　日子过得飞快，砖窑也建得飞快，一个多月后，窑厂建好了，制砖机安装好了，高高的烟囱也盘起来了直插蓝天。钱涌泉到底是在外面打过工见过世面的，做事儿一是一二是二有板有眼，砌窑盘烟囱的同时，挖掘机日夜挖土取土，安排人手制砖坯。砖坯不是制出来就能烧砖，那样砖会烧裂，再好的土也烧不出来好砖，砖坯要风干后才能烧砖，好土才能烧出高质量的好砖。钱涌泉果不食言，村里除去外出打工不在家的，凡是能干动活的人不分男女，都成了窑厂工人，到窑厂做工。村里人做梦也没有想到，在家门口成了工人。虽说也是做泥土活儿，但跟种地不一样，每月能领到几百元工资，挣得是比外面打工少一点，可不离乡不离土的，这是天上掉馅饼的事呀。村里人都说钱涌泉干了件大好事，不少老人给在外面打工的孩子打电话，要他们回来到窑厂干，一样做工，一样拿钱，在外面风风雨雨的，哪有在家老婆孩子热炕头的好？村里家家喜气洋洋，都沉浸在浓郁的幸福生活氛围里。

　　秋玉米成熟了，因为没有人手，许多人家掰下玉米头，秸秆也不要了，挖土机想怎么挖就怎么挖，连同泥土一起做成了一排排一摞摞的砖坯，只等开窑烧砖。收秋了，陈三思也是没白没黑地忙，砍下玉米秆拉回家，将玉米头一个一个掰下来，然后再把苞皮剥下来，露出金黄的玉米穗，放在院里院外的水泥地坪上晾晒。陈三思不光收自己的玉米，还得帮大盘子收玉米。贾大山走了，就剩大盘子一个光棍女人，虽说把地卖给窑厂烧砖了，收完最后一季玉米，就不再种麦子了，但作为老同学，他没有任何不帮忙的理由。不然的话，大盘子一个女人是要累死的。那样，他心里也过意不去。至于大盘子对他一厢情愿，那是大盘子的事，他上学的时候对大盘子就没有想法，现在还是没有任何想法，只是觉得大盘子是他的发小，是同学，他应该帮大盘子一把。

大盘子把玉米头从秸秆上掰下来，陈三思赶了牛车帮着拉回家。

大盘子一个人穿梭在玉米地里来来回回地把一筐一筐的玉米头背出来集中在地头，手上、脸上被玉米叶划得一道道的红印子，当她把一筐玉米头背出来倒在牛车上时，累得一屁股坐在地上，对正在装车的陈三思说："这辈子我都不想在地里干活儿了，累死个人。"

陈三思说："这是你家最后的玉米了，以后想掰玉米都没有玉米掰了。"

"岗岭上的地，我以后只种麦子，收割机轰轰隆隆走几趟就完事了。"

听了大盘子的话，陈三思摇摇头，他觉得大盘子目光太短浅了，只想到了自己，没有想到子孙。也不能怨大盘子有这种想法，村里的女人都这样想。土地是子孙可以用的，那砖子孙也可以用吗？他觉得大盘子是上过学读过书的人，不应该有这样的想法。他用筐装了玉米头倒进车厢里，再装满一筐倒进车厢里，他家的老牛在啃一颗玉米头的苞皮。

大盘子见陈三思半天没有说话，一个劲儿干活儿，看看陈三思，见陈三思胡子拉茬的，心疼地说："三思，你也歇歇，过来说会儿话。"

陈三思一边装玉米一边说："你累了先歇着。昨天晚上我看天气预报，说明天阴天有雨，要抓紧把玉米头拉回家。"

大盘子竟呜呜哭出了声。

陈三思见大盘子哭了，心里有些纳闷，哪句话得罪她了啊？想想，自己没说什么，就喊："卢玉花，好好的你哭什么。"

陈三思这么一说，卢玉花竟放开嗓门大哭起来，地里收秋的人都跑出来看。

"哭什么哭，人都来看你了，还不知道我把你怎么着了呢。"

大盘子收了声，抬起胳膊在眼上抹了两把，说："我先回家，晚上给你包饺子吃。"

陈三思觉得大盘子今天哭得有点怪，好好的，正说着话，哭啥呢？

陈三思哪里知道，他说大盘子累了先歇歇的话，让大盘子暖了心窝子。

看着大盘子一扭一扭的大屁股，陈三思想，贾大山走了，大盘子一个人确实不容易，女人的活儿她要干，男人的活儿她也要干，这么一想，心里也酸楚楚的。

陈三思把最后一车玉米头拉回家时，天已经黑透了。他卸了车，又把玉米一筐一筐地搬进大盘子家院里，这才把牛卸下来，牵回家，先打了半桶水给牛饮了，又在槽里拌上料，把牛拴在牛槽上，看着牛吃得香喷喷的，自己这才打水洗了把脸。他本不想去大盘子家吃饺子的，他怕村里人说闲话。又一想，负了老同学一片热情也不好，思来想去，最后还是决定去大盘子家吃饺子。经过村里小店时他买了二十块钱的面包，他记得大盘子上学时就喜欢吃些小零食。

收完秋后，陈三思按照原来跟老苗支书达成的协议，把原来的长条地换成了方地，而且是换在了一大片土地的中间。陈三思很高兴，觉得老苗支书想得很周到，窑厂烧窑厂的砖，我种我的地，两全其美嘛。

　　白露还没到，不是种麦的时候，陈三思先把积攒的肥料像点眼药似的撒在地里，又扶犁吆牛细细地耕了一遍，平平整整黑油油的土地，散放出一股迷人的香气。陈三思觉得对土地的功夫还没有下到，又从大盘子家借来贾大山死后就没用过的耙，套了牛，往耙上一站，牵着牛绳，鞭子在空中"啪啪"甩个响，亮开嗓子唱道："我那遥远的小山村，小呀小山村……"不远处窑厂做工的人们都抬起头来看他悠闲自得的模样。

　　陈三思虽然没有朝窑厂看，但他知道大盘子一定在看他。

　　窑厂一片繁忙景象，运土的，活泥的，制砖机隆隆响，一车一车的砖坯被堆到空地上进行晾晒。那是一大片空地啊，足足有十几亩地大小，砖坯被码成半人多高，上面用稻草帘子盖起来，像戴了斗篷，一垄一垄地排列开来，很是壮观。挖掘机日夜轰鸣备料子，取土的地方已挖成深坑大塘了，料子备得像平地堆起来的山。

　　陈三思晚上回家的时候，碰到了于四孩。于四孩说："三思哥，涌泉想开窑烧砖了。"

　　"不是说年后烧的嘛。"

　　"涌泉想先烧砖，等明年开春，城里的大楼一动工，砖就上市。知道这叫什么吗？这叫抢占市场。"

　　"这小子有头脑。"

　　"听说杨镇长明天来点火开窑。"

　　"杨镇长来点火？"

　　"涌泉的窑厂是镇里的什么示范项目，开窑烧砖当然要镇里领导来点火了。"

　　陈三思觉得于四孩也有点儿牛哄哄的。一个小窑厂，开窑烧砖还要镇领导亲自来点火，是不是有点太那个了，嘴上却说：

"涌泉这小子这么厉害。"

"听说涌泉这个项目是杨镇长亲自抓的典型，苗书记一请，就把杨镇长请来了。三思哥，你的地还没种，闲着也是闲着，不如也来窑厂干几天，赚点儿零钱花花。"

"我耙耙地，白露一到就该种麦子了。"

走到于四孩家门口时，碰到大盘子站在门口，大盘子对陈三思说："正要去找你，我擀了鸡蛋面，你来家吃。"陈三思没有去。大盘子说了声"这个熊人"，回到院里，"咣当"一声关了大门。

陈三思第二天上午耙地时看见窑厂来了一辆小汽车，心想，杨镇长还真来点火开窑了。正好问问杨镇长，砖还没烧，地都挖成深坑大塘了，今后我孙子哪有地种了？他套上牛，站在耙上又唱起来："我那遥远的小山村，小呀小山村……"

真的是杨镇长坐小汽车来为涌泉点火开窑的。杨镇长一下车，被早在窑厂迎候的老苗支书和二歪、钱涌泉团团围了起来。

老苗支书说："感谢镇座百忙之中来点火开窑。"

杨镇长听着有点不舒服，什么镇座不镇座的，那不是当年国民党那一套嘛。想想，村里基层干部这是尊敬自己，把副镇长喊成镇长，心里还是挺受用的。说："哪里哪里，涌泉的窑厂是镇里农民工返乡创业示范项目，就要起个好的示范带头作用嘛！"

"那是那是，给镇座简单汇报一下，砖虽没有烧，但村里老少爷们的工资一分都没少，按月发放。"

"你看看，这不就是带领乡亲奔小康嘛！"

老苗支书拍拍钱涌泉的肩膀，说："涌泉，你是村里致富奔小康的领头人啊！"

钱涌泉叫老苗支书说得有些不好意思，脸红脖子粗地说："为乡亲们办点事，是我应该做的。"

"镇座，你看看涌泉这人多实在。"

"镇里每个村要有一个涌泉这样的致富能人，还怕咱镇到不了小康？我们还要多多动员外出打工的能人返乡办项目，带领更多的人致富奔小康！"杨镇长说完，接着又问了问开窑烧砖的准备工作是不是都做好了。

老苗支书说："万事俱备，只欠镇座一把火了。"

老苗支书点着火把，递给杨镇长，杨镇长朝窑里一扔，噗的一声燃起一片腾腾火焰，不一会儿，高高的烟囱里就冒出了滚滚浓烟，窑厂一片欢呼。

正在人们欢呼的时候，于四孩看见陈三思朝窑厂奔来，急忙跑过来对老苗支书耳语了一番。老苗支书心想，陈三思这小子怎么净给我使绊子呢？就对于四孩说："找几个人把他堵回去，等杨镇长走了再说。"

于四孩招呼三五个人，一齐迎着陈三思奔了过去。

陈三思从深坑大塘里爬上来时，被于四孩几个人堵了个正着。

陈三思对于四孩说："四弟，我又不是去告状，我是想问问杨镇长，土地烧砖烧没有了，我孙子以后怎么种地呢。"

"三哥，这岭上的地，你孙子的孙子也种不完呀，你看你操多少心。"

"你看看这深坑大塘，我真是想不通，只想问问，国家让不让毁地烧砖。"

"三哥，你这还是要告状嘛！"

"我真的不是告状，我就是想弄个明白。"陈三思说完朝于四孩背后看看，见不远处杨镇长的小汽车已经走了，跺着脚说："杨镇长都走了，我去问哪个？"而后气哼哼地回去耙地了。

这时，刚好老苗支书从窑厂那边赶过来，于四孩把陈三思要找杨镇长问问今后孙子种地的事说了一遍。

老苗支书说:"他儿子都成城里人了,孙子还回来种地?这不是笑话嘛!"心里却想,陈三思你干嘛非要跟我过不去?

白露前刚好下了一场小雨,土地潮乎乎的,正好种麦子。陈三思扛了耩子背着麦种牵了牛去耩麦子。陈三思提锣掴鼓的没有从窑厂取土的大塘里走,而是多绕了二里路,从山边到自己的地里去。

陈三思看见一台挖掘机正在自己的土地边上挖土,立马松开牛缰绳放下耩子,跑到挖掘机跟前大声朝司机喊:"停下来停下来,谁叫你到这儿挖土的?"

司机没听到,挖掘机还在轰轰隆隆地挖。

陈三思跑到抓斗前对司机连连摆手,司机小伙子猛然看见抓斗前有人,这才停下作业,伸头问:"大叔,什么事儿?"

"谁叫你到这儿挖土的?"

"苗书记。"

陈三思决定去找老苗支书来看看,那边挖成深坑大塘了,又到我地边上来挖了,说不准就挖了自己二亩地里的土!土挖走了,就没有地了不是?陈三思回村去找老苗支书,前脚刚走,挖掘机后脚又轰轰隆隆继续挖土。

老苗支书听陈三思说挖掘机要挖他地里的土,二话没说,急急忙忙带着二歪和于四孩一起来到陈三思家的地边,看看,对陈三思说:"三思,没有挖到你家的地呀?"

"那边那么多土不挖,偏到我家地边来挖,要是挖了我家地里的土怎么办?"

"三思,绝不会挖你家地里一铲土。"老苗支书说完,对二歪说:"你跟四哥几个人,弄点石灰来,把三思家的地方方正正给我圈出来,告诉司机,敢在三思家地里挖一铲土,我饶不了他。"转过头,又对陈三思说:"三思,有我在,放心种你的地,不会少一把土。"

老苗支书和二歪于四孩几个人走了,陈三思放下心来种麦子。整整耩了一天的地,天快黑时,把二亩地种完了,看着一垄一垄耩腿印子,自言自语地说,过几天麦子就出来了。

四五天之后,陈三思到地里看麦苗出来没有,看见田里撒了一溜石灰粉,自己的二亩地圈在石灰粉里,挖掘机正在石灰线外作业挖土。陈三思大步量了地边的长和宽,长宽相乘在心里一算,比二亩地还多出一二十平方米,心里很好受,很感激老苗支书。他对自己说,到底是书记噢,说话办事就是到位,一句话,没人敢挖地里一铲土,哪天得请老苗支书吃顿饭,好好谢谢他。

陈三思还没有请老苗支书吃饭,一天上午到麦田里看麦苗出齐了没有,要是苗没出齐,补种还来得及。他到了地头,忽然发现不对劲了,这才几天,那一溜用石灰线圈出来的地还在,可地的一边却被挖成了十几米宽一人多深的沟,地边被挖得齐崭崭的直上直下十分陡峭。他心里老大的不舒服,蹲在地头上一连抽了几根烟。

他走过去,要找挖掘机司机说道说道。

司机小伙子从驾驶楼里跳下来,点颗烟,抽了一口说:"窑厂里的砖通过县里质监部门检测好得不得了,镇上杨镇长在县里又请房地产开发商开座谈会,烧出来的砖成了抢手货,已经供不应求了。原来光白天挖土备料,现在又请来一个司机,准备夜里也干。村里人手不够,窑厂准备招外村人来做工,人歇,制砖机不歇,二十四小时连轴转。"

陈三思虽说是村里人,可他对窑厂的事不感兴趣,从来不过问,今天听挖掘机司机小伙子一说,这才知道窑厂干大了。

司机小伙子又说:"听说,涌泉还要新上一台生产线。春节也不休息,加班干,一开春,砖肯定不够卖的。所以嘛,我们就紧着备土,从远处慢慢朝窑厂跟前挖。现在才挖了两米深,这层土用完了,说不准下一步还要朝深里挖。听说这块地里的土有十几米深,够烧几年的。"

陈三思心里堵了一口气,司机小伙子打个招呼,又爬上驾驶楼,他也没吭声。半晌,他才醒过来,是不是再到城里去问问?

回到村里,见二歪正在村口人家的山墙上贴广告,陈三思走近一瞧,是窑厂扩建招工广告。他想,这回我真的要到城里去告一状了。

回到家,陈三思带了两件衣服,装在老旧的人造革黑包里,挂在车把上,推出自行车骑上就走,忘了锁门,骑了几步又下来,跑回去把大门锁上,还使劲拽了拽锁,没有拽开,这才放心地走了。

陈三思还没出村呢,于四孩鬼一样地出现在村街中央,张开两臂拦下他的自行车,说:"三哥,苗书记要我找你,今天中午他请村里的老党员吃饭,为扩建窑厂再出把力。"

陈三思也学精明了,他不再实话实说要去城里问问让不让新建窑厂的事了,撂下一句话:"我有事。"骑上车子就走,却被于四孩一把拉住了后车座,他只好再次跳下自行车。

"你拉我车子干什么?"

"三哥,你是村里的老党员,你得给苗书记面子,他是我们的书记。三哥要是信得过我,有什么事说一声,看我能不能帮你办。"

陈三思看了一眼于四孩,又看了一眼于四孩,心想,今天走不了了。于是,推车子回家,心里琢磨着,改天再去。

于四孩跟在他身后说:"中午十二点,村里野味馆,早点去,别叫苗书记等。你先回家，我再去找其他几个老党员。"

老苗支书中午真的请村里的老党员在野味馆吃饭，陈三思没有去，正在家做饭，于四孩上门来请他，灭了灶里的火，硬是把他拉去了野味馆。

陈三思准备镇上逢集时把玉米卖了，顺便把大盘子家的玉米也带去一块儿卖了，她一个女人，哪里弄得动。这才想起，好几天没看到大盘子了，也没有听到大盘子的大嗓门了。他觉得有些奇怪，这人怎么不见了呢？她知道大盘子在窑厂做工，见了在窑厂做工的人一问，才知道大盘子病了，两天没去窑厂上班了。

陈三思一溜小跑去了大盘子家，推开院门，屋里屋外冷冷清清，敲敲堂屋门，没听到大盘子平时的大嗓门和那急促来开门的脚步声，又敲敲，问道："卢玉花在家吗？"半晌，才听大盘子在屋里说："是三思，进来吧。"

陈三思走进院里，推开房门，见大盘子躺在床上，嘴唇也干裂了，人十分憔悴。连忙去拿热水瓶，想倒杯水给大盘子喝，却没倒出来一滴水，埋怨大盘子说："你一天到晚喳喳叫，生病了怎么也不说一声？"说完，去灶屋在液化气灶上烧了两壶水，倒出一杯，端放在大盘子床头的桌子上，说："还没吃饭吧？我去给你做饭。"然后到灶屋，下了一碗挂面，还做了两个荷包蛋卧在上面，也端到床头，说："一个人有什么难事，吱一声。我们是老同学，我不帮你谁帮你。"

陈三思试试杯子里的水，拿了几颗药片放在大盘子手里，大盘子把药片放进嘴里，接过陈三思递过来的水，一仰脸把药片吞了下去，这才舒了一口气，说："干活儿热了，脱衣服受了凉，浑身骨头都疼。"

"那是重感冒，挂水没有？"

"没有，拿了几片药，我以为吃了就能好了。"

"都是五十多的人了，还不会照顾自己。"

"三思，你真的要去城里告状？"

"你听谁说的？"

"于四孩说的。"

"我不是要去告状，我是看不下去了，好好的地都烧成了深坑大塘，你说咱农民没有地还叫啥农民！全村就这一块好地是吧？"

"三思，也不是我说你，你打上学时做什么事都前思后想好琢磨，到现在还是这德性。"

"你上学时就喳喳呼呼的，怎么到现在还喳喳呼呼？不是改不了嘛。"

"听我话，别去告了，也别去问了，你种你的地，他烧他的砖，互不相干，安安稳稳过你的日子算了。"

"我也不想没事找事，我就是心里想不通，好好的地烧砖烧没了。"

"烧就烧吧，你家儿子闺女都成了城里人，我家儿子也在城里找了工作，过几年在城里找个媳妇，人家跟你到这小山村来种地？我连做梦都没想过。再说，村里年轻人都外出打工了，就剩些老头老太太，等我们这一辈人死了，地更没人种了。听我话，别去问了。"

"那我再想想。"

"你这个熊人，还想什么想？这以后出村上哪去，跟我说一声。"

陈三思听了一愣："卢玉花，你什么意思，我上哪里去还要跟你请假？"转念又一想，大盘子从来都没有这样说过，问道："是不是苗书记要你看着我？"

"你这个熊人,我关心你你都听不出来?"卢玉花嘴上这样说,心里却说,还真让这个熊人猜着了,真是老苗支书叫我看着你的。

陈三思听卢玉花这么一说,也没多想,脸一红,"嘿嘿"一笑,说:"快吃面,都凉了。"

大盘子说胳膊酸抬不起来,拿不了筷子,非让陈三思喂她不可。陈三思想想,自己有一回生病了,也是大盘子喂的饭,啥话也没说,把一碗面条和两个荷包蛋都喂进了大盘子嘴里。

洗了碗,陈三思又把想去集市卖玉米的事说了一遍,大盘子说:"三思,你有事总是想着我噢。"

"大山走了,村里就咱几个同学,我不想着你谁想着你!"

大盘子两行热泪哗哗地流了下来。

一直到过完年麦苗返青时,陈三思才到地里去看麦子,如果长势不好的话,他想买两袋化肥,追追麦子。出了村西头,他就傻眼了,远远望去,窑厂旁边兀自立起一座土山,是窑厂一个冬天取土备料堆起来的,把他的二亩地和二亩地身后的那一片岗岭全挡住了。是不是我的地也给窑厂取土了?他一口气跑过土山,见二亩地还在那里,一片青绿,这才松了口气。他刚把心放下来,不由得又提了起来,眼前是两米多深十几米宽的沟壑,二亩地已有三个边被取土备料挖成了深坑大塘,靠山的那一面还正在挖。二亩地近在眼前,却只能看,过不去。陈三思想,要是都挖通了,跟电影里的护城河似的,我的二亩地不成孤岛了嘛!他立即狂奔起来,绕了半天的路来到二亩地头时,两眼睁得比鸡蛋还大,他趴在地边朝下一看,笔直陡峭,一排排抓斗印子清晰可见,吓得一哆嗦,差点儿掉下去,连忙朝后退着爬了几步才站起来。

陈三思抓起身边的一块土坷垃，想朝正往自卸车上装土的挖掘机砸，但是他克制住自己的冲动，把土坷垃狠劲扔进了深坑里。怎么能怪挖掘机呢？没人叫他到这儿取土，他敢这样把他的地边挖成几十米宽的深坑大塘吗？陈三思突然想，一定是老苗支书叫他这样挖的。陈三思把这一年来发生的事迅速在脑海里过了一下，老苗支书从原来做工作叫他卖地，到换地留下来让他种地，还方方正正用石灰粉划了线，这一切原来都是阴谋啊！陈三思的心被撕裂了，哗哗淌血。

这时，开挖掘机的司机小伙子看见了站在悬崖一样地边上的陈三思，心里也有些过意不去，二亩地眼看被挖成孤岛了，地还怎么种？司机小伙子停下挖掘机，从驾驶楼里跳下来，对陈三思喊："大叔，不是我要挖的，找你们苗书记去。"

司机小伙子的话，果然印证了陈三思的猜想，就是老苗支书的主意。陈三思点点头，很感激驾驶员对他说实话，转身朝村里走，他要去找老苗支书。

司机小伙子掏出烟来，叼一根在嘴上，点上火，抽一口，吐出一溜烟，看着陈三思的背影摇了摇头。

让陈三思没想到的是，老苗支书听了他的诉说，立马带着二歪和于四孩赶过来，看看地，又看看沟，对司机小伙子说："给你陈大叔留条路好种地。"然后，带着二歪和于四孩要走。

陈三思拉着老苗支书的胳膊，说："这就走了？"

"村里还有事，不走干什么？"

"地边四周都挖成大沟了，我怎么种地？"

"我不是叫他给你留路了嘛！还是那句话，有我在，放心种你的地。"转过头又对司机小伙子说："记好了，给你大叔留条路，要是不留，台班费就没有了。"说完，带着几个人头也不回地走了。

三水湾
SANSHUIWAN

司机小伙子看着傻愣愣站着呆瓜一样的陈三思，说："大叔，胳膊拧不过大腿，你怎么得罪书记了？"

"我没有得罪他，我就是想种地。"

司机小伙子说："大叔，上面的土已经取走了，我只能在下边给你留半条路了。"说完，跳上驾驶楼，轰轰隆隆发动机器，又开始挖起土来。

陈三思直撅撅地戳在地头，仰起脸来看着湛蓝的天空，不禁长叹一声。

陈三思不敢走，他怕走了以后，司机小伙子几铲子就把这半截路也挖平了。陈三思蹲在地头上看着，司机小伙子果然把路留下来了，不过上面一米多深的土已经被挖走了，就是留下路来，也只半截高。第二天，陈三思再到地头看时，半截高的路也没有了，被夜里取土挖平了。陈三思这才想起来，老苗支书只跟白天的司机说了，没有跟夜班司机说。他一屁股坐在地上，想哭哭不出来，事情怎么会弄成这样了呢？他想再去找老苗支书，可是想想，觉得就是把老苗支书找来也没有用，路已经挖没有了，老苗支书又能怎么办？思前想后，陈三思决计住在地里，自己垫路。他拉来几根木棒和玉米秸，在地头搭起一个窝棚，铺了地铺，把行李卷也扛来了，白天回家吃饭，夜里住在窝棚里，他怕司机夜里挖他的地。

陈三思从家里拿来铁叉、铁锨和筐，他要挖土垫出一条路来。后来，他嫌回家点火做饭太麻烦，干脆把锅碗瓢盆也搬到了窝棚里，吃住在地里。那边窑厂烧得红红火火，砖卖得红红火火，砖厂前车水马龙，都与他没有关系，与他有关系的是这二亩麦子。他先是很心疼地在自己的地头挖了个坡道，而后又在另一边也挖了个坡道，他不愿意多挖自己的地，坡道有些陡，上下坡道时仍然很费劲。半个月后，大塘中间垫起了一条浅浅的路，把沟塘两边的坡道连接起来。

村里人都觉得陈三思成了城里人说的拆迁"钉子户"，为了二亩地值得这样干吗？窑厂又盘了一座二十四孔大窑，生产能力比原来扩大了两倍，村里有不少在外打工的人也回来到窑厂上班了，人手还是不够，又从外村招来二十多个人，村里村外没有人不夸涌泉的，都说他是奔小康的领头人。陈三思没日没夜地垫路，村里没人来看过他，只有大盘子在歇班的时候过来看过他，给他带了些吃的。大盘子劝他别垫了，等收了麦子，干脆把二亩地卖给窑厂烧砖算了，何必因为二亩地跟窑厂过不去，跟村里人过不去，跟老苗支书过不去呢？大盘子的劝说，对于陈三思来说就是耳边风，他依然按自己的思路办事，觉得路还应该再垫高些，拉麦子上坡时少费点儿劲。大盘子走了，他一如既往地挖土垫路，麦子发黄的时候，他的路垫起来有半人高了。

一个春天没有下过雨，这天夜里却风起云涌下了大半夜的豪雨。外面大下，陈三思的窝棚里小下，风也特别的大，小窝棚差点儿被掀翻，被子褥子都湿了，他顶件褂子蹲了一夜。天亮的时候豪雨停了，但风还是刮个不止。陈三思住在窝棚里没有电视看，也不住在村里，没有听到村里广播的消息，原来是台风过境带来的豪雨和大风。

陈三思走出窝棚一看，吓了一跳，麦田四周成了一片汪洋，山上的水还一个劲儿哗哗啦啦地朝大塘里灌，路也淹在水里看不见了。大风刮得浪头撞击着麦田，一块一块的土"哗啦"一声"哗啦"一声带着快要成熟的麦子坍塌下去，溅起半人高的水花。他心里着急，可是没有办法，看看麦田，也刮倒了好几片。

陈三思想做饭吃，见没有一根干草，饭还怎么做？这时，他听见大盘子在对岸喊他："三思，三思。"

陈三思心里一阵热乎，他敢肯定，大盘子是给他送饭来的。他答应了一声，可能声音小了，大盘子还在对岸大声喊。陈三思就烦大盘子大嗓门，大盘子这女人什么都不错，就是嗓门大不招人喜欢，生怕人家不知道似的。他没好气地说："听到了！"突然想，大塘里都是一人高的水，大盘子别蹚水过来。当他慌慌张张钻出窝棚一看，大盘子两手举着装着饭菜的小提篮已经下到了水里，正朝这边走。

陈三思连忙喊："别过来，看不见路。"

大盘子沿着陈三思垫的路试探着快走到塘底时，麦田又"哗啦"一声塌下一大块土，大盘子一惊，脚下一滑，身子一歪，滑进深处，水一下子没过了头顶，陈三思连声喊着"卢玉花——"扑通一声跳进水里，朝大盘子滑下水的地方游去。

当陈三思把大盘子捞出水面时，大盘子手里还紧紧攥着小提篮。

陈三思把大盘子扛上麦田，两个湿漉漉的人，紧紧搂抱在一起，好久没有说话。

麦花婶的秋天

麦花婶精神恍惚地走出超市时踉跄了一下，大盘子连忙走过去搀扶着麦花婶的胳膊，说："麦花婶，没事吧？"麦花婶啥话也没说，蹒跚着走了。

看看走远的麦花婶，大盘子突然想起什么似的大声说："麦花婶，你要买啥东西的？"好像风把大盘子的话刮跑了一样，麦花婶依然朝前走。大盘子不知道麦花婶这是怎么了，自己刚才正在看电视，见麦花婶来了，便急急忙忙把县电视台播出的有个日本老人要来三水湾找救命恩人的消息告诉了麦花婶，别的啥话也没说呀。看着麦花婶的背影，大盘子摇摇头，自言自语地说："可能是麦花婶来买东西忘带钱了。"

麦花婶离开大盘子家的超市，一路恍恍惚惚回到家，急忙打开电视，见电视里正在播放一部长篇电视连续剧，便一屁股坐在儿子给她买的那把藤椅上，两眼盯着电视，只见人影晃来晃去，啥也没看进去，啥也没听进去，却想起了七十年前听到的那句话，"已埃妮卡埃路"到底是啥意思呢？

那年秋天，应该是民国三十三年秋天吧？就是日本鬼子投降前一年的那个秋天，麦花婶掐着指头算算，心里蓦然一惊，我的娘哎，都七十一年了。

七十一年过去了,麦花婶仍然十分清楚地记得那个年轻人说的话,但麦花婶至今也没弄明白"已埃妮卡埃路"是什么意思。

那是一九四四年秋天的一个傍晚,十五岁的麦花背着一筐山芋,沿鲁南河边的小路回家。天黑乌乌阴沉沉的,眼看一场秋雨就要下下来了。麦花背着山芋筐,想着一家人可以吃个三五天的,心里高兴,唱着刚从识字班学来的《沂蒙山小调》:"人人那个都说哎,沂蒙山好,沂蒙那个山上哎,好风光哎……"

麦花路过河边一片堰柳丛时,突然听到柳丛里传来一阵低低的哭泣声。麦花停下脚步仔细听听,哭声又没有了,再走,又听到一阵压抑的哭声。麦花好生奇怪,天快黑了,雨快来了,谁在河边哭呢?麦花再次停下来,支棱着耳朵听了半晌,啥也没听到。当麦花以为自己听差耳准备走时,那哭声又出现了,她断定柳丛里有人。什么人跑在这里哭?麦花心里紧张得扑通扑通直跳,兵荒马乱的年月,说不准是坏人哩,她胆怯地想跑,可那时有时无断断续续呜呜咽咽的哭泣声牵动着她的心,望了一眼不远处的家,她壮着胆大声问道:"哪一个?"

风拂动着柳丛,拂动着河水,一片涛声,一片浪声,没有人声。

麦花放下背上的山芋筐,两手端着爪钩,在柳丛里仔细搜寻起来,当她走进那片密密的堰柳丛时,就听到柳丛深处传来的哭声,心里一紧,又大声问道:"哪一个?"

柳丛里的哭声戛然而止。

麦花慌慌张张后退了几步,又朝柳丛里喊:"什么人?再不出来我开枪了!"她没有枪,手里端着的是爪钩,但她仍那么说。

柳丛里伸出一只手举了举,又无力地落了下去。

麦花举着爪钩走进柳丛,再次大声喊道:"什么人,快出来!"

柳丛里又响起呜呜咽咽的哭声。

麦花大着胆子走过去一看,就看见了一双红肿含泪的眼睛,看见了一条血肉模糊的腿,吓得一连后退好几步,柳丛下躺着一个年轻的鬼子兵。

小鬼子狗一样蜷缩在柳丛下,浑身打战,看样子是吓坏了。小鬼子抬起头,睁着红肿的眼睛看着麦花说:"已埃妮卡埃路。"

"什么?"

"已埃妮卡埃路。"

麦花看见小鬼子的腿受伤了,想起来一早听爹说的事,昨天夜里有队鬼子兵过河去偷袭解放区的八路军,却被八路军打了反包围,小鬼子是不是被八路军打伤的呢?鬼子兵都过河了,可小鬼子怎么还在河这边?麦花仔细看了一眼柳丛下的小鬼子,觉得小鬼子最多十六七岁的样子。

老鬼子是鬼子,小鬼子也是鬼子,麦花又高高举起爪钩,想狠劲刨在小鬼子的头上,让三齿爪钩穿透小鬼子的脑壳……

小鬼子睁着一双绝望的眼睛,盯着麦花手里明晃晃的三齿爪钩,突然大哭着说:"已埃妮卡埃路。"

麦花虽然听不懂小鬼子说的话,但她从小鬼子的眼神里看到了绝望,心一软,高举起来的爪钩没有刨在小鬼子脑壳上,而是落在了小鬼子脑壳旁边的沙土上。沙土溅了小鬼子一脸,吓得小鬼子紧紧闭上眼。

爪钩落在沙土地上,麦花再一次看到了那双眼睛,那双叫她永远忘不掉的绝望的眼睛。

半晌,小鬼子睁开眼来,看着麦花又说:"已埃妮卡埃路。"

麦花说:"什么埃路?"

"已埃妮卡埃路。"

"巳埃妮卡埃路？说你的鬼话去吧。"麦花看看小鬼子受伤的腿，又抬头看看乌云密布的天空，心想，我不刨死他，他也过不了河。麦花觉得自己下不了手，想回家叫爹来收拾这个小鬼子。麦花这样想着，朝小鬼子狠瞪一眼说："你等着！"说完，扛着爪钩径自转身走了……

"妈，你买的盐呢？"正在炒菜的儿媳妇发现没有盐了，连忙跑到麦花婶屋里问。

麦花婶抬抬脸，目光呆滞地看着儿媳妇。

"妈，你去超市买的盐呢？"

麦花婶还是呆痴痴地看着儿媳妇，半晌才说："我忘买了，你去买吧。"

"噢，你看电视吧，我去买。"儿媳妇答应一声，看看电视，电视里正在放着那首耳熟能详的《在那桃花盛开的地方》。

儿媳妇去大盘子家超市买盐去了，院子里飘荡着歌声："……桃园荡漾着孩子们的笑声，桃花映红了姑娘的脸庞……"

民国三十年冬天，驻扎在镇里的鬼子在顶湖村没有搜到粮食，恼羞成怒的鬼子不光杀人，还烧了村庄，那火着了半个晚上，半边天都烧红了。麦花的二姨住在顶湖村，麦花的母亲不知道妹妹一家人的死活，带着十二岁的麦花一大早就去了顶湖村，来到麦花二姨家一看，只见麦花的二姨、二姨父还有小姨妹、小姨弟都惨死在院子里，倒塌下来的房梁正冒着缕缕青烟。麦花母亲抱着麦花二姨哭昏过去，麦花也抱着小姨妹哭得死去活来。后来，在村里人的帮助下，掩埋了二姨一家人，娘儿俩才回到三水湾。

麦花想起这些，咬牙切齿地说："我真该一爪钩刨死那个小鬼子!"

当时要刨死那个小鬼子,实在太容易了。小鬼子的脑壳就在麦花脚下,只要麦花举起的爪钩狠劲刨在那个脑壳上,那个脑壳就会立马脑浆崩裂,那令人心碎的哭声就会不复存在。

麦花背着山芋筐走了好远,还能听到身后小鬼子凄凄惨惨的哭声和"已埃妮卡埃路"的喊声。

回家以后,麦花坐在门口的石凳上,眼前老是出现小鬼子那双绝望的眼睛,耳边老是回响着小鬼子说的"已埃妮卡埃路"那句话……麦花一会儿看看天,一会儿望望远处的鲁南河,心想,跟不跟爹说呢?如果跟爹说河边堰柳丛里有个小鬼子,爹一定会一爪钩刨死那个小鬼子的。麦花几次想跟爹说,几次想起小鬼子绝望的眼睛,几次又没说。那个小鬼子跟自己差不多大,要是跟爹说了,他肯定活不成了。

告诉爹还是不告诉爹?正当麦花犹豫不决时,眼前又出现小鬼子可怜巴巴的模样。麦花心里猛一颤,她从小鬼子那双红肿的眼睛里看到了乞求,看到了对生的渴望。她觉得那双眼睛十分稚嫩,分明还是一双孩子的眼睛呀。

小鬼子为什么哭?为什么哭得那么悲伤?他是想爹娘了,想弟弟妹妹了,还是想回东洋老家了?如果爪钩刨在他脑壳上,他就永远回不了家,永远见不着爹娘弟妹了。

为什么不刨死他?他是日本鬼子、是侵略者、是杀死二姨一家的仇人、是刽子手、是魔鬼!麦花这样一想,又后悔了,她想告诉爹,让爹去把那个小鬼子刨死。

麦花爹昨天夜里出去一夜,早晨回来后,就不停地跟娘讲夜里和村里人一起过河跟八路军打鬼子的事,说打扫战场时,发现一个鬼子还没有死,端着枪要打八路军,他蹿上去抢起大刀片,一刀就把那个鬼子的头砍下来了,血一下蹿出来半人高。

麦花听爹讲了杀鬼子的事,心里吓得直哆嗦。想来想去,麦花还是没有把河边堰柳丛里有个小鬼子伤兵的事告诉爹。

母亲煮好山芋,喊麦花吃饭。麦花拿了两个熟山芋,又坐到大门旁边的石凳上,一边吃,一边看天,看远处的鲁南河。

望着低垂的乌云,麦花想,不对呀,爹说夜里鬼子兵过河偷袭八路军,可这个小鬼子为什么没有过河?小鬼子没有过河,是不是因为小鬼子受了伤?他没有过河,也没有打仗,可他怎么受的伤呢?日本鬼子真狠,怎么能把一个伤兵丢下不管呢?小鬼子在堰柳丛里藏了一天,他吃什么喝什么?他说"巳埃妮卡埃路"是什么意思?如果自己受伤掉队了,想不想回家,想不想爹娘,想不想弟弟妹妹?麦花断定,小鬼子肯定是受伤掉队过不了河,藏在堰柳丛里想家了,想爹娘了。不然的话,他怎么会哭得那样伤心……

老苗支书是麦花婶的儿子,中午从村里回来,见饭做好了,到西间屋喊麦花婶过来吃饭,看见麦花婶坐在藤椅上,两眼直勾勾地盯着电视。老苗支书看看电视,电视里正播放着一档娱乐节目。

老苗支书说:"妈,吃饭了。"

麦花婶没有听到儿子喊她吃饭,两眼还是盯着电视看。

老苗支书突然想起今天听别人讲,有个日本老人要来三水湾寻找救命恩人的事,就问麦花婶:"妈,你听说过咱三水湾有人救过一个日本人的事吗?"

麦花婶好像没有听懂儿子的话似的,转脸看看儿子,一句话也没说。

老苗支书又说:"电视里说那个日本老人八十六七岁了,专门来中国,想在抗战胜利七十周年前找到他的救命恩人呢。"

听了儿子这句话，麦花婶突然来了精神，说："哪个电视说的？"

"县电视台，说这个日本老人年轻时曾来中国打过仗，在三水湾被一个姑娘救了。全国叫三水湾的地方多了去了，他要找的那个三水湾不会就是咱这个三水湾吧？"

"运生，你把电视给我调到县电视台，把饭端过来，我在这屋吃。"

老苗支书答应一声，过去把电视调到县电视台，然后去端饭。老苗支书端饭时，老苗支书的老婆说："妈今天一直看电视，盐都忘买了。"

老苗支书噢了一声说："老人看看电视娱乐娱乐，丢三落四的很正常。"

老苗支书老婆说："我是说原来叫妈看电视开开心，她说省电舍不得看，今天是咋了？"

"人老了，都这样，跟小孩似的。"老苗支书说完，把饭菜端到西屋里，放在小桌上，又把小桌子端放在麦花婶跟前，说："妈，趁热吃，你胃不好，不能吃凉饭。"

麦花婶两眼盯着电视，点点头，然后，拿了个馒头，掰下一块填进嘴里。

那天晚上吃完两个熟山芋，天就起风了，刮得天昏地暗，先是豆大的雨点噼里啪啦地砸下来，继而，大雨倾盆而下。

望着远处一片苍茫的田野和鲁南河，麦花心里很是焦急。怎么办？麦花一会儿坐下，一会儿看看雨。入秋后下这么大的雨，麦花打记事起还是第一次。山上的水下来了，鲁南河会涨水的，小鬼子怎么过河？麦花又想，小鬼子的爹娘知道他儿子受伤了在鲁南河边遭了大雨吗？麦花这么一想，十分痛恨小鬼子的爹娘，还有这样做父母的,忍心叫一个半大的孩子来中国打仗?麦花自己对自己说,谁家的爹娘愿意叫孩子远隔重洋到外国去打仗?谁不想过太平日子?反正自己爹娘不会叫弟弟到外国去打仗的。一个普普通通十五岁的农家少女,想不了多么深刻,麦花只能这样设身处地地想。

雨越下越大,天越来越黑。

麦花顾不上多想,人的善良本能驱使她要去救小鬼子一命。她抓起两个生山芋揣进怀里,戴上斗篷,钻进密密的雨帘,朝河边那片柳丛跑去。跑了一会儿,突然又转身往家跑,她要回家拿件褂子给小鬼子穿,一场秋雨一场凉,下雨了,夜里会很凉的。麦花回到家里时,爹还在给娘和弟弟妹妹讲昨天夜里打鬼子的事。麦花在自己屋里拿了件褂子,团吧团吧夹在腋下,又急急忙忙朝河边跑去。

小鬼子有没有被村里人发现?如果被村里人发现了,他是过河去了,还是被砸死了?麦花一边跑一边想,脚下一滑,摔倒了,腋下的衣服和怀里的山芋也掉了,头上的斗篷也被风刮跑了。她抓着衣服爬起来刚要跑,突然想,小鬼子一天没吃东西了,肯定饿得要命,给他两个生山芋,叫他吃了度命。麦花这样想着,在泥水里到处乱摸,终于摸到了衣服和两个山芋,拿在手里继续朝堰柳丛跑。

淋得落汤鸡似的麦花跑到河边时,眼看着浑浊的河水呼呼往上涨,便急急忙忙跑进柳丛里找小鬼子,找了半天没找到,喊一声:"喂——"可是,风声、雨声将她的喊声淹没了。小鬼子,你在哪里呀!麦花站在柳丛里着急地想。忽地,她怀疑自己找错了地方,睁大眼睛,借着河水的亮光,仔细看了半晌,终于辨认出来,眼前这片柳丛就是小鬼子藏身的地方,遂又一头钻进柳丛,再次寻找小鬼子。

大雨如注。

麦花一边深一脚浅一脚地在柳丛里寻找小鬼子，一边想，小鬼子是不是怕她回村喊人躲起来了？他的腿能走路吗？他疼不疼饿不饿？麦花拿着两个生山芋，茫然四顾，心里蓦然一酸，觉得小鬼子怪可怜的，离开爹，离开娘，跑到中国来打仗，伤了腿不能走，竟被老鬼子给扔了。这样一想，麦花那颗善良的心就不住地颤抖，小鬼子，你为什么要跑到中国来打仗？麦花轻轻叹口气想，不管为什么，一定得找到他。

麦花冒着雨，在远远近近的柳丛里找了个遍，还是没有找到小鬼子。

小鬼子，你跑哪儿去了？麦花急得直想哭。这黑天黑地的下着大雨，你到哪里去了？麦花站在河边，站在雨里，任雨鞭肆意抽打着。

正当麦花找不到小鬼子准备回家时，她突然听到一阵哗哗的浪涛声，抬头一看，滔滔洪水从上游下来了，把鲁南河灌得满满当当。麦花不禁惊叫起来："小鬼子腿伤了，过不去这河呀！"麦花望着一河野水茫然不知所措。突然，她看见河滩的浅水里趴着一个黑影，定睛再看，见那黑影正朝河里爬。她断定，那黑影就是小鬼子，他想爬过河去。于是，麦花惊喜地朝河滩的黑影奔去。

麦花搀扶起小鬼子，架着他重新回到河边的柳丛里。

小鬼子惊恐不安地睁大眼，警惕地盯着麦花。

麦花在水里洗净了山芋，递给小鬼子。

小鬼子害怕地朝后挪了挪身子，两眼紧紧盯着麦花手里的山芋。

麦花笑笑，小鬼子一准是把山芋当成手榴弹了，急忙说："你吃，你吃。"

小鬼子听不懂麦花说得啥，两眼盯着麦花手里的山芋说："已埃妮卡埃路。"

麦花说："已埃妮卡埃路是啥意思？"

小鬼子还是说："已埃妮卡埃路。"

"什么已埃妮卡埃路，这是给你吃的。"麦花说完，把山芋放到嘴边，做了一个吃的动作。

小鬼子还是惶恐不安地盯着她。

雨仍在一阵紧一阵地下着。

麦花把带来的褂子披在小鬼子身上，说："你吃，你吃，这是山芋，不是手榴弹。"麦花说了半晌，小鬼子一句也听不懂，更不敢去接山芋。

麦花无可奈何，在山芋上咬下一块，咔嚓咔嚓吃起来，然后，将山芋递给了小鬼子。

饥肠辘辘的小鬼子这才明白麦花的意思，缓缓伸出双手，接过山芋就咔嚓咔嚓狼吞虎咽起来，吃完一个山芋，小鬼子不吃了，把另一个山芋揣进怀里，感激地看着麦花，竖起拇指，嘴里叽里哇啦地说着什么。

又是一阵急雨，打得人眼睛不开……

"妈，都半夜了，你还不睡觉？"老苗支书看完电视剧，出来到院里的厕所小解，听见麦花婶屋里的电视还在响，一边说着一边走过来，推门一看，见麦花婶还是坐在藤椅里，晚上端过来的饭菜一筷子也没动，就说："妈，你怎么没吃饭？"

老苗支书看看电视，电视里正播放着一部专题片，是学校老师带着学生到老淮猪场参观学习老淮猪养殖的，心里想，这有啥好看的，原来家家不都养猪嘛，也就最近十来年家家户户才不养猪。老苗支书觉得母亲看电视看的有点魔怔了。

麦花婶动了动身子说:"你睡觉去吧,我看会儿电视。"

"噢,那你看吧,不想看了就睡觉,别累着。"老苗支书说完回自己屋睡觉去了。

麦花婶眼前又是一片白花花的河水……

麦花看着继续上涨的河水想,小鬼子怎么能过去河呢?我得送他过河。念头一闪,麦花打了个愣怔,而后一把拽起小鬼子说:"走,我送你过河。"麦花知道,河对岸是解放区,小鬼子就是到了对岸,也不一定能活下来。

小鬼子身子使劲往下坠,就是不起来。

麦花知道小鬼子没有明白她的意思,连说带比划,不管小鬼子明白不明白,架着小鬼子就朝河里走。

小鬼子拖着一条伤腿,行走十分困难,几乎是麦花背着他走。

走了没多远,小鬼子走不动了,麦花一不做二不休,蹲下身子,让小鬼子趴在背上,将小鬼子驮起来走。

小鬼子在麦花背上呢喃着,叽里哇啦地说着一些麦花听不懂的话。

蹚进河里时,麦花觉得背上的小鬼子又哭了,湿透的衣衫有些温热。想想,自己心里也酸楚楚的。

一个河浪扑来,麦花一脚踩空,身子趔趄一下,猛地呛了一口浑浊的河水,接连咳嗽几声,喘了一会儿气,又顽强地站起来,抓紧小鬼子的腿继续过河。

水漫到麦花的胸脯了,湍急的河水拍打着她、冲撞着她,使她喘不过气来。

这时,麦花忽然站在齐胸深的水里不走了。她转过脸,避开扑来的河浪,喘口气,望了一眼不远处的河岸,心里蓦然一动,她想起了惨死在鬼子手里的二姨一家……她不能理解自己的行为，为什么要救一个小鬼子兵？为什么不用爪钩刨死他？为什么不扔进水里淹死他？为什么还要驮他过河？麦花的头"轰隆"一响，炸裂般的疼痛，她撕心裂肺地叫了一声。离河岸仅有几步远了，麦花只要一松手，小鬼子就会从她背上滑落下去，就会被野水卷走，再也到不了对岸，再也回不了东洋老家。麦花想松开手，一个河浪扑来，她又下意识的把小鬼子的腿抓得紧紧的。

也许是感觉到了麦花的心思，小鬼子在麦花背上使劲往下坠，想滑下麦花的脊背，一边哭喊着，一边叽里哇啦地说着什么。

麦花的心怦然一动，人活着不容易，死就容易么？不能，不能把小鬼子扔进河里，他死了，他爹娘心里多难过呀！麦花想，把小鬼子驮到对岸，再也不管他了，是死是活看他的造化吧。麦花这么一想，把将要滑落下去的小鬼子使劲朝背上送送，艰难地朝对岸走去。

雨不知何时小了许多，但河风掀起的河浪越来越大越来越猛烈地向她扑来。

河岸到了。麦花驮着小鬼子朝岸上爬，轰隆一声响，被河水掏空底部的河岸猛然坍塌下来，一个大浪涌来，她站立不稳，身子一歪，背上的小鬼子也滑落下去。麦花接连喝了几口水，站稳脚后的第一个念头就是寻找小鬼子。借着河水的亮光，麦花看见小鬼子在水里挣扎着。她扑过去，刚要抓住小鬼子，一个河浪打来，又将小鬼子冲走。接连扑了几次，麦花终于将小鬼子牢牢抓住，背在身上朝岸上爬。

几经挣扎，麦花终于将小鬼子背到岸上，把小鬼子架到河岸的柳树下，她扭头就走，不料，裤脚却被小鬼子一把抓住了。

麦花低头一看，见奄奄一息的小鬼子，拽着她的裤脚哭着说:"巳埃妮卡埃路。"

"巳埃妮卡埃路?"

"巳埃妮卡埃路!"

麦花站着半晌没动,任小鬼子拽着裤脚哭着、喊着。

小鬼子松开手,叽里哇啦比比划划地说着什么。

小鬼子说什么呢?麦花想,他是想知道她为什么救他,还是想知道她叫什么名字?哼,看样子,能不能回到你那东洋老家,还不一定呢。

这时,小鬼子从怀里掏出一个山芋,双手捧着,那揣在怀里的山芋竟然没有掉进河里。麦花心里一热,蹲下来,示意小鬼子吃。

小鬼子又哇地一声大哭起来,把山芋贴在胸前。

小鬼子哭得麦花有些受不了,站起来想走。

小鬼子突然说出一句中国话:"你的,大大的好人!"

麦花明白了小鬼子的意思,哼了一声说:"这里是三水湾!"然后一字一顿地说:"三、水、湾。"

小鬼子也学着说:"三、水、湾。"

麦花听见小鬼子跟她学着说三水湾,点点头又说:"三、水、湾。"

小鬼子又学着说:"三、水、湾。"

麦花看看小鬼子,心里说:"去你的巳埃妮卡埃路吧。"而后头也不回地转身扑进浪涛滚滚的鲁南河,朝刚才来的对岸游去……

这是一个秘密,一个埋藏在麦花婶心底七十一年的秘密,麦花婶从未对任何人说过。如果不是麦花婶到大盘子家超市去买盐,如果不是听大盘子说有个日本老人要来三水湾的消息,没有人能撬动麦花婶内心深处这扇隐蔽的大门。

麦花婶在藤椅上动了动,七十一年了,经常在心里念叨的"已埃妮卡埃路",到底是啥意思呢?

三个月后的一天中午,麦花婶终于在县电视台看到了一条消息:十六岁从中学应召入伍来中国参战的武田一郎,因为不愿打仗,逃离队伍时被自己人打伤了腿,在我县三水湾村鲁南河边的堰柳丛里藏了一天,在一个姑娘的搭救下渡过河,后来在解放区治伤,战后回国。武田一郎曾多次来中国寻找三水湾,因相同地名很多,都没有找到,今年八十六岁的武田一郎,终于在抗日战争胜利七十周年前夕找到了他要找的三水湾。他还想找到那个驮他过河救了他一命的三水湾姑娘,以感谢姑娘的救命之恩。由于语言不通,武田一郎当时对姑娘说得最多的一句话是"已埃妮卡埃路",这句话翻译成中文就是"我要回家"的意思。接着画面里出现了一位装着假肢、白发苍苍的日本老人,当他看到鲁南河边的堰柳丛时,扑通一声跪在地上号啕大哭……

"噢,'已埃妮卡埃路'就是我要回家啊。"麦花婶终于长出一口气,喃喃自语地也说了句:"已埃妮卡埃路。"

日本老人来三水湾寻找救命恩人的消息,在村里掀起轩然大波,午饭时,大盘子突然风风火火地跑到老苗支书家,说:"苗书记,电视里说的那个日本人来咱三水湾要找的人,是不是麦花婶?咱村里从抗日战争过来的人不多了。"

老苗支书也看了这条消息,听大盘子这么说,心里猛一惊:"我妈从来没说过,我问她也没说过。走,问问我妈去。"老苗支书又对大盘子说:"我妈三个月前从你超市忘了买盐回来,天天在家看电视,白天看,晚上看,夜里看,连吃饭也看。"说着话,老苗支书和大盘子还有老苗支书的老婆三个人一起来到西屋,看麦花婶还坐在藤椅上,刚才送来的饭菜一筷子也没动,还冒着丝丝热气。

老苗支书喊:"妈,妈。"

麦花婶没有应,老苗支书上前抓着麦花婶的胳膊摇了摇说:"妈,你睡着了?"

麦花婶头一歪,哈喇子从嘴角滴淌下来……

二　嫂

　　二嫂的儿子陈文强回到三水湾时,天正下着毛毛雨,虽说水珠儿不大,却也湿了地面,湿了树木,湿了整个村庄。他开着小车在村道上从南往北走了一趟,好像进了迷宫一样,竟然没有找到家,掉转车头回来仔细找,才看到自己曾经天天进出的巷口,被一堆两人多高的砖堵死了,小车还没熄火,心里的火早蹿上了头。

　　陈文强在工地上找了一圈没找到苗永清,气呼呼地回到巷口伸长脖子朝里喊:"妈,妈!"半晌没听到有人答应,又喊:"妈,妈——"

　　"文强回来了。"二嫂的声音是从苗永清家刚砌了半米高的砖墙上传过来的。

　　"妈,你这不给人讹死了嘛!"

　　"你永清叔家盖楼,村路上不让放砖,砖都放在巷子里了,走东边巷子来家吧。"

　　陈文强一肚子的气,开了车,从村前的东西路绕到排房东边的南北路,调好车头,这才提着东西回家。

　　"妈,他这也太欺负人了。"

　　"你永清叔跟我说过了,我同意的。"

"妈，你是个软柿子啊？"

"那么大嗓门干啥？快来家。"

"我就是要说给他听，你不能让人当软柿子捏！"

陈文强直着脖子看着隔壁的建房工地，胸脯一鼓一鼓的还要说什么，被二嫂连忙拉进堂屋里。

村里的房子还是二十世纪八十年代建的排房，二嫂家在巷子里，是排房的第二户，第一户是苗永清家，院门朝西，门前就是村里的主街，得风得水很方便。二嫂和家里人进进出出都要走门前的巷道，往右拐经过苗永清家的院墙上村街，往左拐要多走几户人家门前才能上东边的次干道。二嫂家在巷子里住了三十多年，养了一双儿女，进进出出习惯了，也没觉得有啥不方便。二嫂的女儿叫陈文燕，嫁在镇上，女婿在镇上办了一家钢圈厂，小日子过得有滋有味。二嫂的儿子陈文强职大毕业后，在工地上干了几年技术员，后来自己组建了一家建筑公司，在县城承包房地产开发工程，买了楼房，老婆孩子都搬去了，成了城里人。父亲患病去世后，陈文强多次要母亲也到城里去住，二嫂舍不得几间老宅，自己一个人留守三水湾看家护院，顺带着种几亩地。春种秋收，都是陈文强请人帮忙做的，二嫂看着青青的麦苗、金黄的麦穗，闻着泥土的清香，也乐得其所。

近几年村里人和外出打工的人手里有了钱，不少人家建了楼房，刚开春，苗永清家拆墙扒屋，要在老宅基地上建三层楼。村里正在搞环境整治建设美丽乡村，村路上不让堆放建筑材料，买回来的多孔砖只好码放在巷子里，就把进出二嫂家的路堵上了。

二嫂娘家在村西，苗永清父母家在村东，两家弯弯拐拐隔着几十户人家，后来村里根据村庄规划建起了排房，让二嫂万万没有想到的是，嫁给陈二思后，竟和苗永清成了邻居。

那都是上一代人的故事了。苗永清的父亲当年是大队民兵营长,也不知道是哪一年在全国民兵比武时得了名次,加上又是民兵营长,上级的奖品就是苗永清父亲可以佩枪。苗永清父亲牛死了,不光随身背着长枪,还随身带着一块磨刀石,在村头或田头,没事的时候就磨刺刀,刺刀磨得锃亮,让人看了不寒而栗。他吹吹刀锋,对村里人说,要是阶级敌人搞破坏,我一刀能把敌人穿个透心凉,让穿堂风呼呼过。可是,苗永清父亲在村里一直没有发现阶级敌人,刺刀一直没用上,穿堂风也一直没有在哪个阶级敌人身上呼呼穿过。

　　那年镇里开批斗会,因为二嫂的父亲跟镇上一个地主是出了五服沾点边的亲戚。苗永清父亲要二嫂的父亲到镇里陪地主挨批斗跪着游街,二嫂的父亲不去。苗永清父亲火了,端起长枪一个刺杀动作,把二嫂父亲的大腿戳了个窟窿。上级知道这件事后,不仅把苗永清父亲的枪收走了,还把民兵营长也给撸了,两家就此结了仇,几十年不说话。

　　毕竟不是苗永清把二嫂父亲的大腿戳了个窟窿,而是苗永清父亲把二嫂父亲的大腿戳了个窟窿,那时二嫂和苗永清还都是孩子。岁月悠悠,时过境迁,老一代人都相继离开了人世,当年的仇恨也渐渐淡去了。二嫂自打嫁给陈二思和苗永清家做了邻居,从没提起过当年父辈的仇恨。

　　苗永清家在老宅基地上建楼,建筑材料没地方放,苗永清站在村街边朝巷子里看看,再看看,没有跟二嫂商量,连招呼也没打,就让人把砖码放在巷子里。二嫂却对苗永清说:"永清,你放砖吧,我走巷子东边。"

　　苗永清随口说了句客气话:"谢谢二嫂了。"

　　"谢啥,乡亲四邻的,哪家没个难处。"

　　苗永清家买来的几十方砖,码得有两人多高,把巷子堆得满满当当,一直堆到二嫂家大门旁。

二嫂把陈文强拉进屋里,陈文强还气呼呼地朝门外喊:"妈,你都让人家欺负一辈子了。"

"文强,别这样说,哪有人欺负你妈?"

"砖堆到大门旁,巷子堵死了,这还不是欺负?"

"你永清叔家的砖不是没地方放嘛。"

"没地方放也不能把咱家的路堵上啊?"

"走巷子东边,不就是多走几步路嘛。再说,几十年的老邻居,你永清叔家盖楼有难处,咱不帮谁帮?"

"妈哎,我就没遇到过你这样的好心人。干脆,你跟我进城住,别在家被人欺负了。"

"地里的麦子快浇水了,家也得有人照看一下不是?"

"这穷家破舍的,有啥东西怕人偷的。"

"家再破也是个家,再说,我也不能把你爸一个人丢在西山上啊。"

这时,陈文强的手机响了,他没有接,手机铃声停了一下又接着响,陈文强只好掏出手机到一边去接电话,半晌才回来,看着白发多黑发少的二嫂,说:"妈,你要多注意身体,工地上有事,我得回去了。"

"吃过饭再走吧?"

"我就是回来看看你,只要你身体好,我就放心了。"

"噢,那你这就回去?"

"这次我没时间去找苗书记,下次回来我去找苗书记,苗永清不能这样欺负人。"

"都是乡里乡亲的,找啥找?"

"要不这样,我叫我姐来家去找苗书记。"

娘儿俩说着话,走出院子,走到巷口东边的南北路上,看着陈文强开门上了车,二嫂说:"路上小心。"

陈文强发动车子，摇下车窗玻璃，朝二嫂摆摆手，"呜"一声开走了。

二嫂站在巷口，看着陈文强的车屁股，一直到车子拐上村前的东西路才回家，走到大门口，忽然想起炒菜没有盐了，又转身朝巷口走，穿过前排房子的巷道，再拐上南北村街，到三水湾超市去买盐。

超市没有客人，店主大盘子坐在门口，有一搭无一搭地跟老马头说话，看见二嫂来了，连忙说："二嫂，你家巷口让苗永清家的砖堵死了。"

二嫂笑笑说："楼盖起来，砖就没有了。"

"苗永清明摆着是欺负人嘛！你到街上来，弯弯拐拐要多走多少路？"

"多走几步路又累不死人。"

大盘子被二嫂的话噎着了，朝二嫂翻翻白眼说："二哥不在了，他也不能欺负你一个女人不是！"

大盘子和二嫂小时候村里没有学校，要到桃林小学念书，桃林是个大村，附近七八个村的孩子都要到那儿的学校念书。大盘子比二嫂低两个年级，二嫂读三年级时，大盘子才刚上一年级。不论是上学路上，还是放学路上，也不论年级高低，二嫂、大盘子，还有陈二思、陈三思兄弟等一帮孩子都是成群结队地走，田野里飘荡着孩子们愉快的歌声。因此，大盘子在二嫂跟前说话便没有遮拦。再说，大盘子男人走了几年后，陈三思老婆也走了，大盘子孩童时代对陈三思的那点朦朦胧胧的爱情芽芽又开始猛长，所以见到二嫂特别的亲切，说话处处向着二嫂。

二嫂拿了包盐，要给钱，大盘子说啥也不要，说："二嫂，一包盐多大事啊。"

"你不要钱，我以后就不好来买东西了。"

"家里缺啥少啥,你只管过来拿就是了。"

"那不行,你是开店的,村里人来买东西都不要钱,超市就要关门了。"

两个人推让半天,大盘子还是少收了二嫂的钱。

大盘子对二嫂说:"这样不行,他苗永清不能这样欺负你。"

"什么欺负不欺负的,都是乡亲四邻的。"

"哪天我跟三思说说,让他去找找苗书记。"

二嫂是陈三思的亲二嫂,陈三思是二嫂的小叔子,一个言语不多的人,儿子在城里站前街开小饭馆,老婆走了以后,一个人在家种地,也经常到儿子的小馆子去帮忙。

毛毛雨不知啥时停了,天空亮堂起来。

正是四月天,风和日丽天晴地干,苗永清家的楼垒起一米多高的石头。二嫂原以为石头墙上要砌砖墙了,没想到,两辆翻斗车你来我往拉来山土,一车一车朝墙框里填,没几天就把墙框填满了。二嫂这才明白,那一米高的石墙是楼基础。

二嫂女儿陈文燕早接了弟弟的电话,因为事忙又带着孩子,一直没有回家看看,这天抽空回家一看,我的娘哎,苗永清家楼基础一抬高,自家院里就成洼地了。放下东西就要去找老苗支书,被二嫂一把拉住了。

陈文燕说:"妈,你不被苗永清家欺负死了嘛!"

"地基抬高就抬高,多大事啊。"

"他家楼盖起来了,咱家不就成洼涝了嘛!"

"咱家盖楼时,地基抬得跟他家一样高不就行了嘛。"

"妈,我小时候听姥姥讲过,苗永清爹欺负我姥爷,用刺刀把我姥爷的大腿戳了个窟窿,这事你都忘了?"

"那都是什么时候的事了,你怎么还记得?"

"他爹欺负我姥爷,他不能再欺负你,我去找苗书记来看看!"

二嫂一把没拉住,陈文燕气呼呼地真的去找老苗支书了。二嫂紧跟着追出院子也没追上,连喊:"文燕,你回来,你回来!"

陈文燕头也没回地说:"让人欺负死了也不敢说。"

二嫂跺着脚说:"这可怎么好,这可怎么好。"连忙回到院里,本想对苗永清说小孩子瞎吵吵,千万别当回事,楼该怎么盖就怎么盖。结果苗永清不在家,工地上的人说他去城里买钢筋了。

二嫂叹口气想,永清要是知道文燕去找老苗支书了,肯定说是我叫的啊。

不一会儿,二嫂在院里就听到村街上传过来陈文燕的大嗓门,连忙出了门,三弯两拐也来到村街上,看见陈文燕指手画脚正跟老苗支书说什么,大声喊:"文燕,你回家。"

陈文燕没理会二嫂的喊叫,带着老苗支书看苗永清家的楼基础,说:"苗书记,苗永清家楼基础抬高了,我家就成洼涝了,他这是欺负我妈一个女人。"

老苗支书用烟头接了一颗烟,吸着说:"永清这样做是不对的,村里建房基础应该是统一的。"

"你是老书记,你说怎么办?"

老苗支书一连吸了几口烟,说:"这样吧,文燕你先回去,等永清回来了,我跟他说说。"

这时,嘀嘀一声响,几个人转脸一看,一辆小车停在路边,苗永清从车里下来,一见老苗支书,说:"叔,你来了。"说着话,掏出烟来给老苗支书敬烟。

老苗支书接过烟说:"永清啊,你怎么把基础抬这么高?"

"叔,你看看村前那几家,哪家基础低?我家基础跟他们一样高,以后,村街两边人家建楼,基础都抬这么高不就一样了嘛。"

老苗支书朝村前看看,说:"街两边的基础一样高,里边人家的基础呢?你二嫂家不就成洼涝了嘛!"

"叔,你放心,盖完楼,我用剩土碎石块把二嫂家的院子垫起来。"

老苗支书抽了口烟,看着陈文燕说:"文燕,你永清叔盖完楼把你家院子垫起来行不行?"

二嫂抢着说:"行,行。"陈文燕还要说什么,被二嫂拉走了。二嫂说:"你这闺女,能不能让我省点心?"

陈文燕扭着头说:"他这是欺负人!"

"你永清叔不是说清楚了嘛。"

"他能有那好心?你搬走了把宅基地让给他才好呢。"

二嫂回过头对苗永清说:"永清,小孩子的话,别当真啊。"

苗永清笑笑,大度地摆摆手,没说话。

其实苗永清真有想买二嫂家老宅子的意思,他曾经跟二嫂聊过天,说文燕不在家,文强在城里有房子,过几年二嫂也搬到城里养老了,老宅子要卖就卖给他。二嫂笑笑说,金窝银窝不如自己的狗窝啊。这事儿应该是前几年的事,像风一样刮过去了,现在想一想,苗永清还真有这个意思呢。

"他要不给你垫呢?"

"我自己垫行了吧。"

"妈哎,人家都骑你脖子上拉屎撒尿了,你还说好。我给三叔打电话,叫他来看看他二嫂让人家欺负成什么样了。"

"跟你三叔说什么,他忙他的事。"

"哎哟,文燕啥时回来的?"大盘子听人说陈文燕找老苗支书来看苗永清家的楼基础了,叫老马头帮着看一下超市,扭着大屁股急急忙忙来看景,半路遇见二嫂和陈文燕,说:"苗书记是永清本家叔叔，永清是仗着苗书记的势，才在村里牛哄哄欺负我二嫂的嘛！"

"卢玉花，你能不能不浇火？"村里人喊卢玉花大盘子，二嫂从来没喊过，都是喊卢玉花。

"玉花婶，我妈一个人在村里，叫你多操心了。"

"没心烦了，我跟你妈是同学，谁欺负你妈也不行。"

"我叫三叔常过来看看。"

"你三叔到城里文勇小馆子去帮忙了，过几天才能回来。二嫂，到我超市去坐坐，说说话。"

"妈，那我回去了，过几天再来看你。"

"走吧走吧，你妈有我呢。"大盘子说完，拉着二嫂去了她家的超市。

二嫂从大盘子超市回来时没有回家，而是去了苗永清家，她想对苗永清说，找老苗支书不是她的意思，都是乡里乡亲的谁没个难处？更想对苗永清说说别记恨文燕，小孩子家不懂事。二嫂一边想着心事一边走，没想到迎面碰上了苗永清的儿子苗武。苗武比二嫂儿子陈文强大两岁，长得跟苗永清一样五大三粗的。

"二婶，你叫文燕去找苗书记的？"苗武迎头泼了二嫂一脸水。

二嫂嗫嚅着嘴，半晌才说："我……我……"

"二婶没看见街南头两边人家建楼，基础都抬这么高？钢筋马上拉来了，想借你家院子放放，用起来也方便。"

"我回去拾掇拾掇，你放吧。"

这时，苗永清正好走过来，说："二嫂，你家院子那么大，空着也是空着，我想放几天钢筋。"

"永清，苗武正跟我说这事呢，你放吧。"

"二婶，这是你同意放的，别再找苗书记了。"

"永清，刚才文燕去找苗书记，我不让去，这丫头就是不听话。"

"二婶，你叫找的就是你叫找的，还说是文燕去找的，这不是笑话嘛！"

"苗武，你能不能少说一句？"

"永清，真的不是我叫去找的。"

二嫂和苗永清爷俩正说着话，拉钢筋的车来了。苗永清对苗武说："去，叫车走东边路放你二婶家。"苗武连忙指挥倒车，从村头东西路拐上南北路再拐进巷子里，一直把车开到二嫂家大门前，等二嫂回家把院子拾掇好了，又指挥人卸钢筋，抬进了二嫂家院子。

钢筋卸完了，二嫂家院子里也堆得满满的，好像二嫂家建房一样。

吃晚饭的时候，大盘子提着几个包子送给二嫂，一进院子，就大着嗓门说："我个娘哎，你家院子成苗永清家的工地了。文燕上午去找苗书记，这钢筋下午又把院子占了，我得给三思打个电话，叫他来家看看，这是不是欺负人。"

"玉花，别打电话给他三叔，我同意的。"

"你是三思的二嫂，他二嫂让人欺负了，他不能不管。"

"玉花，真是我同意的，别没事找事了，好不好？"

"二嫂，不是我说你，全村人都说你是个软皮蛋，叫人家欺负死了也不敢吱声。要是我家住这里，他放天上去我都不管。"

二嫂叹口气说："你回去吧，这里没你的事。"

"真是的，人都被欺负成这样了，还不敢说话，村里还有你这样的人吗？"

二嫂一边说着走吧走吧，赶紧回去看超市，一边把卢玉花朝大门口推。卢玉花走出大门不远，忽听二嫂家院里咕咚一声，还听到哎哟一声叫，连忙回来，推开大门一看，见二嫂被钢筋绊倒了，趴在钢筋上直哎哟。大盘子连忙扶起二嫂，见二嫂一脸的血，惊叫道："二嫂，你头磕破了。"搀着二嫂去了村部卫生室。卫生室关门上锁，村医老郁回家吃饭还没来。大盘子掏出手机给郁林生打电话，不一会儿，郁林生气喘吁吁地跑来，在二嫂额头上缠了好几圈纱布，血还是渗了出来。

大盘子给陈三思打电话："三思，你还不回来看看，二嫂头都磕漏了。还什么事？苗永清家的钢筋放在二嫂家院里，二嫂被钢筋绊倒了，眼没戳瞎就不孬了，林生给包好了。"

大盘子给陈三思打完电话，又给苗永清打电话，要苗永清过来看看。苗永清说正在野味馆跟苗书记一起吃饭，吃完饭再过来。

大盘子收了电话，说："三水湾成他们苗家的了，还有没有天理了？"

二嫂说："玉花，赶紧回去看你的超市去。"

"我心里都憋得生疼。"

"走吧走吧。"

"我这是被你憋的啊。"

苗永清晚上没来看二嫂，第二天也没来看二嫂，好像把这事儿忘了似的，一直没有来看二嫂。

苗永清家的楼盖得挺快，没几天一层砖墙就砌完了，圈梁打完后，再往上砌砖就要搭脚手架了。几个工人到二嫂家拆了西面的院墙，搭起了脚手架。楼快封顶了，苗永清见到二嫂时才说，楼盖完了，我再把你家院墙垒上。二嫂说你忙你的，我叫文强找几个人来家自己垒。

文强没回来，陈三思从城里回来了，到二嫂家一看，见西院墙拆开了，苗永清家搭了脚手架，院里院外一片乱糟糟，这还是个家吗？没好气地喊："二嫂，二嫂。"喊了半天没人应，看看堂屋门锁了，转脸去找苗永清，苗永清老婆说苗永清到城里建材市场去了。

"广琴，我二嫂家成你家工地了？"苗永清老婆叫张广琴。

"他三叔，话可不能这么说，我家永清是跟二嫂说过的。"

"我二哥不在了，你家也不能这样欺负一个寡妇娘们。"

"这怎么能说是欺负呢？二嫂同意的嘛！"

"她一个寡妇娘们不同意能怎么办？你家势力大嘛！"

"谁叫你家没人当书记呢？有人当书记，势力也大嘛！"

苗永清老婆一句话把陈三思噎得半晌没喘过气来，一会儿才说："我去找苗书记，他不是你家的书记，他是村里人的书记。"

"去找吧，我在家等着。"

陈三思没有找到老苗支书，老苗支书到镇里开建设美丽乡村会去了，一直到半下午老苗支书才回来，跟着陈三思来到苗永清家。巷子里的砖都砌到墙上去了，陈三思和老苗支书踩着碎砖头进了二嫂家。陈三思说："苗书记，你是村里人的书记，不是苗家的书记，永清这样欺负一个寡妇娘们，谁看了心里都堵得慌。"

"三思啊，你是上过学读过书的人，又是村里的老党员，现在搞美丽乡村建设，你说，永清家盖楼，材料不能放在村街上，放在巷子里，放在你二嫂家院里，这也是没有办法的办法，是不是？你得支持村里的工作啊。"

二嫂在地里挖了一篮子荠菜正在压水井上洗，见老苗支书和陈三思来了，连忙擦擦手说："苗书记来了。"

老苗支书点点头说："二嫂，永清在你家院里放材料，是不是跟你说过的？"

"是的，是的，我同意的。"

"你看看，是你二嫂同意的，又不是永清硬要放的。二嫂，你说是不是？再说，楼盖完了，地方不就腾出来了嘛！"

老苗支书说完，带着陈三思来到村街上，先问苗永清在不在家，听说苗永清不在家，又对苗永清老婆说："侄媳妇，永清回来你跟他说，楼盖完了，把二嫂家院墙垒上，把院子垫起来。"

苗永清老婆说："叔来了，等永清回来我跟他说。"

二嫂洗完菜也过来了，对陈三思说："他叔，回家我给你包荠菜饺子吃，我在地里挖的，鲜着呢。"

老苗支书对陈三思说："小蚂蚁劈叉——多大个事？跟你二嫂回家吃荠菜饺子去吧。"

老苗支书走了，陈三思看看二嫂，二嫂叫刘宝珍，和二哥结了婚，就成他二嫂了。二哥在的时候，陈三思倒没觉得二嫂软弱，二哥不在了，哪想到二嫂软弱得比小绵羊还小绵羊。陈三思心里埋怨二嫂，半晌说："二嫂，苗永清明摆着就是欺负你，刚才你不应该帮着苗永清说话。"

二嫂没说话，带着陈三思一起回家，走进堂屋才说："苗永清是苗书记亲侄子，他仗势欺人横行村里，你今天才知道？我同意，他放东西；不同意，他还要放东西不是？"

二嫂的话让陈三思瞠目结舌。

"三水湾是人老苗家的，吃亏人常在，不计较，啥事也没有，信不信？"

陈三思没想到，二嫂竟给他上了一课。

陈三思和二嫂在家里正包荠菜饺子，大盘子来了，大咧咧地说："三思，你回来了也不去看我，要不是听老马头说你回来了在二嫂家，我还真不知道你回来了呢。"二嫂和陈三思连忙站起来，招呼大盘子一会儿吃荠菜饺子。

"二嫂都被人欺负死了，你到现在才回来，你还是陈家的男人吗？"

大盘子嗓门大，开口就是高八度，二里地外都听得到。陈三思有点烦大盘子，就是因为这。

卢玉花虽说长大后嫁给了别人，可是上学的时候就对陈三思好，陈三思早看出来了，三个人一边包饺子，一边说上学时的趣事，热热闹闹吃了一顿饭。

苗永清家的楼基础抬得高，二嫂家的小平房越发显得又低又矮十分寒酸。陈二思在的时候，二嫂也曾想过盖楼，陈二思走了以后，二嫂就没有想过盖楼的事了，闺女儿子都不在家，盖楼给谁住？再说，闺女儿子也不让盖，叫她到城里、镇里去享福。二嫂心想，老房子将就着住吧。再说，现在搞美丽乡村建设，村里利用村部门前的空地建起了健身场所，天天有妇女在那儿跳广场舞，这么好的地方怎么可以离开呢？

苗永清家的三层小楼盖起来了，比周围的平房和楼房高出一大截，站在楼顶，一览众山小的感觉会弥漫全身，苗永清心里那个舒畅啊。

苗永清舒畅了，二嫂不舒畅了，二嫂家的平房和院子平白无故比苗永清家的楼矮了一米，用碎砖烂石把二嫂家的院子垫起来这话，是苗永清随口一说，早不知忘哪个爪哇国去了。他没有给二嫂家垫院子，却把自家楼房的周边垫起来了，沿街大门，从基础到门前做了水泥台阶；楼的南立面是巷子，他用山土和碎砖烂石也垫起来了，巷子垫高了一截，把二嫂家的水路堵死了。

大盘子听说这事，心里愤愤不平，老苗支书看着也不管，这明摆着是欺负人嘛！大盘子给二嫂打电话，要二嫂去镇里找村镇建设管理站的人来处理。二嫂说："我家水从东边走。"

大盘子一听就来气，苗永清都骑到头顶拉屎撒尿了，二嫂竟跟没事人一样，大着嗓门朝电话里喊："你就是个软皮蛋！"

二嫂说："吃亏人常在嘛。"

113

大盘子挂断电话，给二嫂的闺女陈文燕打电话，叫文燕找镇里人来处理。大半上午的时候，陈文燕果真把村镇建设管理站马站长找来了。马站长看了现场，找苗永清，苗永清不在家，对苗永清老婆说："等苗永清回来，告诉他，要立即铲除。"

老苗支书听说村镇建设管理站马站长来了，急急忙忙赶过来时，陈文燕跟马站长已经回镇里去了。

听了马站长的处理意见，大盘子松了口气，对坐在门旁的老马头说："苗永清也不要太欺负人了。"

老马头好像没有听到大盘子说话，一双浑浊的老眼依然望着村街。

中午吃过饭，苗永清回来了，脸红脖子粗的喝多了，走路有点发飘，老婆跟他说了什么，他根本没听到，倒在床上呼呼大睡起来。

苗永清老婆只好自己拿了把铁锨，把巷口的土铲了铲，朝墙根拢了拢，垫起来的土一点也没少，原来垫多高，还是多高。

这天，陈文强回来看二嫂，车停在巷口边，下车一看，心里又上了火，雨季来了，院里的水淌不出去，要把老房子泡倒的。回家拿来铁叉、铁锨，挖苗永清家垫起来的土。也巧了，苗武从城里买装饰材料回来，看见陈文强正在挖掘自家垫起来的墙脚，二话没说，上去就夺陈文强手里的铁叉。陈文强正在气头上，拿起铁叉朝苗武小腿上戳了一叉，苗武立马抱着小腿躺在地上喊："杀人啦，杀人啦！"

苗武的喊叫声惊动了村里的老人和孩子，都朝苗永清家跑，看见苗武两手是血地抱着腿叫。

陈文强举着铁叉，对苗武说："再喊，我一叉叉死你！"

不知谁打了110，两人正闹着，镇派出所的警车来了，郭所长下了车，大喊一声住手。陈文强见郭所长来了，对郭所长说：

"他家把巷口路垫这么高,我家的水朝哪淌?也太欺负人了吧!"

郭所长看看苗武的小腿,见是个没多大的小窟窿,就叫人把苗武送到村卫生室去包扎,然后对陈文强说:"你是陈文强吧?"

"是。"

"你是大学生吧?"

"是。"

"你要把苗武戳死了,犯的就是死罪!"

"我就是被枪毙了,也不能让他家给欺负死了。"

郭所长瞪了陈文强一眼说:"还敢嘴硬?"

这时,苗永清和老苗支书一起来了,把郭所长拉进新楼里说话。郭所长说:"我一看就明白,你不该把巷口垫那么高,雨季来了,叫巷里人家的水朝哪淌?"

苗永清看看老苗支书,老苗支书斜了苗永清一眼,说:"还不找人把土平平。"

苗永清说:"郭所长、苗书记,我听你们的,这两天就找人把巷口平了。"

郭所长出了楼,对陈文强说:"你要再敢动手,我就不客气了。"郭所长说完话,手机响了,接了电话,对老苗支书说:"我还有事,其他事村里负责。"

老苗支书说:"郭所长放心,我叫苗永清把土平了。"

郭所长要走,苗永清一把拉着郭所长不让走,说:"郭所长,这就完事了?"

"这不处理完了吗?"

"你不把陈文强带走?"

"带哪去?"

"带派出所去,判他个十年八年的。"

郭所长盯着苗永清看了看。

苗永清说："陈文强这小子有杀人动机。"

"你看看你做的事，哪样让村里人服气？陈文强要是再敢动手，我不会饶了他。"郭所长说完，开警车走了。

老苗支书对苗永清没好气地说："净给我添乱，找人把巷口垫土平了。"然后把吓得还没有回过魂来的二嫂拉到家院里说："多大的事不好商量，非要文强戳苗武一铁叉？"

二嫂哆嗦着嘴说："我真的不知道文强回来，也不是我叫文强戳的。"

"你要好好教育教育文强，一个大学生，不能不懂法啊。苗武的医药费、误工费，你家负责。"

老苗支书三下五除二干净利落地把一场纠纷处理了，接了个电话，对苗永清说："钱涌泉的窑厂有点事，我去一下。"

陈文强把苗武小腿戳了个窟窿，心里也发虚，要是气头上真的一叉把苗武叉死了，闹出人命事儿就大了，遂掏出一把钱递给二嫂说："妈，苗武的医药费、误工费我给。"说完，也开车回城了。

大盘子晚上包饺子，让陈三思把二嫂叫过去一起吃饭，拉呱儿说话给二嫂宽心。

第二天，第三天，半个月过去了，苗永清也没找人把巷口的垫土平了。苗永清家的垫土还是高出来，二嫂家的水还是没法淌出去。

这天上午，二嫂从西山地里回来，刚从沟底走过来爬上东岸，忽听有人喊救命，看见有人在不远处的大塘里乱蹬乱抓，连忙跑过去，衣服也没脱，扑通一声跳进水里，一把抓住那人的头发，拼命朝岸上拉，在岸上菜园里干活儿的几个老男人都跑过来帮忙，二嫂在水里把人使劲朝上托，岸上的人连拉带拽把落水的人拉上岸来。回头想拉二嫂，见使尽力气的二嫂正沉下水去，陈三思喊了一声二嫂，也扑通一声跳进水里，奋力把二嫂托出水面，大家一齐上手，把喝了一肚子水的二嫂救上岸来……

二嫂舍命相救的人，偏偏是来大塘挑水浇菜园失足落水的苗永清老婆张广琴，消息风一样刮遍了全村，震惊了全村的男女老少。

大盘子和村里人都到二嫂家看望二嫂，女儿女婿外孙子、儿子媳妇孙子都紧着赶回来了，就连在镇里办事的苗永清，听说二嫂为救他老婆喝了一肚子水差点沉下水里，也急急忙忙回到村里，没有回家看老婆，而是先去了二嫂家。

当天晚上，二嫂被一阵机器轰鸣声惊醒，本想起来看看，心想，可能是苗永清又做啥事呢，就没有起来。第二天早晨，二嫂起来走出院门一看，见巷口平平整整的，靠墙根的地方还挖了排水沟，与村街的下水道连了起来。

原来，苗永清连夜找来铲车，把堵在巷口的垫土铲平了，还给二嫂家挖了一道排水沟。

王大鹏三下乡

第一次下乡

三水湾村老苗支书看见王大鹏从车上下来,一手提着行李,一手提着方便面,心想,县里这回是来真的了。随即安排人,把自己的办公室腾出来,打扫干净,从家里搬来一张板床,又摆放了一张桌子和一把椅子,为王大鹏在三水湾安了个家。

局里的荣书记和镇长连午饭也没吃就回去了,车子开动的刹那间,荣书记忽然觉得王大鹏一个人在山里有点冷清有点孤单。然而,王大鹏望着走远的小车屁股,却没有感到一丝一毫的冷清和孤单,吃罢方便面,倒在床上着着实实一觉睡到四点多钟,起来一看,村部静悄悄的,走出院子,见村街上也没几个人,看到不远处有家叫"三水湾超市"的小商店,过去买了牙刷牙膏,又买了两条毛巾,一条洗脸,一条洗脚,装在塑料袋里提着。王大鹏见整个村子有些冷清,便向店主打听村里的情况,才知道村里的青壮年都外出打工了,远的南下浙江、广东,中远的在江南苏州、昆山、无锡一带,近的也在县城和镇里,留在村里的大多是五六十岁以上的老弱病残和孩子。王大鹏谢过店主,走在村街上，两边观察，看见一条通往东山的巷子，拐进去出了村，沿着小道来到东山坡上，转过身来一看，小村尽收眼底。村里不少人家盖了楼房，外墙刷了涂料，令人耳目一新。最引人瞩目的是村里的幼儿园，外墙上涂了颜料画，红红绿绿一片。王大鹏跟一个在坡上放牛的老人打招呼，知道老头姓马，两个人就聊了起来。老马头的儿子媳妇都在东莞打工，家里只有一个在镇上读初中的孙子，叫马小槽，住校，一个星期才回来一次。

老马头听说王大鹏是县里来包村扶贫驻村联络干部，恳切地说："王干部，你一定要把村里的大坝修起来，拦住山里下来的水，没有大坝拦不住水，夏天的水呼啦一下淌走了，坡上的地没水浇，少收不少粮食。"又说："村里人多少年都盼着修大坝呢。"

听了老马头的话，王大鹏的目光越过高高低低的屋顶，见村前的大沟里只有一线细细的流水，又看见几个人在比比划划，问老马头那几个人是干什么的。老马头看了一眼，说："那是苗书记和村委干部，研究修坝的。"

王大鹏听老马头说了一段修坝的旧事。那是一九七七年春天，县派农业学大寨工作队说人定胜天，要在泄洪口上筑一道大坝，拦截洪水，形成水库，水库名都起好了，叫黑龙潭水库。然后，三级提水在山坡上种水稻，让昔日的荒山坡，变成江南的水稻田。全公社男女劳力来了几千口，工地上红旗招展，人声鼎沸，肩挑人拉，热热闹闹干了三个月，雄伟大坝没筑起来，只修起来一道土堰。谁知道那年的雨季来得早，一场大雨下了三天三夜，三股洪水下来，把土堰冲得无影无踪。老马头说："一点儿底子也没剩，土堰冲得干干净净，原来的沟什么样还是什么样。学大寨工作队走了，公社再也没来修过坝。眼看着夏天的水白白淌跑了，坡上的庄稼浇不上水，村里人那个急，天天去公社找也没用。到现在还是这样，雨季一过，沟干河净，就剩一大汪塘水了。"

听完老马头的讲述，王大鹏好像明白了点什么，没有水，是不是三水湾致贫的关键原因呢？他觉得自己这次来包村扶贫，要是能为三水湾修一座大坝，建一个真正的黑龙潭水库，让三水湾村民种上水浇田，那也不枉来一趟！告别了老马头，王大鹏快步朝老苗支书他们走去。

王大鹏和老苗支书几个人一起仔细察看了当年修坝的地方，分析来分析去，认为当年大坝选址不科学。当年的坝址选在了村北，也就是北山三股洪水汇聚的地方，那水势多猛，什么样的坝冲不毁？大坝如果建在村南三公里开外，洪水的冲击力要减缓不少，黑龙潭水库或许早就建成了，三水湾村或许早就成了鱼米之乡。王大鹏的分析改变了老苗支书的思路，几个村干部都很兴奋，又顺着溪边朝村南走，到下游去察看。

王大鹏没想到第一天到村里就遇到准备修大坝这样的大事，心里想，我可找到艰苦的工作岗位了，这才是锻炼人的地方呢！

有了王大鹏的参与，老苗支书和村干部们都信心满满。晚上，老苗支书请王大鹏在村里野味馆吃饭。王大鹏觉得自己刚来，一点事没做就吃请，心里有点过意不去，坚持不去，要回去吃方便面。

老苗支书说："哪能让你顿顿吃方便面？明天给你找个做饭的，反正包村扶贫也不是一天两天的事，身体要是搞垮了，怎么领着我们脱贫致富！"

王大鹏心想自己是来锻炼的，不是来享受的，无论老苗支书怎么说，还是坚持不去，最后竟被老苗支书几个人硬拉着去了野味馆。

老苗支书把王大鹏让到主宾位置，王大鹏说什么也不坐，想随便找个位子坐下来。老苗支书说："你是县里来的领导，你不坐，我们就不好坐了。"硬是把王大鹏按到了主宾位子上。王大鹏哪里受到过这种待遇，刚站起来，就被老苗支书按下了，又站起来，又被老苗支书按下了。老苗支书说："王科长，你坐好了，大家才好坐。"王大鹏没有办法，只好在主宾位子上坐下来。

吃过饭，老苗支书对王大鹏说："王科长，等会儿开个支部扩大会，你一起参加。"

王大鹏听了老苗支书的话，脸腾地一下红了，说："支部扩大会我就不参加了，你们开吧，需要我做什么，说一声就行。"

"你包村扶贫住到村里，是县里来的领导，怎能不参加支部扩大会？今晚开会研究筑坝的事，过几天还要开党员会，广泛听取党员的意见。"

王大鹏凑到老苗支书耳旁，吞吞吐吐地说："我，我还不是党员。"

老苗支书说："那怕啥，你干的就是党的工作，是不是党员都一样嘛！"

王大鹏作为包村扶贫驻村联络员参加了三水湾村党支部扩大会，他一言没发，只是听，埋头记。整理一下，就这么个意思：有镇里的支持，有帮扶单位的支持，赶在雨季到来之前，不光要筑好大坝，还要块石护坡。把洪水集聚起来，形成真正的黑龙潭水库，不光养鱼养鸭养鹅发展经济，还要开发观光旅游，造福三水湾的百姓。

王大鹏第一次参加党的会议，十分兴奋，觉得老苗支书这个人很有头脑。王大鹏躺在床上时还想，别看老苗支书是个偏远贫困村的支部书记，思想倒是不贫困。山村的夜十分寂静，除了偶尔的狗叫，没有丁点儿声息，比起嘈杂的城市，这里的确与世外桃源一般。王大鹏辗转反侧好久也没睡着，忽然想，涵涵作业写完了吗？娘儿俩是不是都睡下了？脑子里乱七八糟的，一会儿是老婆刘晓莉那双盈满泪水的眼睛,一会儿是他宝贝女儿王涵写作业的模样。

王大鹏在局宣教室工作,文件上摘一点,报纸上抄一段,结合局里的工作就糅成了一篇文章,或是业务指导文章,或是形势报告,工作得心应手较为轻闲,业余时间还写点小文章,把儿时有趣的小故事写成随笔散文,或把故事写成小小说,投给报纸副刊,一个月总有几篇豆腐块见诸报端。唯独让王大鹏高兴不起来的事是三十七八岁了还没有入党。成为一名中共党员,一直是他的梦想。申请书几年前就交给党支部了,支部书记也跟他谈过心了,要他在艰苦的岗位上锻炼。王大鹏把局里各个科室仔仔细细想了一遍,也没想到哪个岗位艰苦,所有的岗位都是坐办公室的,哪有可以锻炼人的艰苦岗位?

深深触动王大鹏的还是去年女儿涵涵考上初中以后。一天晚上,王大鹏下班刚到家,涵涵就拿着一张表说:"老师叫填家庭情况,爸爸是不是党员?我打电话问了好几个同学,人家爸爸都是党员。"

王大鹏底气不足地说:"现在还不是。"

涵涵说:"老爸连党员都不是,真是太丢人了。"

王大鹏让女儿说得脸上有些挂不住,说:"不是党员就丢人了?"

老婆刘晓莉从厨房出来,说:"老师要是看了表,你连个党员都不是,还能瞧得起涵涵?"

王大鹏怎么也没想到,自己是不是党员会影响女儿。虽说党组织和他谈过话了,他却一直没有找到艰苦的工作岗位。没有艰苦的工作岗位,怎么能得到锻炼呢?所以他一直没有得到锻炼,培训班都参加过好几次了,还一直是个入党积极分子。不过,王大鹏虽然没有入党,但他觉得自己做的就是党的工作,已经成为不是党员的党员了。哪里想到，会让女儿觉得丢人呢？不是党员的家长多了去了，孩子不是照样考高中、考大学嘛！一点儿也不会影响前途。王大鹏想了半天，对女儿说："就填入党积极分子。"

涵涵说："党员就填党员，哪有填入党积极分子的？"

老婆说："王大鹏啊王大鹏，你不展翅，也该抖抖翅膀吧？这些年耷拉着翅膀，你连抖也没抖过。"

王大鹏听了老婆女儿的话，心里很不是滋味，在机关工作了十几年，怎么的也要入个党！他关了书房的门，在电脑上重新写了一份入党申请书，打印出来，凌晨才上床睡觉。

第二天一上班，王大鹏就把入党申请书交给了局党委荣书记。荣书记看了一眼申请书，说："大鹏啊，我会转给你们支部的。"

"荣书记，申请书几年前我就写过交给支部了。希望党组织把我放在最艰苦的岗位上考验，我会竭尽全力做好工作，不辜负党组织对我的期望。"

"好！我们组织就需要这样的好同志！"

王大鹏走出荣书记办公室，心里很不平静，但一想，局里都是平常的科室、平常的岗位，大家也都是做些平常的工作，哪里有艰苦的岗位呢？

王大鹏一直在苦苦寻找艰苦的工作岗位，一直希望在艰苦的岗位上锻炼自己。

这年三月初，王大鹏听说局里要派一个人到扶贫村，住在村里当"包村扶贫"联络员，心里就想着要做这个包村扶贫联络员。县委组织部确定局里的包村扶贫点是石桥镇三水湾村，石桥镇是县里最偏远的一个乡镇，三水湾村又是石桥镇最偏远的一个山村，坐落在大山沟的东侧，村前是一条夏季有水过了夏季没有

123

水的大沟,过了沟,上了西边的岭,岭的东边是三水湾村的,西边就是山东地界了,生活条件、环境与县城比那是相当的艰苦。王大鹏心想,这才是艰苦的工作岗位啊。他对荣书记说:"组织上信得过我,我去当这个包村扶贫联络员!"

荣书记一听很是高兴,亲自为王大鹏倒了一杯水,王大鹏连忙接在手里。荣书记说:"大鹏,你在这等我一下,我跟李局长说一声。"

王大鹏心里十分高兴,包村扶贫又不是调到村里工作,还能接受党组织的考验,这是千载难逢的机遇呀。

李局长听说王大鹏主动要当驻村扶贫联络员,也很高兴,对王大鹏说:"如果需要资金扶持,尽管回来说。只要把工作做好,为局里争光。"

王大鹏激动地搓着两手,有一种恨不能立时三刻就到三水湾的冲动。

荣书记原打算送王大鹏先到三水湾熟悉一下情况,回来后把家里的事安排安排,过一段时间再过去,谁知车子到楼下接王大鹏时,王大鹏不光把行李脸盆脚盆吃饭碗都带上了,还带了两箱子方便面。

车子开动了,王大鹏透过车窗看到站在楼道旁的老婆刘晓莉,两眼泪汪汪的,心里也忽地酸了一下。

山村的夜虽然很静,但王大鹏却没有睡好,天蒙蒙亮的时候,刘晓莉的电话打了过来,对他说,涵涵夜里说梦话喊爸爸了。王大鹏心一酸,差点儿掉下泪来,说:"过两天我可能回局里一趟,到时候再给你打电话。"放下手机,王大鹏望着窗外的天光,又朦朦胧胧迷糊了一会儿,睁开眼时,院子里已洒满了金色的阳光,老苗支书的三嫂已经把饭做好了,见王大鹏起来了,一惊一乍地说:"哎呀,你两个眼圈黑得像熊猫眼哩。"

党员会开过了，在家的党员一致同意修大坝拦水，村两委形成决议，要抓住春季有利时机，尽快开工，赶在雨季到来之前筑好大坝，留住洪水造福百姓。

干劲鼓起来了，全村老老少少奔走相告。老苗支书当着村两委干部的面对王大鹏说："王科长，剩下的就看你的了。"

王大鹏一时没转过弯来，不解地看着老苗支书。

老苗支书说："全靠你们局里支持了，没有钱，大坝只能挂在嘴上。"

王大鹏恍然大悟，想到临来时李局长说的话，说："没问题，我回局里找局长要钱。"

老苗支书说："我也到镇里去找找书记，看看镇里能不能支持一点。"

王大鹏说："我们双管齐下，争取大坝早日开工！"

老苗支书当天就开着破面包车把王大鹏送回了县里，在王大鹏住的小区门口的小饭馆吃过饭，老苗支书就急急忙忙回镇里找书记要钱去了。

送走老苗支书，王大鹏回家酣畅淋漓地一觉睡到下午三点多钟，起来洗了把脸，然后去了局里。王大鹏没有直接去找李局长，他先到荣书记办公室，把村里修水坝的事向荣书记作了简要汇报。荣书记听完王大鹏的汇报，说："你回去写个报告给李局长，修大坝两三万块钱是解决不了问题的。"

王大鹏听荣书记一说，这才感觉到自己经验的欠缺，修大坝哪有光嘴上说的，要调研、要考察、要有可行性报告。好在修大坝考察选址，王大鹏都参与了，写个可行性报告也不难。

王大鹏还没有离开荣书记办公室，手机响了，一看，是同学吕明打来的，便一边接电话一边走出了荣书记办公室。

吕明是王大鹏的中学同学，考上大学后，鸟儿各自飞，在不同的大学毕业后,又不约而同地回到县里工作,吕明在水务局工作,现在是水利工程师。高中同学大学毕业后回县城工作的不多,因此,吕明和王大鹏的关系比较密切,两个人没事的时候经常在一起吃饭,一瓶酒,一人一半喝光走人。吕明上班路上碰到刘晓莉,听说王大鹏回来了,非要请王大鹏吃一顿。王大鹏说有事没时间,晚上要写报告,让局里批点扶贫款。吕明说"小蚂蚁劈叉——多大事"?一晚上就写出来了嘛。

王大鹏推脱不掉,只好又给老婆打电话,说晚上吃饭别等他,他跟吕明一起吃饭。王大鹏跟吕明是同学又是好朋友,刘晓莉是知道的,对王大鹏说少喝点,喝多了没人伺候。

吃饭的时候,吕明听王大鹏说了三水湾修拦水大坝的事,就说:"那个村子我去过,前几年就要修大坝,水务局也去考察过,我还设计过图纸呢,到现在也没修起来。"

"你设计过图纸?"

"设计过,只是没用过。"

"这次正好给我用,村支部会和党员会都开过了,上上下下铁了心要把大坝筑起来。"

"不知道放哪儿去了,我回去给你找找。"

"抓紧找抓紧找,我明天就用。"

王大鹏和吕明喝完酒,吃了饭,就催着吕明回家找图纸,明早上班时到吕明单位拿。然后,自己回到家,一头钻进书房,熬了个通宵,把可行性报告写了出来。

第二天上午,王大鹏就将可行性报告还有吕明设计的大坝图纸都交给了荣书记。荣书记夸奖王大鹏说:"大鹏工作效率就是高。"又说:"放这吧,我送给李局长看,李局长签字后,我打电话给你。"

"谢谢荣书记,款子早一天批下来,工程就能早一天开工。

村里想赶在雨季前把大坝筑好。"

"你放心,帮扶三水湾是县委组织部定的,不是你个人的事,是局里的事。"

王大鹏在家等了三天,也没有接到荣书记的电话,心里有些急,专门到局里去找荣书记。荣书记不在局里,到县委开会去了,他想打电话给荣书记,怕荣书记开会不方便接,又去找了李局长,李局长也不在,问了办公室,才知道李局长陪同县人大代表调研工作去了。王大鹏有些失望,心里急火火的,想早一天拿到款子,大坝工程早一天开工,找不到主要领导,也没有办法,只好在家耐心等荣书记的电话。

这天上午,王大鹏刚从菜市场买菜回来,接到荣书记的电话,要王大鹏到他办公室去一趟。王大鹏放下菜,立马骑电动车到局里去见荣书记。

荣书记说:"大鹏啊,李局长看了报告,批了十万块钱工程款。"

王大鹏心里一凉,十万块钱够干什么的呢?那是一座雄伟的大坝,要把大山沟拦截成水库,今后还要开发成旅游观光景点。预算是八十万元,只批了十万元,虽说少了点,但王大鹏还是说:"谢谢荣书记,谢谢李局长。"

"大鹏啊,局里的钱也不多,要把钱用在刀刃上哦!"

"那是一定的。"

老苗支书听说王大鹏带回来十万块钱工程款,高兴地握着王大鹏的手半天没松开。王大鹏问老苗支书镇里支持多少,老苗支书说他没找到书记,找到了分管副镇长,副镇长说镇里基础设施建设还欠着一屁股债,没有钱支持。老苗支书说:"村里修大坝,只能靠县局的支持了。"

王大鹏吃过晚饭,一个人沿着村前的小溪边散步。他突然想，大坝是不是修得太大了？筑个拦水坝，能拦住水就行了嘛！王大鹏在心里细细算了算账，如果大坝改成拦水坝，工程预算差不多是原来预算的一半。再说，开发利用水库，搞旅游观光农家乐，以后慢慢来，人总不能一口吃成个胖子呀。今后如果有了钱，可以加宽拦水坝，再筑成大坝嘛！王大鹏决定要和老苗支书好好谈一谈。

老苗支书听王大鹏说了大坝改成小拦水坝的想法，虽说与原来的设想差距较大，但也没有持反对意见，村里没有钱，镇里也没有钱，全靠局里扶贫支持，能筑个拦水坝拦住水就行。老苗支书想想，认为王大鹏说的是实在话，而且确确实实是为村里着想办实事的。又召开支部扩大会，把大坝改成了拦水坝。

王大鹏回到城里，在县电视台发布工程招投标广告，一个多月后，完成了拦水坝工程招标工作，与工程队签订了施工合同。

挖掘机天天挖土，推土机天天把坝往高里推，王大鹏没事就到工地上转转，看着一点一点堆高起来的土坝，心里很高兴。这天，王大鹏到工地上时，看到施工机械都停了，急忙打电话问施工队长，施工队长正在县城道路改造工地，王大鹏说："怎么停工了呢？"

"哎呀，王科长，没来得及跟你汇报，工程款用完了，只好停工。"

"那块石护坡呢？"

"没有钱，你叫我到哪里去弄石料？"

王大鹏想，工程款用完了，土坝还没有堆起来，雨季一到，洪水下来，十万块钱也就随水冲走了。王大鹏对施工队长说："工程不能停，土坝要堆，块石护坡也要抓紧。你先来人干，我想办法弄钱。"

"好吧。不过要等几天，最近工人回家收麦了。"

王大鹏心里有数，这些施工队长滑得很，嘴上说得好听，一旦工程到手，没有钱是不会来给你干活儿的。

　　王大鹏把情况跟老苗支书一说，老苗支书也只有叹气的份，村里拿不出钱，镇里也拿不出来一分钱，说来说去，只能靠王大鹏回局里要钱。

　　王大鹏只好回局里找荣书记，希望继续给予支持！

　　王大鹏又从局里带回来十万块钱，与施工队长联系后，工程又上马了。时间已经到六月中旬了，眼看雨季就要到了，王大鹏恨不能两天就用块石把土坝护上坡。开山放炮采石，拖拉机天天朝土坝上拉石料，没拉几天，工程又停了。王大鹏一问，工程款又用完了，水泥还没有钱买，王大鹏只好再回局里去要钱。王大鹏先去找荣书记，荣书记带着他一起找李局长。李局长了解情况后，又给王大鹏批了八万块钱。当王大鹏从财务科拿了八万块钱的现金支票，立马给施工队长打电话，要工程队立马开工。石头刚拉完，水泥还没买，八万块钱又用完了，工程只好再次停了下来。

　　这一次王大鹏有点不好意思再去局里要钱了。王大鹏让老苗支书和村两委干部也想想办法，老苗支书和村干部们大眼瞪小眼，愁个半死也想不出来到哪里去弄钱。老苗支书心里说，村里要有钱，还要你们局里来扶贫吗？后来老苗支书这样对王大鹏说："王科长，我和你去局里找书记和局长说说看，能不能再给个十来万块钱，无论如何要在雨季之前把拦水坝块石护坡，不然的话，洪水一下来就冲完了！"

　　王大鹏心里也急，可是，他真的有些不好意思再回局里去要钱了。但是，不回局里要钱，半拉子工程停在那儿，说不准哪天一场山洪下来就冲个精光。不好意思回去要，也得厚着脸皮回去要。

老苗支书叫人打了一只野兔，逮了一只野鸡，准备跟王大鹏一起去找荣书记。对王大鹏说："送点野味给荣书记尝尝。"

"款子是李局长批的。"

"那就带给李局长尝尝，咱贫困村啥也没有，这是点野味，又不花钱。"

王大鹏带着老苗支书是吃过晚饭后去李局长家的。李局长一看王大鹏来了，又是让座，又是递烟，又是泡茶，热情得让王大鹏有些不好意思。

王大鹏说了村里修拦水坝工程款不够的事，看看局里能不能再拨一点款。

李局长说："大鹏，你在村里当联络员，可能还不知道，昨天上午组织部门跟我谈话了，我调到县政协文史工作委员会去了，谈完话当时就办了交接手续。你那款子，去找一下新来的刘局长吧。"

王大鹏说："刘局长会不会……"话没说完，但意思却表达得十分清楚。

李局长说："不会的，包村扶贫是组织上定的，谁当局长也得支持！"

王大鹏松了口气，又说了一会儿话，才从李局长家出来。下了楼，老苗支书心里懊悔得要命，说："野兔野鸡白送了。"

王大鹏一再挽留，老苗支书说什么也不在城里住，连夜回了三水湾，说要和村两委干部们商量一下，反正工程不能停，就是借高利贷也要把拦水坝筑起来。

王大鹏在床上辗转反侧一夜，天蒙蒙亮时又睡着了，醒来一看，已是上午九点多钟，赶紧起来到局里去找荣书记。荣书记不在，又去找新来的刘局长，王大鹏自我介绍一番后，刘局长说自己刚来，要跟荣书记商量一下。

王大鹏说:"那我下午再来吧。"

刘局长说:"荣书记跟县领导到南方去考察创建国家级园林城市了,过两天才能回来。"

王大鹏说:"那我下个星期再来吧。"

离开刘局长办公室,王大鹏心里说,巧事怎么都让我给遇到了呢。又紧着给老苗支书打电话,要老苗支书千万不要借高利贷,并充满信心地说,等两天荣书记回来了,一定能拿到钱。

后来,王大鹏又从局里拿回来十万块钱工程款,交给施工队长后,工程又上马了。块石护坡工程还没搞完,一连下了三天豪雨,滚滚而下的洪水,一下子把没来得及块石护坡的另一半拦水坝冲毁了。

王大鹏回到局里跟荣书记汇报时,哭得鼻涕一把泪两行。

一直到秋收后,王大鹏带着荣书记和刘局长亲自到三水湾拦水坝视察调研,如果工程就此下马,前边的筑坝钱和精力都白费了,再说局里的包村扶贫成绩也就一点没有了。局里研究后,又拨了十万元工程款,这才把三水湾的拦水坝筑好。坝没有老苗支书原来设想的那样高大,那样宽阔,那样雄伟,虽然只是个拦水坝,但坝的两面全部用块石护了坡,水多了,就从坝顶流过去,坝里留下一汪清亮亮的水。

一年的包村扶贫活动结束了,王大鹏回到局里上班。支部研究王大鹏入党时,有人说,像王大鹏这样扶贫,非把局里倒腾空了不行。但支部认为,王大鹏能主动要求到艰苦的岗位上去锻炼自己,这本身就是值得称赞的,更何况王大鹏也确实为村里办了实事,为局里争得了荣誉。最后,还是把王大鹏作为党员发展对象上报局党委。局党委会上有人提出来,王大鹏在包村扶贫工作中虽然做了不少工作,但拦水坝没搞完就被洪水冲毁了,局里几十万块钱打了水漂,给局里造成了巨大的经济损失,最后一致决定,将王大鹏作为培养对象继续考验。

王大鹏心里虽有些不快,但还是很快就接受了,拦水坝被洪水冲了,让局里多花了十多万块钱,确实给局里造成了不应有的经济损失,真的是不应该啊。

第二次下乡

王大鹏给局里造成了不应有的损失,心里很愧疚,陷在了深深的自责中,很希望组织上能再给他一次下乡的机会,他会为扶贫做更多的事,用实际行动弥补自己曾经有过的过失。

这天下班回到家,王大鹏把还想下乡扶贫的想法说给老婆刘晓莉听,刘晓莉一听就不高兴了,说:"你辛辛苦苦下乡扶贫一年,为村里修了拦水坝,没人肯定你的成绩,反而说你给局里造成了巨大的经济损失。十来万块钱多巨大?"

"晓莉,我也没料到修拦水坝会有那么多困难,的确给局里造成了不应有的损失,我不负责谁负责啊。"

"负责你个头啊,换别人去是不是也这样?"

"这我就不知道了,反正是我给局里造成了损失,多花了十万多块钱,如果给村里,可以为村里修条水泥路了。"

"大鹏哎大鹏,你抖抖翅膀没飞起来不说,还抖掉一身毛。你下乡一年回家来几次?我看你比党员还党员!"

"我条件不够,还得继续锻炼。"

刘晓莉见王大鹏变得有点傻不愣登的,不再和王大鹏说话,气呼呼地到厨房做饭去了。

这时,王大鹏手机响了,一看,是吕明打来的,接听,明显能听出吕明声音里有掩藏不住的兴奋。吕明说两家要聚一聚,地点在新建路头宏欣酒家。

王大鹏对厨房里的刘晓莉说:"晓莉,别做饭了,吕明请我们一家吃饭。"

原来,两家人个把月就要聚餐一次,不是他家请他家吃饭,就是他家请他家吃饭,感情日益加深。

两杯酒下肚,吕明果然把掩藏不住的兴奋透露出来,说:"大鹏,我提副科了。"

吕明老婆莲秀笑着说:"又吹了。"

吕明说:"我这是让老同学也高兴高兴。"

王大鹏看着吕明,刘晓莉也看着吕明。王大鹏说:"真的,提副局长了?"

"昨天刚宣布,局里有个老同志去年就退二线了。"

"祝贺祝贺!晓莉,来,我们敬吕明一家。"

两杯白酒和两杯红酒四只酒杯在一起碰了一下,声音清脆悦耳。

刘晓莉喝完酒,放下酒杯说:"吕明哎,你说大鹏冤不冤?"然后,把大鹏入党没通过的事对吕明说了一遍。又说:"你都提副科了,大鹏连个党员也不是。"

吕明听了刘晓莉的话,说:"我知道,大鹏憨厚实在,不奸不滑很本分。"

"局里就这样对他,他还要下乡扶贫。"

"艰苦的岗位,那才锻炼人呢!"

"局里那些党员、科长副科长怎么都不去?"

吕明看王大鹏两口子说着说着要吵起来了,连忙岔开话题,说:"喝酒喝酒。"

吕明请王大鹏一家吃饭,本来是想让王大鹏和刘晓莉分享他提拔副科的快乐,没想到,王大鹏挺快乐的,王大鹏老婆刘晓莉倒是很受伤。

　　吕明提拔副科的事不光没有打击王大鹏，而且更加坚定了王大鹏下乡扶贫到艰苦岗位上锻炼的决心。王大鹏心想，人家吕明都提副科了，我为什么还入不上党？这说明我和吕明还是有相当大的差距。去年三水湾修拦水坝，人家吕明不是几年前就考察过而且设计好了图纸嘛！虽说最后没有按图纸施工，大坝改成了拦水坝，但人家吕明是把工作做在了前头哎。不为自己提副科，就是为了女儿，我也得接受组织考验，争取早日入党。

　　又一年，县里又开展"挂钩帮扶"活动，王大鹏局里的挂钩帮扶村还是三水湾村。

　　王大鹏觉得这又是一次机会，原本想去找荣书记谈谈的，可是又一想，上次下乡修拦水坝给局里造成了损失，这次局里会不会不让他去了呢？王大鹏想来想去，决定还是去找荣书记，当面要求下乡挂钩帮扶，在艰苦的岗位上接受锻炼。

　　王大鹏轻叩荣书记办公室门时，荣书记也正在思考派哪个人去三水湾合适。听到有人敲门，荣书记大声说："进来。"王大鹏推门进去，荣书记一看是王大鹏，心里豁然一亮，让王大鹏坐下来，王大鹏没坐，还是站着。荣书记拿了纸杯去倒水，一边放茶叶一边说："大鹏，这是我小舅子送的龙井，泡一杯你尝尝。"

　　王大鹏赶忙从荣书记手里接过杯子，自己在饮水机上倒了一杯水。然后坐在沙发上，还没来得及说话，荣书记却先问道："大鹏，找我有事啊？"

　　"荣书记，这次局里挂钩帮扶活动我还想去。"

　　荣书记一听王大鹏主动请缨挺高兴，考虑了一上午的事，王大鹏一来立马解决了。荣书记说："大鹏啊，到农村工作虽说艰苦了点，但能锻炼人呐。天天上班一杯茶、一张报，有啥意思？"

　　王大鹏想想荣书记说的话，觉得一张报纸一杯茶也确实没啥意思。下班回家，不是做饭，就是给老婆孩子洗衣服，再不就是三缺一打打麻将，有啥意思呢。说："我想再去锻炼一下。"

"那就要炼成钢了。"

"炼不成钢，炼成块铁也行。"

"你的事，我会在党委会上提出来的。你回去准备准备，把家里的事好好安排一下。"

"荣书记放心，这一次我不会给局里造成损失的。"

"人无完人，谁工作中没有点失误。大鹏，放心干。"

听荣书记这么一说，王大鹏心里有点发酸，抽了一下鼻子说："还是荣书记理解我。"

王大鹏做了几天的动员工作，又请吕明一家吃了一次饭，饭前就跟吕明打过招呼，把自己想下乡挂钩帮扶的事先跟吕明说了，吃饭的时候，在吕明的配合下，终于说服了老婆刘晓莉。

王大鹏二次挂钩帮扶来到三水湾，一看，还是老苗支书当支书，老苗支书也没啥变化，还是两年前那个样子。老苗支书握着王大鹏的手摇来摇去，说："真没想到，王科长又来我们三水湾挂钩帮扶。"当天下午，王大鹏跟老苗支书兴致勃勃地去看拦水坝，去坡上看麦苗。景象和两年前完全不一样了，坝里湖水清清，碧波荡漾，有人网箱养鱼，也有人养鸭养鹅；山坡上麦苗青青，绿浪一浪赶一浪。村里又有几户人家建了两层楼。老苗支书咧着大嘴说："王科长，你为我们村做了件大好事，村里人都念着你的好。"

"苗书记，可别这样说，款子是局里出的。"

"村里还准备给你立碑纪念呢。"

"千万不能，千万不能。"

晚上，老苗支书在野味馆摆了一桌，这次不光有野兔，有野鸡，还有拦水坝里养的鱼和虾。村两委的干部都到齐了，热烈欢迎王大鹏来三水湾二次挂钩帮扶。吃过饭，王大鹏难掩激动的心情，又和老苗支书彻夜长谈，了解村里的情况，了解村里的困难，了解村里急需要办的事儿，前前后后记了半本子。

"你这次来，能不能为村里修座桥？"

"修桥？"

"是啊，修桥！"老苗支书喝了口水，又说："通村道路要越过村东边的红岩沟，雨季一到，水大了，车子没法过沟，人来回都得蹚水。村里想在红岩沟修座桥，方便村民出行。"

"苗书记，你真的是为村里老百姓着想啊。"

"不为老百姓办事，还要我这个书记干什么？"老苗支书又说："村里多少年了都想在红岩沟修座桥，就是没有钱。没有钱，啥事也办不成哦。前年修了拦水坝，两边坡地也成了水浇地，就是运输不方便，东西运不出去。如果能修座桥，那是再好不过的事了。你来了，我就有了主心骨，过两天咱们再深入研究一下。"

王大鹏在小本子上记下了修桥的事，还在"修桥"两个字下面重重画了两个圈。

第二天下午，王大鹏又走访部分村民了解情况，大家都提到了修桥的事。说去年夏天发洪水，陈三思卖粮食回来，小四轮开到红岩沟底时洪水下来了，村里去了十多个男女老少帮忙，才把小四轮从沟里弄上来。如果修了桥，不光把村里村外连接起来了，而且雨季发洪水也不怕了。

红岩沟是三水湾村东边岭下的一条大沟，过来沟，上了坡，才能到村里，是村里通往镇上的唯一一条通村的路。

王大鹏自己到实地考察了一遍，又跟村两委干部一起考察了一遍，他接受前年的教训，这次无论如何不能贪大求洋建大桥，像修拦水坝一样，建座简易的桥，能行人，能通车就行。就是建座简易的桥，王大鹏估算了一下，少说也得五十万块钱。

毫无疑问，这桥也得赶在雨季到来之前完工。不然的话，雨季一来，沟里全是米把深的水，桥就不好修了。

王大鹏同老苗支书商量后，决定建桥。

王大鹏写了可行性报告回局里要钱，老苗支书在家组织施工队。老苗支书觉得肥水不能流入外人田，就请村里的吕会计组织施工队。吕会计在村里找了十几个五六十岁的男人女人，又请一个公社时期修过桥的老人做技术负责人，施工队就建起来了，只等王大鹏局里的帮扶款一到位，立马开工建设。

王大鹏回局里跟荣书记谈了村里修桥的事，说："不是村两委的想法，是全村百姓的想法。"

荣书记对王大鹏的工作态度夸奖了一番，遗憾地说："大鹏啊，我已经退下来做调研员了，你去三水湾挂钩帮扶的事，我已经向新来的高书记汇报过了，你去找他吧。"

王大鹏这时才看到荣书记办公室门上原来书记室的门牌已经换成调研室的门牌了，看着头发黑白相间，用紫砂壶一遍一遍精心泡茶的荣书记，心里蓦然生发出一种伤感，真是岁月不饶人啊！

荣书记放下紫砂壶，亲自带王大鹏到高书记办公室，对高书记说："高书记，这是局里在三水湾挂钩帮扶的王大鹏，给你汇报个事情。"荣书记说完，又对王大鹏说："大鹏，你把事情给高书记汇报一下。"然后走出高书记办公室，还轻轻把门带上。

王大鹏把三水湾修桥的事汇报了一遍，高书记说："五十万元也不是小数目，这样吧，过几天我和刘局长去看看，再定。"

从高书记办公室出来，王大鹏心里有些失落，高书记说要和刘局长一起亲自去现场考察调研，是不是对自己的工作不放心？我是驻村联络员，自打建桥项目在村里立项后，我哪天不去看现场？正低头走路，在廊道上碰到了财务科的小杨科长，小杨科长说:"大鹏又回来要钱的吧?"

"村里要修桥呢。"

"我就说嘛,你哪次来局里都是要钱的。"

"咦,这话说的,又不是我要钱。"

"前年你修拦水坝,把局里这两年的奖金都修没了,这回又要拿大家的奖金修桥了。开个玩笑,可别当真,要钱也是扶贫的嘛。"

这个玩笑开得王大鹏心里很不是滋味,原来修个拦水坝,把大家两年的奖金修进去了。这回要修桥,又要把大家的奖金修进去了。不过话又说回来,局里不给钱,让我去挂什么钩帮什么扶?拿什么给村里办实事?王大鹏好半天才平下气来,给老婆打电话,问问中午要不要买菜,买什么菜,老婆指示后,他去菜场买了菜,然后回家做饭。

一连好几天,王大鹏才接到局办公室梁主任的电话,说高书记明天和他一起去三水湾考察调研。王大鹏问:"刘局长去不去?"

梁主任说:"刘局长到县政府开会,高书记去。明天一上班你到局里来,跟高书记一起走。"

王大鹏答应了一声,收了线,然后又给老苗支书打电话,要老苗支书明天准备一下,高书记明天上午调研红岩沟。老苗支书问高书记中午在不在村里吃饭。王大鹏说别管吃不吃,先准备一下吧。

第二天上午,王大鹏和高书记一起到三水湾,车到红岩沟时,王大鹏在车里就看见了老苗支书和村两委的干部,还有辆奥迪车,仔细一看,镇党委顾书记也来了。王大鹏先下了车,然后拉开后车门,让高书记下来,镇里顾书记一把握着高书记的手,说:"欢迎高书记来视察。"

镇里顾书记不说高书记来调研,而是说高书记来视察,王大鹏觉得有点过分。其实,乡镇领导见了县里来的同级干部都是这么说。王大鹏听高书记说:"三水湾要修桥,刘局长让我过来看看。"

高书记边看现场边听老苗支书介绍,镇里顾书记不时插话,意思是说村里十几年前就向镇里打过报告,要修桥,镇里搞城镇化建设,到处用钱,挤到现在也没挤出钱来。高书记听了介绍,看完现场,也觉得修桥是便民的大好事,是民心工程,于是对王大鹏说:"老王,我回去跟刘局长汇报一下,过几天把建桥款批下来。"

王大鹏听高书记喊自己老王有点不顺耳,看看高书记三十四五岁的样子,确实比自己小,不喊自己老王喊什么?再说自己又不是科长,也不是副科长,没法喊科长,只能喊老王。老苗支书和村里人喊他科长,那是村里人对县里来人统一称呼。王大鹏正胡思乱想着,听说高书记要回局里,赶紧拉着高书记的胳膊,说:"高书记既然来了,再去看看两年前局里包村扶贫时筑的拦水坝吧。"

镇里顾书记也热情相邀:"中午在这儿吃个便饭,村里没啥好吃的,都是野味。"

高书记笑着说:"顾书记,局里还有个会,我跟老王去看看拦水坝就回去了。"

三天后,王大鹏接到局财务科小杨科长的电话,要他到局里拿钱,王大鹏一时没转过弯来,问小杨科长拿什么钱。小杨科长说:"你不是要修桥嘛!"

"你看这话说的,是村里要修桥,我自己修个屁桥啊。"

"局长昨天才批,快回来拿吧。"

王大鹏连声说谢谢,小杨科长说谢我干啥,是局长批的,又不是我批的。两个人说笑了几句，才挂断电话。

老苗支书听说局里的修桥工程款批了，很高兴，非要开自己家的破面包车送王大鹏回局里不行。对王大鹏说："我正好到城里办点事，顺便带你回去。再说，你是给村里办事的，也就是给我办事的，对不对！"老苗支书用编织袋装了一只野鸡，又装了两条鲤鱼放在车上，对王大鹏说："回家给弟妹吃个新鲜。"王大鹏不要，两个人推来推去，老苗支书说："见外了不是。"

老苗支书开车一直把王大鹏送到小区住宅楼下，对王大鹏说："王科长，你在家多住两天回去也不迟。"

王大鹏说："你回去准备好，我把钱拿回去咱就开工建桥！"

老苗支书把车头调好，伸头对王大鹏说："你放心，吕会计早把施工队组织好了，等你回去咱就干！"

王大鹏目送老苗支书的车子拐上小区里的干道，这才上楼回家。

第二天上午，王大鹏到局财务科拿了二十万元现金支票，一刻也没停留，连忙去了汽车站，跟班车到了镇里，又跟村村通车到了村里。当着老苗支书和村两委干部的面，把支票给了村里的吕会计。

大桥工程开工了，石头拉来了，水泥也买回来了，老苗支书怕下雨淋了水泥，又派人在工地上用高粱秸搭了个瓜棚一样的庵子放水泥，还派老马头住在庵里看东西。

这天，王大鹏和老苗支书来到工地，看到村民筛沙的筛沙，搬石头的搬石头，抹灰的抹灰，一派热火朝天的景象，两个人都很高兴。

老苗支书说："如果工程款及时到位，最多三个月，桥就建好了。"

"雨季之前能建好？"

"肯定能建好!"

走到一个村民正在砌筑的桥墩前,王大鹏停下来,看着已经砌筑了半米高的桥墩,越看越不对味,桥墩怎么直接砌筑在沟底的石头上了呢?为什么不凿个窝窝做基础?桥墩没有根,建成了桥,洪水下来一下子不就冲毁了嘛!他赶忙叫村民停下施工,抬起脚,狠狠蹬了三脚,还真把刚砌的桥墩蹬歪了。

老苗支书也看到了,赶紧跑过来,发火说:"谁叫这样干的?"

王大鹏说:"怎么不按施工方案先打基础呢?"

村民憨了半晌说:"吕会计说打半米深的基础又费时又费工,不如直接砌来得快。"

老苗支书掏出手机打吕会计的电话,不一会儿,吕会计骑着摩托赶了过来。王大鹏说:"重来,桥墩从半米深的基础开始砌!"

"沟底都是石头,我看桥墩砌在石头上能行。"

"这能行吗?"王大鹏抬脚用劲蹬了一下半米高的桥墩,水泥带缝还没有凝固的几块石头稀里哗啦全倒了。

吕会计低头看着别处,不吭一声。

"钱是局里给的不错,但那是扶贫款,要用在刀刃上啊。这样干,糊弄谁呢?洪水下来,桥墩倒了桥塌了,路断了,倒霉的不还是村里人嘛!"王大鹏气愤地说。

"我是想给你们局里省点钱嘛!"

"你是村里会计,拿局里的钱做豆腐渣工程,能对得起老百姓吗?"

老苗支书见王大鹏确实生气了,话说得越来越重,连忙拉弯子说:"听王科长的,重来,从基础开始做。"说着,把王大鹏拉到了一边。

王大鹏仍没有消气，愤愤地说："我前脚走，桥后脚倒了，我怎么跟局里交代？"

"是的是的，施工队开会时我会讲的。"

打这以后，王大鹏每天都到工地检查，查施工质量，查工程质量。一个月后，六个两米高的桥墩做好了，王大鹏又到县城乡建设局，请来质量监督站的工程技术人员，对桥墩进行质量检测，检测结果都符合质量标准，这才松了一口气。

王大鹏回县里参加挂钩帮扶汇报会，又在家休息了两天，一大早坐车回村时，在红岩沟下了车，发现工地上静悄悄的，一个施工人员也没有，只有看材料的老马头坐在庵棚里打盹。王大鹏问其他人哪去了？老马头这才迷迷糊糊地醒过来。

老马头告诉王大鹏，工钱原来是每天发一次，后来五天发一次，最近这五天没发工钱，村里人找吕会计要，吕会计说局里的钱没到账。我说等你回来再说，他们不听劝，今天一大早，十几个人坐车到县里讨要工钱去了。

王大鹏听说村里人到县里讨要工钱去了，心里一愣，莫非是到局里讨要工钱的？王大鹏正想着，手机响了，接听，是局办公室梁主任打来的电话，要王大鹏赶紧回局里，说村里人把局大门堵上了，还拉了横幅，讨要血汗钱。王大鹏心里想，这些人还真到局里讨要工钱去了。王大鹏赶紧给老苗支书打电话，说他在红岩沟等着，立马到局里去把人带回来。然后又交代老马头看好材料，说："工钱一分钱也不会少的。"

老马头说："王科长，你放心，我不会离开工地的，你为我们村修桥出了那么大的力，大家都知道。"

老苗支书开着破面包车来了，听说村里人到局里讨要工钱去了，也是火冒三丈，说回来后，非狠狠治这些闹事的人不可。

王大鹏和老苗支书来到局里的时候，局大门口围了不少看景的人，自动门关起来了，门前站着十几个人，拉着一幅白纸黑字的横幅，上面写着讨要血汗钱的字。

老苗支书二话没说，几把把横幅扯过来，撕了几把没撕开，大声呵斥道："都给我滚！"

"苗书记，没拿到工钱，我们凭什么滚？"

"原先说好工钱一天一兑现，后来说五天一兑现，这五天都过去了，钱怎么还不发？"

"吕会计没有发钱？"

"吕会计叫再等半个月，局里的工程款到了才能发。"

王大鹏在心里算了一下，石料是村里的，买水泥，发工钱，二十万块钱还应该有五万多块钱。为什么不发工钱？现在找人做活儿有些难，工钱要一天一兑现，一天不兑现就没人干，就撂挑子。

再说现在农民工围堵机关大门成了家常便饭，屁大点儿事就拉横幅堵大门。局里大门一堵，县里就知道了，要求局里迅速解决，化解矛盾。梁主任给王大鹏打电话，要他到刘局长办公室去一趟。

老苗支书把横幅团吧团吧夹在胳肢窝里，把几个人拉到一边，说："局里出钱为村里修桥，是天大的好事，几天没开工钱，就找到局里来，你们的良心都让狗吃了！"

"反正不发钱，我们不干。"

"发也得干，不发也得干，账记在那里，局里和村里是不会赖账的。"老苗支书又说："你们几个老党员也跟着瞎起哄，看我回去怎么收拾你们！"

几个党员先上了小四轮，其他几个人见党员上车准备回去了，也跟着上了车，小四轮发动起来，屁股后蹿出一溜黑烟，回村去了。

王大鹏真没想到，挂钩帮扶竟帮扶出乱子来，主动提出来要刘局长换人。

刘局长把王大鹏批评了一顿，说："哪能临阵换将？再说局里的工作也要人做，哪有闲人。"

王大鹏虽说受了批评，但刘局长还是批了十万块钱给他，要他回去立马开工，还要把村民安抚好，工资一天一发，下工时兑现，绝不能拖欠。

王大鹏从财务科小杨科长那里拿了支票，赶紧下楼，见老苗支书还蹲在大门口等他。老苗支书一见王大鹏出来，立马站起来，说："人都让我撵走了，回去再收拾他们，还真反天了不成。"又对王大鹏说："要不你在家歇几天？"

王大鹏摇摇头，说："走，回村里，我得了解了解到底是怎么回事。"

王大鹏和老苗支书回到村里，找到吕会计一问，才知道，吕会计谁也没请示，私下里把五万块钱借给钱涌泉的窑厂了，没有钱开工资，只好拖着，等钱涌泉还了钱，再开工钱。

王大鹏一听火冒三丈，立马要去找钱涌泉，被老苗支书拦下了，老苗支书说他去找。钱涌泉外出打工十几年，手里攒了点钱，经老苗支书动员，这才回村建窑厂烧砖，一是吸纳村里的剩余劳力，二是让外出打工的人回来就地做工，有钱赚，走共同致富之路。

老苗支书找到钱涌泉，把村民到局里要工钱的事说了一遍，让他抓紧把修桥工程款还回来，不能耽误修桥。钱涌泉也听说村里人到局里去堵大门要工钱的事，说："苗书记，我一时周转不开，才找吕会计借用一下修桥款的。"又说："苗书记放心，我就是借高利贷，也要把修桥款还上。"

果然，吃晚饭的时候，钱涌泉还回了五万块钱工程款。

奔波了一天，吃过晚饭，王大鹏就躺在床上默默地想事，他想把工程款放在自己身上，根据工程进度按时拨款，每天下工时，在工地发放工资。又一想，自己这不成了村里的会计？不行，工程款还是放在吕会计那里，自己要做的是加强监督。打开电视，县台正好播放新闻，新闻里把村民围堵局大门的事说成是"突发事件"，王大鹏心里猛一沉。

在王大鹏的强力监督下，不仅大桥工程质量得到了提升，而且施工进度也加快了，抢在雨季到来之前，建好了大桥。大桥竣工通车那天，县电视台来人了，局里刘局长、高书记带着几个科长和镇党委顾书记还有镇长、副镇长都来了，好车、孬车、村村通车，就连老苗支书的破面包车也跟在车队后面走了一趟，大桥上一番热闹景象。

挂钩帮扶结束后，王大鹏回到局里上班，在走廊上遇到一位支部委员，王大鹏刚想和那支委打招呼，没想到那支委却先说道："你看你，修桥就修桥呗，又弄个突发事件……"那支委话没说完就匆匆走了。

王大鹏站在空空的走廊上，茫然地望着那支委越走越远的背影。

第三次下乡

三水湾村民上访讨薪的事，王大鹏后来还是弄清楚了，他们不是针对局里的，而是有人发现吕会计把建桥款借给了钱涌泉，拖着不发工钱，想通过上访达到罢免吕会计的目的。没想到事情却走向了反面，吕会计拖着不发工钱的事，本来是完全可以反映到他这里的，走访村民时，有的村民说，看他和老苗支书关系不错,而吕会计是老苗支书的小舅子,认为向他说了也是白说,所以头脑一热,直接到局里上访讨薪来了。

王大鹏深深叹了一口气,我只是局里派到村里挂钩帮扶的驻村联络员,哪有权力过问村里的人事安排呢。

王大鹏站在高书记和刘局长的角度,重新审视自己的行为,也认为这件事搞得局里很被动,高书记和刘局长还受到县委主要领导的批评,电视台一曝光,局里的形象受到了损害。这么一想,王大鹏觉得自己确实不够成熟,还需要在工作中历练。

王大鹏回到局里像往常一样工作,但总觉得有些沉闷,打不起来精神,提不起来气。桥建好了,村里人出行是不是更方便了?村里人的日子是不是好过了?他有时也梦回三水湾。有天夜里,他睡得朦朦胧胧,梦见自己长了两个翅膀,飞来飞去就飞到了三水湾上空,看见村子里黑灯瞎火没点儿光亮,落下来对老苗支书说,村里要安装路灯,方便百姓夜晚出行。见老苗支书点头说对,他又说,最好是安装太阳能路灯,这样既可以照明,又可以减少村里的经济开支。只不过一次性投资大一点,但是用的是太阳能,路灯可以天天晚上亮。如果安装电能路灯,路灯一亮就是钱,村集体没有经济来源,恐怕装了路灯只能白天看,晚上不敢亮。老苗支书连连点头说是。之后,王大鹏展展翅膀想飞起来,忽然觉得腿上有什么东西拽着,老也飞不起来,转脸一看,原来后面跟着一群想过好日子的三水湾村民。再转过头一看,忽然看见李局长、荣书记,还有刘局长和高书记他们正在前面飞,王大鹏精神大振,拼尽全身力气,展动翅膀,终于带着三水湾村民越飞越高,越飞越高,跟着李局长、荣书记、刘局长、高书记他们朝着梦想的天堂飞去……醒来时却发现自己躺在床上,身边传来老婆细细的鼾声。王大鹏想想刚才的飞翔梦,心里激动得扑通扑通直跳,半响才平静下来,心想,自己真的是离不开三水湾了。一个星期天,他对老婆说要加班写材料,中午不回来吃饭,然后坐公交车到三水湾去了一趟,谁也没见,在红石桥上来回走了两趟,又到拦水坝看看,走过拦水坝到坡地上看看,回来时,他掬了几捧坝里的水喝,觉得心里又清又亮,十分舒坦。

刘局长和高书记也先后调走了,原来石桥镇党委顾书记调来局里当局长,让王大鹏没有想到的是,老同学吕明调来局里当党委书记,是正科级干部了。家庭聚会时,王大鹏说:"吕书记,还老同学呢,一点消息也没透,真是滴水不漏啊。"

"官场上喊我吕书记,私下里还是喊我大明听着顺耳。来局里之前,我一点消息也没有,等组织上跟我谈话,还没来得及跟你说,就过来了。"

"大明,你来当书记,要多多关照大鹏啊,来,我敬你一杯。"

"我新来乍到,还得大鹏关照我才是。"

"吕书记放心,我大鹏不会给你丢脸的。"

"到底是老同学,有这话,我就放心了。来,我们共同干一杯。"

饭后,王大鹏要去付钱,吕明说什么也不让,两个人争来争去,还是吕明付了饭钱。

王大鹏一直忘不掉那个飞翔梦,过了好长时间,梦境里的情景还历历在目。

两年后,县委在全县范围内又开展了"一帮一"活动,局里"一帮一"的村还是三水湾,还要派人到村里去,听取群众意见,帮贫扶困为群众解决实际问题。

没等局里研究派谁去村里当联络员,王大鹏就找到吕明和顾局长,说:"只要局里信得过我,我还去。"

"大鹏,你的情况我都了解,今年换别人去吧。"

"顾局长、吕书记，三水湾的情况我比较熟悉，换别人去还得再了解情况，比较麻烦。"

顾局长沉思片刻，在王大鹏的肩膀上重重拍了两下。

吕明明白顾局长是同意王大鹏去了，就对王大鹏说："大鹏，有什么困难，跟顾局长说，跟我说都行。"

三月初，顾局长把王大鹏送到了三水湾。王大鹏下车一看，见钱涌泉带着一帮人在村部迎接顾局长，钱涌泉"老书记老书记"地喊着。王大鹏正迷惑不解，顾局长拉着钱涌泉的手说："这是去年新当选的钱支书。"王大鹏也亲热的和钱涌泉握了握手。

钱涌泉握着王大鹏的手说："你也是我们三水湾的老干部了。"

大家一阵开怀大笑。

笑过之后，王大鹏仔细看了一下，村委会计换了个年轻人。

钱涌泉说："苗书记到窑厂当副厂长了，吕会计现在是窑厂会计。"

王大鹏"噢"了一声。

顾局长带着王大鹏和村两委干部到村里转了一圈，王大鹏觉得三水湾这两年确实发生了很大的变化，村里的道路铺成了水泥路，修建了下水道，只是下水道上还没有盖板，敞着口，下水道里也没有水，干得底朝天，村路上跟他那个飞翔梦一样。顾局长对王大鹏说："都是钱涌泉窑厂出的钱。"

看到村里的变化，大家都很高兴。钱涌泉要留顾局长吃野味，顾局长说啥也不在村里吃饭，说还有事要处理，急着赶回局里去了，只把王大鹏留了下来。

下午，王大鹏去找村里的老马头聊聊。路上王大鹏还想，不知道老马头还在不在。还没到老马头家，王大鹏就看见老马头坐在大门旁看街景，没想到老马头活得好好的，身子骨还硬朗朗的。听王大鹏喊，老马头抬头一看，吃惊地说："王科长，你咋来了？"说着要站起来，王大鹏连忙赶上前，扶着老马头，两个人拉了半天的手。

听老马头讲，王大鹏才知道，前几年老苗支书把村里最好的一块地给钱涌泉窑厂烧砖了，老苗支书因为这事受了牵连。吕会计是受了那次拖欠村民工资"突发事件"的影响，也从村委会计岗位上下来了。王大鹏心里沉甸甸的。两个人一直说到村里小会计来找王大鹏去吃饭。

晚上，钱支书在野味馆摆了一桌，欢迎王大鹏三下乡再次来到三水湾，王大鹏对钱涌泉说："我带方便面了，明天找个人来做饭就行。"

钱支书说："怕啥？不是村里请客，是我自己掏钱请的。"

王大鹏来到野味馆一看，村两委的干部都到齐了，老苗支书和吕会计也来了。吕会计见了王大鹏有些不好意思，说："王科长，不好意思，对不起你啦。"

"事情都过去了，不说了。"

老苗支书插嘴道："他后悔死了，一直都想向你说声对不起。"

"是的是的，王科长，你大人不记小人过。"

吃饭的时候，吕会计又专门敬了王大鹏两杯酒，向王大鹏赔罪。

经过几天的走访和了解，贫困户刘迎春家危房改造的事摆上了议事日程。王大鹏想，上次来村里的时候，刘迎春老两口和小儿子一起过，那时刘迎春的小儿子还在镇中学上初中，大儿子一家三口分家另过。听钱支书介绍，才知道刘迎春大儿子去年在城里打工遇车祸走了，媳妇也改嫁到山东那边的北古村去了，刘迎春和老伴都是七十多岁的人了，老伴身体不好是个"药罐子"，连孙子也带不了，小儿子高中没上完就下学回家带侄子。今年过完年，钱支书把刘迎春的小儿子安排到窑厂做工，不然的话，一家子一点经济收入都没有，日子怎么过？住的还是二十世纪八十年代初盖的房子，又小又潮破烂不堪，后墙裂了缝，用两根木棍顶着才勉强没倒，是村里绝对的贫困户。

王大鹏和钱支书研究后，决定给刘迎春家翻建四间新房。王大鹏回到局里，把调研情况和村两委决定向吕书记和顾局长汇报后，顾局长当时就批给王大鹏五万块钱翻建费。

钱支书安排老苗支书组织施工队，尽快开工建设。

老苗支书对王大鹏说："王科长，咱们是老搭档了。"

王大鹏说："全靠老书记支持啦！"

村里小会计带着王大鹏跑了好几趟，到镇建管所为刘迎春家办好了翻建房屋的手续，老苗支书安排人上山打石头，一切都按计划进行着。

这天下午，老马头来找王大鹏，急得话都说不周全，王大鹏叫他慢慢说，半晌才弄明白，老马头家里的两头黄牛丢了。

老马头一大早把两头黄牛牵到水库对面的山坡坟地里，怕牛跑了，还砸了橛子，把牛绳拴在橛子上。中午吃过饭，老马头想牵牛到水库饮水，才发现牛没有了，村里村外找遍了也没找到。老马头想到了王大鹏，这个县里来的科长很负责，就急急忙忙来找王大鹏。

钱支书听说老马头家牛丢了也来找王大鹏，有些不高兴，叫老马头去报案，让派出所去找。说："王科长还管那些小事。"

这两头黄牛是老马头用小儿子在外打工挣的钱买的，现在两头牛价值两万多块钱。牛丢了，对老马头家来说是一笔很大的经济损失。王大鹏对老马头说："报警了没有？"

老马头用浑浊的老眼望望王大鹏,说:"朝哪报?"

王大鹏赶紧掏出手机拨打 110 报了警,然后对钱支书说:"两万多块钱的牛丢了,对老马头一家来说是大事啊,等会儿派出所来人,我跟着去看看。"

钱支书见王大鹏十分认真,就说:"那你跟着去找吧。"

一个多小时后,镇派出所来了两个小民警,询问老马头牛是怎么丢的。老马头东一句西一句半晌也没说清楚牛是怎么丢的。老马头说放牛的坟场,王大鹏也知道,见老马头因为牛丢了有些颠三倒四,就让老马头在家等着,他亲自跟民警去查看现场。

王大鹏和两个小民警走过拦水坝,来到西山坡坟地,见拴牛的橛子还在。一个小民警问王大鹏:"你是村支书还是村长?"

"都不是,我是县里'一帮一'驻村联络员。"

两个小民警听王大鹏说不是村支书也不是村长,是县局'一帮一'的驻村联络员,立马热情起来,说:"县领导放心,我们会尽最大努力把牛找回来。"

"那我先代老马头谢谢你们了。"

"不用谢,这是我们的分内工作。"

两个小民警仔细看了半天现场,和王大鹏一起分析起来,牛是拴在橛子上吃草的,没有特殊原因,是不可能挣脱缰绳自己跑的,那就只有一种可能,被人偷了。王大鹏认为小民警分析得有理有据,就和两个小民警一起仔细察看草地,果然在草地上发现了人的脚印。王大鹏说:"牛是被人偷走的。"

"县领导分析的对,牛是被人偷走的。"

"别县领导县领导的,我只是个普通的工作人员。"

两个小民警笑笑说:"嘿嘿,凡是县里来乡镇的人,我们都叫领导。"

几个人说笑着,顺着人的脚印和牛的脚印,找到一条通往山东那边下山的小道。

这时,王大鹏的手机响了,一看,是老苗支书打来的,老苗支书在电话里叫王大鹏赶快回去,说采石场出事了。王大鹏对两个小民警说村里有事,他要回去处理一下,找牛的事就拜托两位了。一个小民警说:"县领导这样关心群众,我们更是义不容辞。"另一个小民警让王大鹏放心,他们一定想方设法把牛找回来,减少群众的损失。王大鹏听了,两手抱拳,朝两个小民警拱了拱,转过身朝山下跑去。

王大鹏穿过拦水坝,到了村部,把一个信封装在口袋里,又急急忙忙朝东山红岩沟跑。三水湾村东红岩沟北边有一个两年前修桥时新开的采石场,老苗支书带着人在采石场拉石头是准备给刘迎春家盖房子下地基用的。会出什么事呢?能出什么事儿呢?王大鹏跑一阵走一阵,来到采石场时已是满头大汗。

老苗支书和几个人围在一辆装满石头的小四轮跟前。

王大鹏跑到跟前一看,村民徐怀民正抱着脚在地上嗷嗷叫,连忙问道:"怎么回事?"

老苗支书一见王大鹏来了,像见到了救星似的,说:"怀民装车时,石头滚下来砸着脚了。"

"伤得重不重?"

"穿鞋看不见,脚面肿得老高。"

"快送医院。"

老苗支书催促道:"快点,把石头卸下来,把怀民送镇医院。"

有人爬到车上,朝下掀石头。卸完石头,又把徐怀民抬到车上,王大鹏要上车,老苗支书一把拉住他,说:"王科长,我去。"

王大鹏说:"我得去看看,如果伤得厉害,要转到县医院。"

老苗支书交代其他人,把石头都集中好,等车一回来就拉。然后,扶着王大鹏上了车,自己也爬到车上,小四轮就朝镇里驶去。

老苗支书说:"大家都想往车上多装点,没在意石头滚下来,要不是怀民动作快,腿可能就砸断了。"

王大鹏想,徐怀民如果需要住院,不论花多少钱,都不能再麻烦局里了。如果村里拿不出钱,他就自己掏腰包。这样想着,他随手摸了摸口袋里的信封。信封里是临来时,老婆刘晓莉给他带的五千块钱。

王大鹏先给徐怀民办了住院手续,然后和老苗支书推着徐怀民拍了片子,回到病房,护士的点滴跟着就挂上了。

徐怀民见王大鹏和老苗支书为自己忙里忙外的心里有些过意不去,一把抓住王大鹏的手说:"我给王科长添麻烦了。"

"别说话,躺着休息。"

"要是年轻的时候,怎么也不会让石头给砸着。"

王大鹏看看头发白了大半的徐怀民,说:"老徐,五十多了吧?"

"今年五十五了。"

老苗支书说:"村里就剩下这些年过半百的老头和老太,再就是七八十岁的老人。"看着徐怀民的点滴,又说:"村里小会计要不是村里留下来做会计,也早出去打工了。"

半晌,徐怀民对王大鹏说:"村里人都说你是办实事的人,都感谢你呢!"

"乡亲们能过上好日子,我心里也高兴啊!"

医院下班之前,检查结果出来了,徐怀民小脚趾头被石头砸劈了,医生为徐怀民的脚做了包扎,一只脚全缠了绷带,比狗头还大。

王大鹏问医生:"不会留下后遗症吧?"

"不会,十天半个月就能下地。"

王大鹏放下心来,对一个农民来说,身体健康是非常重要的。

王大鹏为徐怀民订了病号饭,端来要喂徐怀民,徐怀民不让,端过碗来自己吃。徐怀民吃过饭,王大鹏才和老苗支书简单吃了点饭。之后,王大鹏到街上,又为徐怀民买来了香蕉和苹果,剥了皮递给徐怀民吃。徐怀民感动地说:"王科长,你比我爹还亲啊!"说完,哭得呜呜哇哇的。

老苗支书要留下来照料徐怀民,王大鹏不同意,叫老苗支书走,说:"一大家子人都等你回去呢。我一个人,在村里是住,在医院里也是住。"

老苗支书见王大鹏说得诚恳,眼里潮乎乎地走了。

王大鹏坐在徐怀民的病床前,跟徐怀民拉起了呱儿,了解了许多村里的情况。王大鹏忽然想起,老马头家的牛找到没有?赶紧给钱支书打电话问问情况,钱支书说:"牛找到了,让其他村的一个人偷去了。"

"找到就好,村里要做面锦旗送给派出所,感谢民警为村民挽回了经济损失。"

"明天我到镇里去做,顺便到医院去看看你和怀民。"

王大鹏累了一天,趴在徐怀民的脚头,呼呼大睡起来。徐怀民见王大鹏睡着了,叫病友帮忙,拿了件自己的衣服盖在王大鹏身上。

第二天上午,钱支书来了,见了王大鹏说:"刘迎春家建房的事你放心,老苗书记他们一边拉石头,一边买水泥,砖就到我窑厂去拉,用多少拉多少。锦旗我刚才在街上也叫文印社做了,做好了他们打电话给我,我跟你一起给派出所送去。"然后又问徐怀民:"脚好点了吗?"

徐怀民见钱支书也这样关心他,激动地说:"没有昨天疼得厉害了,你们办完事,我跟你们一起回村里。"

王大鹏说:"等脚好了再回去。"

徐怀民说:"我们农民没有那么娇惯,脚趾头只是砸劈了,又不是砸断了,在村里诊所挂水就行。不信,我下来走给你们看看。"徐怀民说着就要下床,被王大鹏拦住了。

文印社给钱支书打来电话,说锦旗做好了,钱支书就和王大鹏一起去给派出所送锦旗。

徐怀民见王大鹏和钱支书都走了,下床走两步试试,脚虽然还有些疼,但不是那么钻心疼了。他找了个拖把拄着,一拐一拐地去了住院部。等王大鹏和钱支书回来的时候,徐怀民已经办好了出院手续,徐怀民把剩下的住院费交给王大鹏,说:"王科长,看病花的钱,我回去再给你。"

"你是为村里干活儿受伤的,村里给。"

"钱书记,你跟王科长这样待我,等我脚好了,给刘迎春家盖房子干活儿不要钱,我白干。"

王大鹏和钱支书都说哪能白干呢,那是凭劳动挣的钱,又不是偷的抢的。两个人又劝徐怀民再住几天,无论两人怎么劝,徐怀民就是要出院回家。没办法,钱支书只好去开了些药,然后带着徐怀民一起回了村。

王大鹏回到村里,老马头就找来了,见了王大鹏双膝一弯跪下来,说谢谢王科长,要不是王科长,他家的两头牛就真的被人偷走了。王大鹏连忙将老马头搀扶起来,让老马头坐下说话。

农村偷牛、偷羊、偷鸡的事儿是经常发生的,派出所查到了,就给你送回去,查不到的无头案也有。这次民警见县里驻村干部这么关心群众,下决心要把偷牛案破了。民警向所长报告后,所长又派出一组民警,调看附近路段监控视频。两组民警经过走访和查看视频,终于发现了蛛丝马迹,确定了犯罪嫌疑人的逃跑路线,晚上六点多钟就抓住了偷牛贼,查获了被盗的两头黄牛。两个小民警把黄牛送还给老马头时,老马头感动得热泪盈眶,跪下来感谢民警,民警把他拉起来,让他感谢县里来驻村的领导,说是县领导的责任心感染了他们。

王大鹏对老马头说:"上午村里已经把锦旗送到派出所去了。"

钱支书见王大鹏一脸疲惫,对王大鹏说:"王科长,村里这几天安排人给刘迎春家拉石头拉砖备料,你歇歇吧。不然的话,你回家住几天再来。"

"我下午到水库去转转。"

"也好,放松放松。"

送走钱支书和老马头,王大鹏回来就躺在床上呼呼大睡起来,醒来一看,已经是下午四点多钟了,起来洗了把脸,就到水库去转转。来到拦水坝上,看看水面上倒映着蓝天白云,心里很舒畅,俯下身子喝口水,虽说有股野味,但还是从中品出了一丝甘甜。头脑里突然冒出个想法,如果在西山坡上打眼井,那水不就是纯净山泉水了嘛!王大鹏正信马由缰地胡思乱想着,手机响了,接听,是顾局长打来的,一是问问王大鹏村里贫困户危房改造进展情况,二是告诉王大鹏,他明天上午来村里调研。王大鹏想问问吕书记来不来,又没问。挂断电话,王大鹏想想自己连个党员也不是,再看吕明,都来局里当党委书记了,一时间,心里有股说不出的滋味。俯下身子喝了口水,没想到,心里那股说不出的滋味竟没有了,像水库里的水一样清澈,像头顶的蓝天一样明净。

一个半月后,刘迎春家的房子房梁架上了,芦柴芭也铺上了,今天要盖瓦了。干活儿的都是年龄大的人,王大鹏怕生出意外来,上午在村里转了一圈,然后来到工地,见两个老头在活泥,一个人用灰盒朝脚手架上吊泥,脚手架上有人接下灰盒,然后一锹一锹地将泥送到房顶柴芭上,柴芭上蹲着个师傅,用瓦刀将泥摊开,然后一块一块地把瓦盖上。王大鹏心想,再有十天半个月的,屋里屋外都泥好了,刘迎春一家就可以住进新房了。这时,在脚手架上朝屋顶送泥的人下来了,笑着对王大鹏说:"王科长,我肚子不好,拉肚。"然后跑到邻家屋后的厕所方便去了。屋顶的盖瓦师傅盖完瓦,就蹲在屋顶抽烟等泥。王大鹏觉得这样太误工了,三两下爬到脚手架上,接着为盖瓦师傅送泥。盖瓦师傅见王大鹏上来了,掐灭烟,说:"王科长,你干过这活儿?"

王大鹏说:"我考上大学那年,跟施工队干过小工,抬过沙,搬过砖,扛过水泥,活过灰,挣了一学期的学费呢。"王大鹏说着端起一锨泥送上屋顶,和盖瓦师傅边聊边干了起来。谁知,王大鹏在木棍搭成的脚手架上一滑,两眼一黑,一头从脚手架上栽下来,头翘了翘,半晌没爬起来。

钱支书和老苗支书听到信儿都赶了过来,扶起王大鹏,王大鹏一条腿不能走路了。钱支书把王大鹏背到自己的轿车上,开车送到镇医院,拍片子看看,小腿摔断了,要住院治疗。

钱支书和老苗支书商量一下,觉得王大鹏在镇里住院不如在县医院住院,方便家里人照顾,随后又把王大鹏送到了县医院。

顾局长和吕书记跟着刘晓莉来到病房看望王大鹏时,王大鹏的那条伤腿已经打上石膏,上了夹板,牵引着翘得多高,正和坐在床头的钱支书说话。

钱支书一见顾局长来了,连忙站起来说:"老书记,我没有照顾好王科长。"然后又说:"没想到王科长会到脚手架上铲泥。"钱支书说着,像孩子一样呜呜地哭起来。

王大鹏在病床上躺得心焦不耐烦,三天两头给钱支书打电话,问刘迎春家的房子建好了没有。后来,钱支书不等王大鹏打电话询问,每天主动打电话给王大鹏,汇报村里情况,说刘迎春家房子建好了,说刘迎春家搬新房子了,说村里买了一万响的鞭炮响彻云天,说全村人都去祝贺等等等等。

三个月后,王大鹏出院了,在家待了一天,叫吕明派车,送他到三水湾去。老婆见王大鹏刚出院又要到三水湾去，拦也拦不住，对司机小李说："你看这个人哦，三水湾成他情人了，一日不见如隔三秋似的。"

王大鹏既对老婆也对司机小李说："刘迎春家房子不知道盖得怎么样，我到那看看就回来。"

王大鹏的老婆说："我看你快成三水湾人了。"

司机小李笑笑，然后拉开车门让王大鹏上车，开车走了。

王大鹏来到三水湾村，一下车，就被老马头认出来了，老马头哆哆嗦嗦朝王大鹏走过来，王大鹏连忙迎上前，两个人抓着手摇了半天，老马头说："恩人哪，你腿好了？"

王大鹏说："可别这样说，共产党才是你的恩人呐！"又说："腿好了，我来看看老刘家的房子。"而后和老马头手拉手一边说着话一边朝刘迎春家走去。

当看到刘迎春和老伴幸福地坐在四间新瓦房门口时，王大鹏心里暖洋洋的，忽然想起了那个飞翔梦，觉得自己的梦和三水湾人的梦融在一起了，一时间没控制住，扶着墙哭得泪人儿一般。

马小槽去哪了

扑落下来的暮色比以往沉重了许多,因为西边天空黑乌乌一片,不时有雷声滚过。往常这个时候马小槽早该吃过晚饭了,或是躺在床上读读新买来的杂志,或是看看文艺类特别是有唱歌的电视节目,如果不看杂志也不看电视,他会躺在床上望着屋顶发一会儿呆。可是今天,马小槽还没有从学校回来呢!奶奶热第三遍饭时,灶里火光映得她两眼泪汪汪的。爷爷老马头在堂屋门旁蹲不住了,看看阴沉沉的天,看看洞开的院门,扶着门框站起来,直直腰,然后走出院子,朝村口一摇一晃地走去。

老马头再次来到村口大柳树下时,朝那条通往远处的白亮亮的水泥路望去,仍然没有看到马小槽的身影。老马头突然想,马小槽会不会让人拐去了?这样一想,老马头的心像被人猛抓了一把似的,一下子提到了嗓子眼。马小槽要是被人拐去了,天下这么大,到哪里去找啊?可老马头又一寻思,马小槽十四岁了,这么大个人,该不会让人拐去吧。我十四岁的时候,还替爷爷看了一夜瓜地呢。这样一想,老马头松了口气,心里说,小槽千万不要出什么事啊,要是万一有个好歹,怎么跟他爸妈交代呀。起风了,摇头晃脑的大柳树像个披头散发的女人似的。老马头努力朝那条白亮亮的水泥路望去,身前身后都是浓浓的夜色,啥也看不到。老马头回家的脚步有些沉重,他想跟奶奶商量一下,是不是去找一下马小槽。

离家还有一段路,老马头迎头碰到了小槽奶奶。小槽奶奶急忙问:"小槽回来了?"不等老马头说话,小槽奶奶朝老马头身后望望,老马头身后啥也没有。小槽奶奶叹口气说:"以往小槽都是按时回家的,今天到哪去了,也不和家里说一声?"

回到家,老马头看看墙上的电子钟,针扎一样地说道:"哎哟,都九点了。"又看看桌上的饭菜,再也沉不住气了,对老伴说:"你快点吃饭,咱们去找找小槽。"

"我等小槽回来吃。"小槽奶奶望着老马头说:"你先吃点垫垫。"

老马头没有回答老伴的话,而是问道:"小槽跟二歪的儿子是同学吧?"

"是吧?有回听小槽说,找吕鹏一起去学校。吕鹏不是二歪的儿子吗?"

马小槽和吕鹏都是石桥镇初级中学二年级住校生,经常一起去学校,一起放学回家。

吕鹏的爸爸二歪是村里老苗支书的小舅子。老苗支书当支书时,他是村里的会计。老苗支书不当支书了,他也不当村里的会计了,现在在钱涌泉窑厂当会计。二歪是小时候村里人给他起的诨名,大名叫吕建新。

"那赶紧去二歪家,看看他家鹏鹏回来没有。"老马头说着走出家门,待身后奶奶把大门关上,老两口紧着朝二歪家走。

老马头和老伴两人来到二歪家,二歪和老婆还有儿子吕鹏正在家里看电视。二歪见马小槽爷爷奶奶都来了,一边叫老婆关小电视音量,一边起身让座。

老马头见了吕鹏,连忙问:"鹏鹏,你回来了,我家小槽怎么没回来?"

二歪问老马头:"你家小槽没回来?"然后又问吕鹏:"鹏鹏知道小槽上哪去了吗?"

老马头又问吕鹏:"小槽是不是跟人家打架让老师留下来了?"

吕鹏说:"小槽没有跟人打架,老师也没留他。"

"那你回来了,他上哪去了?"

"你看到小槽没有?"

"小槽没有跟你一块儿回来吗?"

"放学时,我喊小槽一块儿走,小槽让我先走。"

"他上哪去了?"

"不知道。"

"他没跟你说上哪去?"

"没说。他说他有事让我先走。"

二歪一惊一乍地说:"小槽走丢了?"

老马头说:"到现在还没回来。"

二歪说:"那得赶紧找,要是被坏人拐走了,就不好找了。"

"这么大个人了,拐到哪里也跑回来了。"

"你以为是拐给人当儿子了?是拐给人当童工,下力吃苦做活儿,还拿不到钱。看得又紧,跑都没地方跑。"

听二歪这么一说,马小槽奶奶呜呜哭出了声。老马头说:"小槽会不会到他姑家去了呢?"

二歪忙着找手机,在身上口袋摸了半天没找到,又在沙发上乱翻一气,最后在茶几上乱七八糟的东西底下找到了,说:"你们有没有小槽姑的号码,我打个电话问问。"

老马头说:"小槽姑的电话在家里墙上。"

二歪说:"走走走,去你家找号码。"

小槽奶奶也说:"我得赶紧回家,看看小槽回来没有。"

二歪和小槽的爸爸马广阔是从小一起长大的伙伴,又是村小同学，考到镇中学上初中时才不在一个班。

几个人匆匆朝马小槽家走，老马头在村街上就看见家里一片漆黑，知道马小槽还没有回来。小槽奶奶一屁股坐在村街上大哭起来。老马头说："哭什么哭？这不是正在找嘛。"说着，一把拉起老伴，踉踉跄跄地回了家。

十五瓦灯泡的灯光照在黑黢黢的屋里昏暗一片，北墙上贴着几张马小槽的奖状，老马头两眼贴在奖状上找号码。二歪也跟着在奖状上找。两个人找了半天，二歪才看到一张奖状的角上写着马广霞几个字，名字后面写着一溜数字，连忙说："找到了，找到了。"摁了半天号码，其中一个数字看不清，歪着头端详来端详去也没看清，对吕鹏说："鹏鹏过来看看，这个数是几？"

吕鹏把手机号码念了一遍，二歪把电话打了出去，嘟嘟半天，听到电话里有个声音说："对不起，您拨打的手机已关机。"二歪以为打错了号码，又让吕鹏重新念了一遍，又重新拨打了一遍，电话里仍然是说手机已关机，放下电话对老马头说："叔，小槽姑手机关机了，打不通。"

真是急死个人。

有雷声在屋顶隆隆滚过。

二歪说："小槽会不会找他爸妈去了？"

老马头说："他们都在东莞打工，小槽找不到。"

二歪说："要我说，广阔回来在涌泉的窑厂干就是了，看家省事的，钱也不少拿。"

老马头说："这不都去好几年了嘛，我找人带话过去，他们也没回来，打电话来说，那边老板留他不让走。这样吧，我到小槽姑家去找找看。"

马小槽姑姑马广霞嫁在镇上，家里做废旧大皮生意，这几年日子过得不错，盖了楼，还买了车。

二歪说:"我骑摩托送你去。"

老马头说:"别送了,天要下雨了。再说,我也不敢坐摩托车,你们回去睡觉吧,我估计小槽可能到他姑那儿去了。"

二歪见老马头坚持不要送,就说:"叔,天要下雨了,你路上注意安全。"说完就带着吕鹏回家了。

老马头在门后找了块塑料布,团吧团吧夹在胳肢窝里,又把挂在墙上的一顶斗篷拿下来戴在头上。

小槽奶奶拿了把旧雨伞,说:"我跟你一块儿去。"

"你跟我去干什么?要是小槽回来了,家里没人怎么行?"

"你一个人去我不放心。"

老马头听老伴这么一说,心一热,就说:"那走吧。"

老两口关了堂屋门,又关了院门,走出村庄,走上了通往镇里的那条白亮亮的水泥路。

一道一道白色的紫色的闪电在头顶上乱窜,"咕隆隆"的闷雷和"咔嚓咔嚓"的响雷一声接一声此起彼伏,吓得小槽奶奶紧紧抓着老马头的胳膊,老两口紧走慢走,没到半路,还是遭遇了大雨。

雨下得有点像瓢泼一般,迷迷茫茫。正走着,小槽奶奶腿一打软,重重摔在地上,雨伞也被风吹得没了影。老马头一连拉了几把没拉起来,当老马头两手把老伴拉起来时,她却不能走路了。一走路,就哎哟哎哟喊腿疼。老马头心里说,叫你不来你偏来,这不是添乱嘛。可是小槽奶奶要跟老马头一块儿来也是好心,两个人走夜路作个伴。老马头心里有火发不出来,只好蹲下来,让小槽奶奶趴在背上,背着她走。

大雨一瓢一瓢地泼。

"你有多少年没背过我了。"

"我把儿子背大了,把闺女背大了,又把孙子也背大了,哪有工夫背你。"

小槽奶奶趴在老马头背上,呜呜地哭起来,说:"我怎么那么不争气,这不是累你嘛!"

"也不看看多大年纪了,都是六十多岁的人了。"

当老马头背着老伴摸到马小槽姑家时,雨也停了。"咚咚咚"敲了半天门,马小槽姑也没起来开门。老马头喊:"广霞,是我!"

老马头又喊了半天,屋里才亮起灯光,马小槽姑起来开开门,见老马头背着她妈,吃惊地问道:"我妈怎么了?"

"刚才路上摔了一跤,不能走路了。"

"半夜三更的找我有事?"

"小槽在不在你家?"

"没来呀。"

老马头手一松,小槽奶奶差点儿从老马头背上滑下来,说:"小槽没来?"

"没来。"

小槽奶奶在老马头背上又呜呜地哭起来。

马小槽姑朝屋里喊:"大冬,我爸我妈来了。"

大冬是马小槽姑的丈夫,马小槽姑从来没有喊过他大名,都是喊他小名。马小槽姑起来后,大冬朦朦胧胧听门口有人说话,知道是老丈人和老丈母娘来了,翻个身想继续睡觉,一想,老丈人老丈母娘来了肯定有事,没有事不会三更半夜来,揉揉眼,也穿衣起床,刚要开门出来,听老婆喊,应了一声,连忙跑出来,把老丈母娘从老丈人背上接下来,然后搀着老丈母娘一瘸一拐地走到屋里。

"小槽去哪了?"

"小槽放学没回家?"

"要回家了,还上你家来找?"

"小槽没上我家来,那能上哪去?"

"你关手机干什么?有事不好找。"

"我没关机。"

"二歪打电话打不通,说关机了。"

马小槽姑连忙到里间,从枕头底下摸出手机一看,还真的关机了,说:"没电了。"然后找了充电器充电。

老马头问老伴,腿还疼吧。奶奶站起来,想走一步试试,说:"疼,不能走。"

大冬说:"我送你去医院看看吧。"

"三更半夜的,有人看吗?"

"夜里有人值班。"

大冬到院里发动了车子,又回到屋里,挽着老丈母娘慢慢走,马小槽奶奶腿疼得脚不能着地,一步也不能走。大冬一弯腰,把老丈母娘背到院里车跟前。马小槽奶奶慢慢爬进车里,老马头和马广霞也上了车,大冬发动车子,出了院门,拐上街道,一溜烟朝镇西医院驶去。

医生没听完介绍,住院单子早开好了,对大冬说,你去办住院手续,拍个片子看看。马广霞对大冬说我去办住院手续,你陪我妈拍片子。马小槽奶奶还没坐下来,就被大冬背着送去拍片子。因为拍片子检查要有一段时间片子才能出来。

一家人跑前跑后把小槽奶奶安顿好,已经是半夜了,本来是找小槽的,不料奶奶又摔伤了腿,忙奶奶的事倒把找小槽的事给忘了。奶奶的片子出来了,医生一看,奶奶的大腿骨摔裂了,一家人又唏嘘再三。看着奶奶吃了药挂上水,老马头才想起马小槽,说:"小槽这孩子能上哪去呢?"

"爸,我哥我嫂有好几年没回来了吧?"

"你哥你嫂是小槽上三年级那年秋天收拾完庄稼走的。"

"我个娘哎,小槽这都上初二了,暑假后再开学就上初三了。这不五六年没回来了嘛!"

大冬插嘴说:"只要寄钱回来就行。"

马广霞白了大冬一眼,说:"那也不能只顾打工挣钱不管孩子。"

大冬说:"小槽有爷爷奶奶带着,不缺吃不缺穿就行呗。"

马小槽上三年级那年,村里有人从东莞专门回来招工,说那边工厂多,人手少,只要能干活儿,去了就有工作,管吃管住一个月还给两三千块钱。马小槽爸马广阔跟媳妇商量后,就报名去了东莞。春节前,打电话说春节加班不回家过年了,让马小槽妈到东莞去过年。马小槽妈在东莞过完年就没回来,也在那边找工作干了。两口子在东莞一干就是六年,连春节也没回来过。两个人像影子似的,偶尔打电话问问小槽的学习情况,后来连电话也很少打了,马小槽的学杂费、书本费、生活费乱七八糟的花销倒是按时寄过来。马小槽六年没见过爸爸妈妈了,也很少听到爸爸妈妈的声音。有一年过年,老马头叫马小槽用村里小店的公用电话给爸妈打个电话,马小槽打了一上午也没和爸妈说上话。不是爸妈换了手机号,是电话打通了没人接。后来,小店里的人转告马小槽,你爸来电话了,叫你不要再给他打电话,那边上班忙没时间接,让老板看见了还要罚钱。有事,他会打电话来家的。自那以后,马小槽只是在心里跟爸爸妈妈说话,却再也没有给爸爸妈妈打过电话。

马广霞突然说:"小槽会不会上县城里去玩?"

老马头说:"他又没有县城的同学,去了跟谁玩?"

"陈三思的儿子陈文勇不是在县城开个小馆子嘛。"

"打电话问问小槽去没去?"

"大冬,我记得你有文勇的手机号,打电话问问。"

大冬掏出手机,翻了半天找到了陈文勇的电话号码,拨打出去,半晌才听见电话里有人说话。

"文勇,是我,大冬。"又说:"马广霞对象大冬你不知道?前几天还在你馆子里吃饭呢。"又说:"没有事我三更半夜找你?那个,那个,小孩舅家的小槽去没去你那里?没有?噢,不好意思,耽误你睡觉了。"大冬关了手机,说:"小槽没去文勇那里。"

大冬刚说完话,手机响了,一看,是陈文勇打过来的,摁下接听键,说:"文勇,有事?不是小槽没有了,小槽今天下午本该回家没回去,我以为小槽和同学到县城你那里去玩了呢。不用去车站找了,你睡觉吧,改天回来我请你。"

大冬收了线,说:"文勇以为小槽出走了,还准备到火车站去找呢。"

小槽奶奶哭着说:"小槽上哪里去了啊!"

一家人的心又揪了起来。按理说,小槽十四岁了,人贩子是拐不走的;从镇里到村里十几里路,小槽闭着眼也不会走丢的。老马头突然想起二歪儿子鹏鹏的话,说:"二歪家鹏鹏说,放学时他找小槽一起回家,小槽说他有事,叫鹏鹏先走,小槽能有什么事?"

"去找找小槽的班主任老师,问问他知道不知道小槽有什么事。"

"爸,你们还没去找过小槽的班主任老师吧?"

"走路上你妈腿就摔伤了,到你家,这不就直接到医院来了?我也不知道小槽班主任老师是哪一个呀。"

"我去找。"

"我跟你一起去。"

马小槽自打考到镇中学来,班级开家长会或是学校有什么事要家长去,都是马广霞去。马广霞就是小槽的家长,班主任刘老师只见过马广霞,从未见过马小槽父母。马广霞说:"我认识小槽班主任刘老师。"

老马头迫不及待地走到病房门口,大冬说:"我去。"

马广霞说:"你又不熟悉刘老师,还是我去。"

大冬说:"你又不会开车,我开车一块儿去。"

马广霞回头对躺在病床上的小槽奶奶说:"妈,你安心养伤,要换水了就喊护士,我去问问刘老师,或许刘老师知道小槽上哪去了。"

奶奶眼泪汪汪地说:"你们快去,你们快去,抓紧把小槽找回来。"

三个人匆匆离开了病房,只留下奶奶一个人躺在病床上,奶奶望着洁白的墙壁,又止不住掉下泪来,心里说,我这是来找小槽的吗?我这是来添乱的呀!

大冬开车不一会儿就来到镇西中学,校园大门关了车子进不去,敲了半天门卫的窗户,才听到保安不高兴地问道:"谁呀?三更半夜的也不让人睡觉。"

大冬连忙说好话,说学生没回家,来学校找找。

"我孙子昨晚没回家。"老马头说。

"学校里没有学生啦,昨天是周末,学生都回家了。"

大冬恳请保安把门开开,保安磨蹭半晌才起来,没开大门,只开了传达室的小门,伸出头来问:"哪个班的学生?"

大冬不知道小槽是哪个班级的,回头望望马广霞,马广霞说:"二年级三班的。"

"噢,是刘老师那个班的学生。"

"刘老师住哪?"

"刘老师住西院教职员工宿舍楼。"

"哪栋楼?"

"三栋三单元三楼左手门。"

"不好意思,打扰你休息了。"

三个人还没走,保安就"咣当"一声关上门,回去睡觉了。

大冬开车到学校西边宿舍楼,将车停在大院门外,又去敲传达室的门,保安又审问了半晌,看看几个人不像坏人,这才开开门让他们进去。三个人直奔第三栋楼三单元三楼,敲开了刘老师家的门。

刘老师听说马小槽放学后没有回家走丢了,一时也懵了,怎么会呢?期末考试刚考完,放学之前,他还在班里讲了学校的安排,要学生们下周二到校看成绩,布置暑假作业,再过两天就放暑假了。他是在全班学生走完以后,关好门窗,锁好教室门才回家的。马小槽没有回家,到哪里去了?刘老师突然把事情想得很严重,说:"学生在学校里丢失了学校有责任,学生离校之后,学校就不负责任了。"

听刘老师这么一说,马广霞有些急,说:"刘老师,你怎么这样说话呢?我们也没叫你负责嘛。"

刘老师也觉得话说得有点过分了,缓和口气说:"学校可以协助找一下。"

马广霞问刘老师马小槽在学校里和同学们打架没有,又问马小槽最近表现怎么样,等等等等。

"马小槽在班里表现不错,打扫卫生都抢着干,宿舍里的卫生也抢着干,还帮同学打开水、买饭什么的。同学们都夸马小槽是个好学生,评了两次优秀少先队员。马小槽的表现很好,只是……"

"只是什么?"

"只是马小槽性格不开朗,虽愿意帮助别人,却不愿和别人多交流,好像心事很重的样子。"

"不缺吃不缺喝不缺穿,一门心思念书,能有什么心事?"

"我跟马小槽同学谈过几次心,马小槽都说要好好念书,没有其他心事。马小槽在家里是不是也是这样?"

"小槽在家里也不愿多说话。"

"噢。"刘老师看着大冬说:"你是马小槽爸爸?"

"不是，我是马小槽姑父。"

"噢，对了，我听马小槽说他爸妈都在广东打工。"

"小槽五六年没见过他爸妈了。"

"有一次马小槽被评为学校优秀少先队员，我看他不高兴，一问才知道，他给爸爸打电话，爸爸没接；给妈妈打电话，妈妈说正在睡觉打什么电话。其实马小槽是想让爸爸妈妈和他一起分享快乐！"刘老师又说："马小槽会不会去广东找他爸爸妈妈了呢？"

"他每周回家拿一次钱，身上没有钱。"

"马小槽会不会遭人绑架了呢？"

"他爸妈都外出打工了，家里没有钱，绑架他也没有用。"

刘老师点点头，沉思了一下，说："这样吧，我叫班长联系一下班里的男同学。马小槽到哪个同学家去玩，这也说不好。另外，我和你们一起去找戚校长，学生走丢了，虽然学校没有责任，但我们有义务一起协助家里找人。"

几个人跟着刘老师下楼，来到第二栋楼下，刘老师上楼把戚校长喊了下来。戚校长睡眼惺忪地听说学生没有回家走丢了，也很急。催着刘老师去通知班长，让班长联系一下班里的男同学，看看马小槽是不是到哪个同学家玩没有回去。

刘老师赶紧去了学校，学生通讯录在办公室抽屉里。

戚校长把事情来龙去脉了解清楚，又问镇上还有没有亲戚，之后，说："说不准这时马小槽已经回家了呢。"

老马头说："是啊，小槽如果看天快下雨了没有回家，下过雨了才回家呢。广霞，你给二歪打个电话，让他去咱家看看小槽回来没有。"

马广霞伸手到口袋里掏手机，才想起来手机在家充电呢。又跟大冬开车回家拿手机，赶紧给二歪打电话，让二歪看完后及时给她回话。

刘老师从办公室回来了，对戚校长说："校长，我已经跟班长说过了，叫他给班里的男同学家打电话，一个也不能少，问问马小槽去没去，如果没去，再问问看没看见马小槽。"

这时，大冬开车回来了，马广霞还没接到二歪的回话，耐不住，又把电话打了过去，二歪说刚到家门口，家里没人，大门锁着呢。

"爸，马小槽没有回家。"

原来抱有的一丝希望又泡沫一样消失了，大家的心情又沉重起来。老马头垂头丧气地蹲在地上说："小槽要是没有了，我可怎么活呀。"

"爸，别说这话，小槽十四岁了，能有多大事？"

"那是我孙子哎。"

"你儿子媳妇五六年没回来了，我看你也没急，这才多长时间没看见小槽，你看你急的。"

"儿子回不回来我管不了，孙子不回来我管得着，他爸妈把他交给我了呀。"

戚校长和刘老师听了老马头和小槽姑姑的话，沉思着，一言不发。

刘老师的手机响了，接听，是班长打来的，班长说马小槽没有到任何一个男同学家去玩。

这消息又如一盆冷水兜头泼了下来，老马头一屁股瘫坐在地上，大哭起来。

"爸，你哭什么？天还没亮呢，把人都吵醒了。"

戚校长突然问道："镇上网吧找了没有？"

刘老师说："是啊，有不少同学趁着周末到网吧通宵上网玩游戏。学校考完试了，马小槽会不会去网吧放松了呢。"

"未成年人不是不让上网吧玩吗？"

"只要能赚钱,谁都让玩!"

镇上有几家开通宵网吧的大冬心里有数,几个人上了车,一家一家网吧去找,一共三家网吧,不一会儿就找遍了,没有看到马小槽的影。

戚校长说:"我看这样吧,到派出所去报个案,让他们帮着找找?"

刘老师问马广霞:"你看呢?"

大冬抢着说:"能找的地方都找了,我看行。"

几个人又乘车来到镇政府路南的派出所,派出所里黑灯瞎火的。大冬敲了半天传达室的门,有个老民警揉着眼说:"什么案子这么急?"

马广霞把马小槽没有回家的事讲了一遍,老民警说:"我还以为死人了呢。昨天晚上到现在才多长时间?够不着报案的。你们再去找找。"说完要关门睡觉。

老马头扑通一声跪下来,说:"帮我找找孙子吧,求求你了。"

老民警说:"要二十四小时以后才能报案,这是规定。"又说:"不过,这事我记下了,有什么消息,我及时通知你们。"

马广霞把自己的手机号码说给了老民警,老民警回到传达室屋里,戴上老花镜,又让马广霞说了一遍号码,把号码记在一张报纸的角上,然后又念了一遍,说:"好了,你们先去找找,有消息我给你打电话。"

大冬开车,把戚校长和刘老师送到学校家属院大门口,马广霞说:"一有消息,我就打电话给你们。"看着戚校长和刘老师走进大门,大冬一边发动车子一边问道:"回家还是上医院?"

"上医院,看看我妈。"

大冬的车子一溜烟地朝医院驶去。

事情是在第二天上午九点多钟有了转机。马广霞正在病床前陪着妈妈说宽心话，手机响了，一看，是个陌生的固定电话，没有接。但是电话一直在响，马广霞心里一下紧张起来，小槽还真被人绑架了？连忙摁下免提键，听筒里立马传来一声有些不太友好的问话："你怎么不接电话?!"

"你是哪个？我不认识你。"

"我是车站派出所。"

"是镇派出所啊。"

"不是，是海陵县火车站铁路派出所。"

"噢，你有什么事？"

"你是马小槽姑姑？"

"对，我是马小槽姑姑，你们知道他在哪里？"

"马小槽现在我们派出所，来人接吧，把你身份证带过来。"

马广霞高兴地跳了起来，说："爸、妈，小槽找到了，在县城火车站铁路派出所。"说完，又连忙给大冬打电话，要大冬立马到医院来，一起去海陵县城火车站铁路派出所接人。

大冬一头雾水，问道："你说什么？到县城火车站铁路派出所接人？"

"废话，小槽找到了你知道不知道，把我的身份证带来，在左边那个抽屉里。"

大冬一声没吭挂了电话，不一会儿开车来了，车停在院子里，人大步流星朝病房走。

一看大冬来了，马广霞催着说："走走走，上县城火车站。"大冬还没进病房，又回头朝外走。小槽奶奶躺在病床上高兴地叫道："我孙子找到了。"

大冬把车子开得飞快。

"爸，看来，小槽还真是要去东莞找他爸妈的。"

老马头点点头，默认了闺女的说法。

半个小时后,车子开到了县城火车站铁路派出所,老马头果然见到了马小槽。

马小槽一看老马头和姑姑姑父都来了,一头扑进老马头怀里大哭起来。

老马头抚摸着小槽的头,说:"乖孙子,你到哪去了?"

民警说:"我们是在售票厅巡视时发现他的,没有看到家长,觉得一个未成年人不能独自出行,带到值班室一问,马小槽要到省城去。"

"小槽,你不回家,到省城去干什么?把一家人都急死了。"

"马小槽要到省教育厅去告他爸爸妈妈!"

几个人都看着民警。

"你们看,这是马小槽的告状信。"

马广霞接过来一看,果然是小槽写的告状信,说道:"小槽,你爸妈打工挣钱供你上学,你还要告他们?"

马小槽哭着说:"我想爸爸妈妈,我要争取被爸爸妈妈爱的权利!"

一屋人都张大了嘴,吃惊得说不出话来。

践　诺

于连环受了刺激，心里很乱，脑子里很乱，连走路的步子也一大一小地乱了。

麦子要收了，村里跟镇里、镇里跟县里层层签了秸秆禁烧责任状，村里村外拉上了标语，村两委干部也划片分组走进各家各户分头做工作。于连环在自己分包的组里转了一圈，走过大盘子家超市时，看见大盘子坐在门里看街景。大盘子连忙招呼于连环进去喝口水歇歇，于连环就走进了大盘子家的超市。大盘子拿杯子倒了杯桶装山泉水，于连环没有接大盘子递过来的水杯，而是伸手从货架上拿了罐凉茶，"啪"一声打开，"咕咚咕咚"一口气喝了大半罐，打个嗝，喘口气，说："我一天到晚宣传秸秆还田，你连罐凉茶都舍不得给我喝。"

"你看你说的，我不是舍不得给村长喝，我觉得咱这山泉水比凉茶好喝，甜。"

"我喝了四十多年山泉水，也喝不出甜了。"

"村长不要再操心秸秆禁烧了，钱书记说，只要大家不烧秸秆，今年就给村里装太阳能路灯。"

"昨晚上还没说嘛！"

"今早晨走我这说的，还叫我广泛宣传呢。"

"厉害，一夜就有了新主意，他去哪了？"

"到县城找工程队结账去了。"

"这个办法好，今年秸秆禁烧工作就好做了。"

"你看人家涌泉，年龄不大，点子就是多。当了书记，说给村里做的几件事都办成了。"大盘子看看于连环，又说："村里路修了吧！村庄环境整治了吧！过去这路上全是鸡屎狗屎，还有小孩拉的人屎，脚都没地方插，你看看现在，水泥马路光滑滑，谁走在路上谁不夸哎。你这村长，我看成了摆设。"

大盘子口无遮拦的话，让于连环脑袋吹了气似的一下子大了，村里人都念着涌泉的好，因为钱涌泉说话算话，为村里办了实事。自己当村长时说的话呢？于连环心里仿佛被大盘子用纳鞋底的大针扎了一下，汩汩流血。他半晌没说话，突然站起身来走了。

"于村长，有时间再过来喝水。"

于连环很受伤，头嗡嗡直响，没听到大盘子的话。

大盘子冲着于连环的背影说："这熊人，刚才还硬邦邦的，怎么一下子就蔫了。"

于连环一步大一步小地走在村街上，想着刚才大盘子的话，问自己，我这个村长成了摆设？

于连环当选村长那一年，在台上向全体村民表了态，要协助支书做好村里这样工作，那样工作，说到激动处，竟对村民说："任期内，我要请县长来村里吃饭！"

选举会场突然沉默了片刻，又突然响起雷鸣般的掌声，喊好声、口哨声，此起彼伏。

等喊好声、口哨声消停下来，窑厂会计二歪竖着大拇指说："于村长，能请县长来村里吃饭，那才牛呢！"

于连环很兴奋，趁着劲儿说："没问题，请不来县长，你选别人当村长。"

会场上又响起一片喊好声、口哨声。

于连环没想到自己一时激动,说出要请县长来村里吃饭的话,像个重磅炸弹,把选举会场的气氛搞得十分热烈。回到家时,还为自己说的话激动不已。真的,他选上村长了,太高兴了,太激动了。老婆看着他,不认识似的说:"你真能请县长来村里吃饭?要是请不来,我看你怎么收场。"

老婆的话像一瓢凉水从头顶浇下来,于连环静下心来细细一想,不禁出了一身冷汗,我个娘哎,请县长来村里吃饭,这话是随便说的吗?请来了,绝对牛,请不来,自己说的话不就等于放屁嘛!说话不算话,这个村长还怎么干?于连环想想,再想想,心里十分懊悔,一连拍了几下头,说:"我真是昏了头,怎么说这种大话?"

一晃两年多过去了,明年要重新选村长了。于连环把几年来的政绩理了理,觉得自己当初表态说的话基本都办了,很想连任村长。经大盘子提醒,其实大盘子并没有真的提醒他,大盘子哪里还记得他当村长时说的话,只要超市生意兴隆,比什么都强。大盘子那是夸村支书钱涌泉的,没想到却提醒了于连环,不能请县长来村里吃饭,明年还有什么资格去争取连任?于连环心里说,无论如何都得请县长来村里吃顿饭。可是,当了两年多的村长,他连县长的面也没见过,怎么请?

这天下午,于连环再次参加镇里召开的秸秆禁烧会,传达县长的要求,哪个村点火,哪个村的支书和村长自动下台。于连环和王各庄村的王村长坐在一起,听王村长说,县长上午到他们村里去了。于连环吃了一惊,小声说:"县长到你们村去了?"

"是啊,镇里书记和镇长都陪着去的。"王村长有点得意,看看于连环,又说:"没到你们村去看看?"

于连环摇摇头。

王村长见于连环有些不高兴，不说了，竖着耳朵听镇长传达县长的指示。

钱支书不烧秸秆装太阳能路灯的主意在村里引起了强烈反响，村里几十年来晚上一片黑灯瞎火，谁不想像城里那样有个路灯，有个亮！秸秆禁烧不用再操心了，镇长讲得什么，于连环一句也没听进去。他一直在想，我们村里这几年变化这么大，县长为什么不到我们村去呢？于连环正想着心事，王村长碰了碰他的胳膊，小声说："我们村里的麦子今天开始收了，你们村还没收吧？"

"再过两天才能收。"于连环说完，问王村长："我们村里收麦子，县长会来看看吗？"

"不一定来，全县几百个村子，县长不可能村村到。"

于连环轻轻叹了口气，这工夫，散会了。

多好的一个机会啊，县长却偏偏"擦村而过"。要不是水足，麦子晚熟两天，说不准县长还真到三水湾村去了呢！

于连环回到家，依然打不起精神来，他一直在想，怎么能请县长到村里吃顿饭。想啊，想啊，就想到了刘镇长。刘镇长是镇里分管农业的副镇长，一定跟县长熟悉，找刘镇长请县长来吃顿饭，不是腿裆捉雀——手到擒来的事嘛。于连环精神大振，要老婆炒了两个菜，喝了二两桃林老烧。

第二天天一亮，于连环本来想开面包车到镇政府去找刘镇长的，觉得目标太大，有点惹眼，就骑摩托车到镇政府去了，来得太早了，镇政府的人还没上班，就去了刘镇长家。刘镇长老婆说："刘宝峰在邱庄村秸秆禁烧，现在还没回来呢。"刘宝峰是刘镇长的名字。

于连环听说刘镇长秸秆禁烧在邱庄村守了一夜还没回来，又去了邱庄村，正好在村头路边遇到了刘镇长。刘镇长正跟村里的支书和村长交代工作，见于连环来了，开玩笑地说："一大早，于村长也来检查秸秆禁烧。"

于连环停下摩托车，熄了火，说："哎哟，刘镇长，你让我多活两年好不好。我一个小村长，还能检查刘镇长的工作？我有事找你。"

刘镇长听说于连环找他有事，又对邱庄村支书村长交代了几句，这才走过来说："什么事，一大早找到这里来了。"

"我想请你帮个忙。"

"说，什么忙。"

"我想请县长到村里吃饭。"

刘镇长一愣，以为听差耳了，问道："请谁吃饭？"

"我想请县长到村里吃饭。"

刘镇长看了一眼于连环，又看了一眼于连环，没说话，于连环赶紧给刘镇长上了一支烟，点上火，这才把自己当选村长时对村民表态的事说了一遍，之后，说："眼看明年初又要改选了，我得在任期里把表态的事办了，刘镇你说是不是？"

刘镇长吐了口烟，说："你看你这个熊人，什么态不好表，非表这个态。"刘镇长说完吸了口烟，又说："这样吧，县长如果来镇里检查工作，我尽量安排到你们村，好不好？"

于连环一听，连声说好，又给刘镇长递上一支烟，刘镇长不要，说："吸了一夜烟，嘴干舌苦，不吸了。"

"县长要来，你先给我打电话，我好有个准备。"

刘镇长点点头，说："守了一夜，我回家去吃点饭。"刘镇长说完上车回镇里去了。于连环松了一口气，心里说，刘镇长是办实事的人啊。之后，骑摩托车抄近路回村了。

夏收夏种结束了，于连环也没接到刘镇长的电话。心里有些急，打电话给刘镇长，刘镇长问他什么事。于连环把请县长到村里吃饭的事又说了一遍，刘镇长说这段时间事情特别多，忙忘了，再说，县长也一直没有到镇里来。于连环听了，心里不禁有些失望，又想，刘镇长是分管农业的，三夏大忙，哪件事不操心。这样想想，心里好受了不少。脑子一转，还得再去请刘镇长帮忙，他不帮忙，我到哪去请县长？

一个星期后的一天晚上，于连环买了两条烟，到刘镇长家找刘镇长。刘镇长老婆说刘镇长不在家，到外地参观学习去了。于连环想把两条烟留下来，刘镇长老婆无论如何也不要，连推带搡把于连环推出门外，"啪"一声关上防盗门。于连环再喊，刘镇长老婆就是不开门，于连环只好带着两条烟回了三水湾。

于连环找到刘镇长是一个月后的事了。刘镇长见了于连环，这才想起于连环找他帮忙请县长吃饭的事，连说太忙了，太忙了。

"刘镇长能不能亲自去请县长呢？"

"于村长，说实话，我一个小副镇长，哪里请得动县长。我不是说你，当村长就当村长呗，高兴得什么牛都敢吹。"

"我不是头脑一时发热嘛，说出去的话，泼出去的水，怎么收回来。"

"你呀你。"

于连环眼巴巴地看着刘镇长，见刘镇长叹了口气，也在心里叹了口气。

"要是县长到镇里来，或许我还能跟县长说说，可是一个多月了，县长一直也没来，你叫我跟谁说。"

"县长哪天能到镇上来？"

"这说不准。全县二十多个乡镇，跑一圈子也快一个月了，再说县长也不能光跑乡镇，还有县里几十个部委办局，还有其他事要办呀。"

于连环没有说话，认真地听刘镇长说。

"你看这样好不好，你再找找别人帮忙，只要县长到镇里来，我就跟县长说。"

"那行，谢谢刘镇长，你抽时间也到三水湾去吃顿饭。"

刘镇长正要说话，手机响了，接听后，对于连环说："书记找我有事，你先回吧，一是再找找别人帮忙，二是我有了消息给你打电话。"

刘镇长说完，匆匆去了镇书记的办公室。于连环带上刘镇长办公室的门，从镇政府大楼出来，就一直想，找谁能帮上忙呢？

于连环还没回到村里，就想到了一个人，他就是前几年县局挂钩帮扶驻村联络员王大鹏。于连环想到王大鹏，心里升起一丝希望，王大鹏是个热心人，挂钩帮扶给村里筑了拦水坝、修了桥，村里人到现在还念着王大鹏的好，王大鹏一定会帮自己这个忙的。于连环想着心事，刚进村，就听钱支书喊他，他连忙骑摩托车过去。钱支书说今年村里没一家点火烧秸秆的，秸秆禁烧工作受到县里表扬。又说，太阳能路灯联系好了，你找几个人，再找辆车，明天到县里运回来，抓紧把太阳能路灯安装起来，别让村民说我说话不算话。

钱支书开车走了，于连环望着车屁股想，你看人家钱支书，麦收前说的话，麦收结束后就兑现，这才叫不食言呢！之后，去村里找人，找车，明天要到县城把太阳能路灯运回来。于连环想，正好顺便去找一下王大鹏。转而又一想，等安装完太阳能路灯再说吧，专门去城里找王大鹏。

一个月后，太阳能路灯安装完了，天一黑，一盏一盏的太阳能路灯全亮了，照得三水湾村的夜晚像白天一样，村里的老男人在灯亮里下棋，打麻将，有的人还把躺椅搬在路灯底下，神仙一样躺在上面，一边听电子唱机唱地方戏，一边摇头晃脑；女人们则在路灯底下拉家常，孩子们在路灯下玩耍，热热闹闹到半夜才能消停。于连环听几个老党员说，钱支书说话算话，下次支部改选还选他当支书，能为村民办实事的人不选，选谁？于连环心想，钱支书真的很得人心呐！虽说老党员们说的是闲话，但却给了于连环很大的刺激，于是，他决定尽快去找王大鹏，要抓紧把县长请到村里来吃顿饭，让村民说声好，为下届连任造势。

正是大暑时节，天气热得要命。于连环叫人打了一只野兔，看看，野兔瘦得皮包骨，怎么送人。打兔人说，要等秋上野兔才肥呢。于连环只好作罢，叫人从黑龙潭水库里抓了两条鲤鱼，装在蛇皮袋里，开车进城去找王大鹏。

王大鹏接了于连环的电话，从办公楼里下来，在街道旁的树荫里见到于连环。

"王科长，在你跟前我就不绕弯子了，你能不能帮我一个忙？"

"你说说看。"

"我想请你帮我请县长到我们村里去吃顿饭。"

王大鹏倒抽一口凉气，问道："请县长到村里去吃饭？"

"是的，我选上村长时给村民表的态，要请县长到村里吃顿饭。眼看年底任期就满了，我想把这事办了，不放空炮，也好为连任造造势。"

"我不熟悉县长啊。"

"你在局里工作也不熟悉县长？"

"我一个小办事员，哪里能见到县长。"

"你也不能经常见到县长？"

"我说老兄啊，你以为谁都可以见到县长！"

"那我怎么请县长去村里吃饭？"

"你得找能经常见到县长的人请。"

"县城里我就认识你,其他人我也不认识。"

"于村长,不是我不帮忙,是我帮不了忙。再说,我认识他,他也不认识我呀。"

"你说这可怎么好,我说了过头话,请不来县长,下届村长我就没法争取连任了。"半晌,于连环说:"王科长,村里还有事,我先回去了,这是黑龙潭水库里养的鱼,你带回家吃。"于连环把蛇皮袋递给王大鹏,开车调头,说声再见,走了。

于连环没想到,请县长吃顿饭这么难。回到家,像瘟鸡一般,蔫蔫的一点儿精神也没有。他想来想去,也没想到哪个人能帮他把县长请到村里来吃饭。

于连环老婆从外边回来,见了瘟鸡一样的于连环,说:"王科长也请不来县长?"

"王科长根本就见不到县长,怎么请?"

"你这个熊人也是的,非说要请县长来村里吃饭干什么,县长什么饭没吃过!"

"都怪我说了过头话。"

"你也说点能办成的话,你看人家钱支书,说过的话,哪样没办成!"

"我不是头脑一时发热,糊涂了嘛!"

"头脑发热就说胡话!我看你天天要请县长来吃饭,茶不思饭不想的,都快魔怔了。"

"你都说过上百遍了,还说。我都快懊悔死了。"

"我姨弟闻一文,今年春天考进了县新闻中心,在报社当记者,能不能找他帮帮忙?"

于连环听老婆一说,像抓了根救命稻草似的,一个鲤鱼打挺从沙发上站起来,说:"有这关系,你咋不早说?"

"我也是前几天回娘家才听说的。"

"一个小记者能不能请动县长?"

"报社记者,经常跟县长出去采访,说不准就能请来县长呢。病急乱投医,试试看呗。"

"你给我准备点东西,我去找你姨弟。"

"大热天的,带什么东西?买两个西瓜就行。"

"两个西瓜怎么能行?越是亲戚越不能怠慢,我是求人办事呀。"

于连环老婆看于连环心急火燎跟热锅上的蚂蚁似的,掏出手机给姨娘打电话,问清了姨弟住的地方,又要来了电话号码。

第二天,于连环就去城里找老婆的姨弟闻一文,回家来对老婆说:"一文说了,他还真经常跟县长出去采访,能不能请动县长,要我等他的电话。"

一连提了两个多月的气,于连环这回终于松了下来,老婆姨弟闻一文说,他平常也见不到县长,跟县长出去采访,是新闻中心主任安排的,主任不安排,他也跟不了。他说他抽时间跟主任说说,有跟县长出去采访的机会让他去。于连环想想老婆姨弟闻一文的话,觉得很实在。心里说,到底是咱山里长大的人哎。

一个夏天就这么在焦灼的等待中过去了,于连环一直没有接到老婆姨弟闻一文的电话。于连环耐不住,给老婆姨弟闻一文打电话,老婆姨弟闻一文要他不要急,再等一等,一有机会,他会跟县长说的。有一次于连环给老婆姨弟闻一文打电话,闻一文说刚跟县长到外地参加经贸合作洽谈会回来,想跟县长说,县长却被人叫走了,没来得及说。于连环听了,唏嘘再三,叮嘱老婆姨弟闻一文,一定要帮忙把县长请来。还说,不会忘了他的。

眼看着秋收又到了,老婆姨弟闻一文的电话仍遥遥无期。秋收忙完了,是冬闲,村长选举就要开始了。在这之前,要是还请不来县长到村里吃饭,村长连任就没戏了。于连环心急如焚,恨不能立马把县长请到村里吃顿饭,让村民们看看,他是个说话算话的人。

于连环心里发急,上了火,嘴上起了一层大大小小明晃晃的水泡。一个大水泡破了,他到处找火柴,想撕块火柴皮贴在嘴唇上,家里没有,到大盘子超市去找,大盘子说没有火柴,打火机多得是。于连环没办法,于连环老婆有办法,她指着于连环的额头说:"你个笨人,不能到卫生室拿几片去火药吃!"

于连环听了老婆的话,连忙到村卫生室拿了几袋三黄片。走到大盘子家超市时,于连环到超市货架上拿了罐凉茶,把药吃了。

大盘子说:"看看人家钱书记,说到做到,太阳能路灯装上了,一到晚上光明镗亮的。"

"人家是书记嘛!"

"村长功劳也不小,天天带着人挖塘子安路灯,累得哪哪都是汗。"

"大盘子,什么话到你嘴里都变味。"

"我说的可是实话,天又热,干活儿哪有不出汗的,是不是?"

于连环和大盘子开了几句玩笑,这才离开超市。走在村街上,于连环突然想起来,好长时间没给刘镇长打电话了,得打个电话问问刘镇长,于是,就掏出手机给刘镇长打电话。

手机里"刺棱"一声,传来刘镇长的声音:"于村长,有事吗?"

"刘镇长,我想问问县长最近到镇里来没来。"

"县长到不到镇里来,还要跟你汇报?"

"我不是想请县长到村里来吃饭嘛。"

"请县长到村里吃饭?你不是做春秋大梦吧?"

"刘镇长,我原来跟你说过的,你说要是县长到镇里来,你帮我请的呢。"

"我说过的吗?"

"刘镇长,你真是贵人多忘事。"

半晌,刘镇长的声音突然高了起来:"噢——我想起来了,还是收麦时说的吧?"

"是的,是的,收麦时我在邱庄村路上跟你说的,后来又在办公室跟你说过一次。"

"好的,好的,我记下了,如果县长来镇里检查工作,我给你打电话。"

"谢谢刘镇长,"于连环的话还没说完,刘镇长那边就挂了电话。于连环心想,县长什么时候到镇里来呢?他掏出手机又给老婆姨弟闻一文打电话,闻一文接了电话小声说:"我正在开会。"于连环只好挂了电话,心里一急,火噌噌朝头上蹿,一口气把手里剩下的半罐凉茶全喝了。

于连环正闷闷地走着,看见本家弟弟于四孩骑摩托车从外边回来,心里突然有了个想法,是不是要找两个人商量商量?就喊:"四孩。"

"大哥,有事?"

"跟二歪说一声,晚上到野味馆,我请客。"

于四孩听说于连环请他和二歪喝酒,也不问什么事,一口答应下来,调转摩托车到窑厂找二歪去了。

于连环突然想到刘镇长的话,心里有股子怨气,我请县长来村里吃饭这是多大的事啊,刘镇长却说我是做春秋大梦,越想越觉得刘镇长和老婆姨弟闻一文都没有一定把握请到县长。就把刚才突然冒出来的想法细细想了一下,晚上吃饭时商量商量,看看他们有没有什么办法能请来县长。于连环和本家二叔家的弟弟于四孩,还有二歪,不光是打小光屁股摸鱼长大的好朋友,还是从小学一直上到初中的同学。

三个人晚上在村里的野味馆喝了酒,二歪想出一个办法,可以请来县长。虽然于连环喝了不少酒,但回家时还是说,先等等老婆姨弟闻一文和刘镇长的电话再说,如果等不到他们的电话,就按二歪说的办。

于连环一直没有等到刘镇长和老婆姨弟闻一文的电话。

秋收了,村头地边到处都是一捆一抱的玉米秸。于连环西山跑完跑东山,马不停蹄查看秋收情况。

这天下午,于连环正在地里安排机耕手深翻,突然接到刘镇长的电话,说县长到镇里来检查秋收情况,他还没来得及跟县长说,县长就走了。

于连环急忙问:"县长走了?"

"到邱庄村去了,检查完后直接回县里。"

"县长的车号是多少?"

刘镇长略作停顿,好像是考虑了一下,然后把县长的车号告诉了于连环。

"谢谢刘镇长。"于连环挂了刘镇长的电话,急忙给于四孩打电话,要于四孩抓紧找二歪,跟他一起到省道岔路口去。

不一会儿,于连环开着面包车,带着于四孩和二歪来到省道岔路口,把车停在岔路口的店家门口之后,三个人就沿着路朝镇里走,走了二里远,于连环说:"就在这儿等吧。"

三个人等了快一个小时,才看见一辆黑色轿车从通镇路上急驰而来,二歪三两步来到路中间,就地躺下,身子蜷成大虾,两手抱着肚子哎哟哎哟直叫唤,于四孩一副手足无措的模样守在旁边。轿车来到跟前,果然停了下来,司机伸头问什么情况,于四孩说:"急病,要送医院。"

司机下了车,想跟于四孩一起把二歪抬上车,这时,于连环看清是县长的车牌,从路旁急三步上了驶驾座,紧紧握着方向盘。二歪见于连环上了车,一个鲤鱼打挺从地上爬起来,跟于四孩一起架着司机也上了车,跟县长一起挤在后排,一人抓着司机,一人抓着县长,生怕跑了似的。于连环发动车子,开上省道,而后调转车头,朝镇里开,开到半路,又岔上通村路。

"我是县长,你们要干什么?"

"县长,我是三水湾村的村长于连环,想请你到村里吃顿饭。"

"我五点钟要参加县里的常委会,赶快让我回去。"

"县长,你一天到晚不是开这会,就是开那会,还没开够?多大的事,吃完饭回去再说。"

县长掏手机想打电话,被于四孩一把抢了过去,关了手机。司机一看县长的手机被抢去关了,没敢掏手机,二歪摸了半天,从司机兜里掏出手机,也关了。

车子开了半个多小时,来到红岩沟的石桥上,于连环说:"县长,你看看,这是县局挂钩帮扶我们建起来的大桥。"

于四孩跟着说:"出行可方便了,这是县委县政府的连心桥呐!"

二歪说:"于村长,等会儿你带县长去看看黑龙潭水库,没有县委县政府挂钩帮扶决策,就没有我们村的黑龙潭水库。现在又养鱼,又养虾,又养鹅,又养鸭。"

于连环说:"还有村里今年夏天安装了太阳能路灯,钱支书出的钱。"

县长的司机说:"你别说话,好好开车。"

于连环不说话了,认真开车,不一会儿就开进了村子,又说："村里路都修成水泥路了，还修了下水道，也是钱支书出的钱。"

于四孩说："我们村这几年变化这么大，县长到邱庄村去也不到我们三水湾来，怎么的，三水湾是后娘养的？"

于连环连忙呵斥于四孩："四孩，怎么跟县长说话的？"

于连环把县长的车子停在大盘子超市门口，一行人下了车。于连环对大盘子说："还不快拿凉茶给县长喝。"

大盘子听说县长来了，赶紧从货架上拿了几罐凉茶，一人一罐，说："哎呀，县长来了，喝水，喝水。"

于连环看看于四孩，于四孩会意地点点头。于连环就带着县长、县长的司机还有二歪到黑龙潭水库去，看拦水坝，看鱼，看鸭，看鹅。县长看了三水湾村的变化，对村里的工作很满意，脸上挂着喜悦的神色。回到村里野味馆时，野味馆门口围了不少村民，都很兴奋，脸上带着笑，等着看县长，县长也频频向村民点头致意打招呼。有村民朝于连环竖大拇指，于连环一脸都是笑。

于四孩早备好了一桌丰盛的野味，除了钱支书到县里没回来，在家的几个村干部都来了。于连环先让县长洗了手，又让县长的司机洗了手，然后，把县长安排在主宾座位上，让县长司机坐在县长旁边，村里几个人才各自坐下来。

于连环举起酒杯，对县长说："今天我没别的意思，就是想请县长来我们村转一转，看一看，吃顿饭，兑现我当选村长时的承诺。"

县长听说请自己来村里吃饭是一个当选的村长对村民的承诺，不禁感慨万千，一激动，端起酒杯和大家共同干了一杯。

县长和于连环还有三水湾村干部一起喝酒的时候，县委书记却在县常委会议室里等急了，秘书科上午给每位常委都打电话通知过了，下午五点开常委会，已经五点半了，县长还没到。叫秘书科再打电话，县长的手机、县长司机的手机都关机，怎么也打不通。又等了一会儿，县长和司机的电话还是打不通。县委书记心里一沉，县长莫非失联了？要公安局长立马查找失联县长。经过查看路口监控，发现县长的车子从镇里回来，在省道岔路口转头又回去了。接着查看监控，发现县长的车子去了三水湾村。公安局长汇报说，县长可能被人劫持到三水湾去了。书记指示，不惜一切代价，解救县长。

野味馆里于连环正陪着县长喝酒，几个手持武器、身着防弹服的警察猛一下冲进来，大声喊道："不许动。"有个眼尖手快的警察立马站到县长面前，把县长保护起来。

县长和县长的司机被解救出来了，于连环和几个村干部却被戴上了明晃晃的手铐。于连环对警察说："是我干的，与他们无关。"

县长指了指于连环，又指了指于四孩和二歪，对警察说："是他们三个，把其他人都放了。"

县长说了话，警察把几个村干部都放了，而后把于连环和于四孩、二歪带上警车，哇呜哇呜回县城了。

明目张胆劫持县长，案情重大，公安局长亲自审讯于连环："劫持县长什么目的？"

于连环说："不是劫持，是请。"

"不要狡辩，什么动机。"

"动机就是想请县长到村里吃顿饭。"

"你不老实，没有说实话。"

"我是实话实说，就是想请县长到我们村里吃顿饭。"

公安局长还要继续审问，忽然接到县长的电话，县长说于连环真的没有恶意，确确实实是想请他到村里吃顿饭，践行他当村长时的诺言，建议批评教育后放人。

"践行诺言?"

"是践诺。"

"践诺?"

于连环连忙说:"对对对,我就是践诺。"

公安局长看看于连环,又看看于四孩和二歪,把三个人教育了一通,说:"以后要是再敢劫持县领导,我放不过你们。"

于连环说:"不会了,不会了,县长已经到我们村去吃过饭了。"于连环和于四孩还有二歪从公安局里出来时,已是凌晨一点多钟,他们在街边大排档吃点饭,打车到省道岔路口,在店门口开面包车回了三水湾。

后来,县委书记听说村长请县长去村里吃饭是践诺,心里沉甸甸的。

一个人的铁路

走进弯道,铁建峰看看四下没人,放下工具包和手锤,走到路肩上,畅畅快快撒了泡尿,打个冷战,系好腰带,再次走上铁路时,忽然发现不远处铁路上的一根轨距杆不见了,急忙走上前,蹲下来仔细查看,发现轨距杆两头断掉的茬口还是新的。他断定,这根轨距杆不是夜里就是早晨刚刚被人偷走。他左瞧瞧,右看看,两条钢轨在阳光下泛着红光,铁路上一个人影也没有。

铁建峰从工具包里掏出一个塑料皮本子,又掏出笔来,把丢失的轨距杆记下来,而后,转身大步朝县城铁路工区走。走了几步,又转过身往回走,这个弯道前边还有一根轨距杆,会不会也被人偷去了?他心急火燎地走过一千七百多根枕木后,发现那根轨距杆也真的没有了。他责怪自己夜里睡得太死,没有及时起来巡道,如果夜里起来巡道,轨距杆就不会被人偷去了!他自言自语地说:"没有轨距杆,弯道钢轨怎么保持平行?火车跑起来,那是要出大事的呀!"

当铁建峰来到养路工区时已是中午时分,他望望上了锁的工区大门,忽然闻到一股香味,转头看看,听见不远处一家小馆子里传出来"滋滋啦啦"的煎炒声,肚子里"叽里咕噜"一阵响。他把手伸到工具包里,摸到一个毛巾袋。毛巾袋里是月梅给他装的煎饼和大葱。不论白天还是夜里出去巡道，他背上工具包就走，饿了渴了，准能从包里掏出煮鸡蛋，或是葱花油饼，或是油炸馒头，或是他最爱吃的煎饼、大葱，还有满满一盐水瓶热乎乎的水。几年了，月梅总是在他出去巡道之前，就把吃的喝的装在毛巾袋里，放在工具包里。他摸摸松软的毛巾袋，心里一阵热乎，蹲在工区大门旁，掏出煎饼，卷上大葱和黑咸菜，"咔嚓咔嚓"吃得十分香甜。吃饱了，喝足了，倚着大门旁的院墙竟睡着了。

"建峰，你一个人在这儿睡觉，怎么不去找我？"忽听有人喊，铁建峰一激灵，睁眼一看，是工区吕工长喊他。

"来这儿时你们下班了，我就在这等你一会儿。"铁建峰一边站起来一边说。

吕工长叫吕文俊，前几年从部队转业回来，安置在铁路养路工区工作。铁建峰看护的那条铁路有时丢个螺帽、少个螺栓什么的，常来领配件，一来二去就成了熟人。

铁建峰把丢了两根轨距杆的事说了一遍，对吕工长说："我想领两根轨距杆换上。"

吕工长没有立即答应铁建峰，而是把他领到办公室，递给铁建峰一支烟，自己也点上一支，抽了一口，说："建峰，你那条铁路去年就没有维修计划了，不好领材料。"

铁建峰愣愣地看着吕工长，抽了几口烟，突然明白了似的说："那过去是你……"

吕工长点点头，说："那是我在其他路的计划里多做了一点给你的，现在不用做计划了，用多少领多少，就不好多给你了。"半晌又说："建峰，你那条支路又不跑火车，少根轨距杆就少根轨距杆，没啥大不了的。"

铁建峰看看吕工长，好像不认识似的说："买两根轨距杆行吧？我相信，这条铁路，早晚会跑火车的！"

吕工长见铁建峰好像在说梦话一般，觉得话没法再说下去了，就顺着铁建峰的话连说了两个好。

铁建峰自己掏钱买了两根轨距杆，告别吕工长，走出工区，他要尽快赶回去，换上轨距杆，保证铁路的通行安全。

铁建峰看护的这条铁路，是二十世纪七十年代末修建的一条战备铁路专用线，也是一条从未跑过火车的铁路，从陇海线上岔过来，沿着一座当地人叫磨山的山脚弯过来，然后，朝南通向大青山。由于地质资料不全，加上技术缺失，打山洞时，出现大面积塌方，修到洞口，项目下马了，留下了这条十公里长的铁路。铁建峰的命，是老排长马志勇给的。那次铁建峰所在的三排正在洞里施工，恰遇塌方，老排长推开铁建峰，自己却倒在大石头下牺牲了。部队撤走时，铁建峰不愿走，写了血书，找到部队领导，坚决要求留下来看护铁路，陪伴长眠在铁路边的老排长。他的请求得到了上级的批准。

铁建峰走上他那条铁路时，一列火车正鸣着汽笛缓缓驰出车站，朝西驰去。看着渐行渐远的火车，铁建峰激动地说："我这条铁路，一定会跑火车的！"他用手锤敲敲钢轨，钢轨发出清脆的"叮叮"声。尔后，他弯下腰，俯下身，把耳朵贴在钢轨上，半晌，好似听到了火车隆隆的轰鸣声，心里像喝了二两桃林大曲一般。他站起身，又敲敲钢轨，钢轨再次发出清脆的"叮叮"声。

铁建峰换好两根轨距杆时，田野里洒满了夕阳的余晖，他踏着枕木，拐过弯道，看见远处有个小小的身影正踏着枕木朝他跑来，他知道军军是来找他的。果然，军军远远地喊："铁叔，有人找你。"铁建峰答应一声，快步迎了上去。

夕阳在铁建峰和军军身上镀了一层金红色，一大一小像两个火人。

军军一会儿走在这条钢轨上,一会儿又走在那条钢轨上,问铁建峰:"铁叔,你说这铁路啥时跑火车?"

铁建峰说:"现在不跑,将来一定会跑。军军,咱们唱个歌好不好?"

"好!"

"日落西山红霞飞,战士打靶把营归……"铁建峰起了个头,爷儿俩的歌声就在田野里飘荡起来。

铁建峰和军军回到家时,月梅正陪着一个小青年在客厅里说话。见铁建峰回来了,月梅迎到院里说:"建峰,望龙村的小江找你。"

"老大,你真是个护路标兵啊!"话音未落,一个长头发的小青年从屋里走出来,殷勤地接过铁建峰的工具包,拿在手里半天,却不知道放在哪里好,便随手丢在了门旁的地上。

铁建峰走过去,提起工具包,拍拍包底下的土,挂在墙上的木橛上,然后招呼一声小青年,走进客厅。

小青年脸一红,跟进屋来,连忙掏烟递给铁建峰。铁建峰接过烟,小青年双手捧着打火机,一连"咔嚓"七八下也没打着,铁建峰掏出自己的打火机正要打火点烟,小青年的打火机却"咔嚓"一声打着了,给他把烟点着了。

"老大,我是望龙村的江同林。"铁建峰还没说话,小青年就自我介绍起来。

"小江,找我啥事?"

"没啥事,我是来认识认识老大的。老大来这里好几年了,我还不认识老大哩。"

铁建峰住的地方离望龙村不远,他却很少去望龙村,只有铁路上丢东西的时候,他才会去村里找支书或是村长,要他们帮着做好保护铁路的宣传工作。不过,望龙村的人都认得他。他看护一条不跑火车的铁路，天天巡道，谁不认得！

"坐，喝水。"铁建峰在江同林的杯子里续上水，又给自己倒上一杯水，然后坐下来陪江同林说话。

"老大，现在村里人都想发家致富，就是门路不好找。"

"你找到没有？"

"我寻思三天三夜，想到一个好门路，不知道行不行？"

"说来听听？"

江同林见铁建峰的烟快吸完了，又递上一支，说："我想开办一家废旧物资回收公司。"

"这个主意不错。"

"我怕一个人干不好。"

"有事需要帮忙，尽管说。"

"有老大这句话，我就放心了。"江同林抽了一口烟，又说："我想跟老大一起干。"

"跟我一起干？"

"我们俩合伙干，保准能办成。"

"这么肯定？"

"有老大支持，一切事情都好办。"

"我一个看铁路的，能帮你做点什么？"

"老大，你手里就有聚宝盆嘛！"

"我手里有聚宝盆？"

"铁路嘛！咱先拆点器材、扒点钢轨卖卖，手里有了启动资金，公司不就办起来了嘛。"

铁建峰明白了，江同林是在打铁路的主意。他盯着江同林说："小江，没有钱，我可以找朋友借给你，拆器材、扒钢轨卖废铁万万不行。"

"老大，你守着聚宝盆不用，还要到处借钱？你看看，生产队原来修的水渠,石头都被人扒回家垒猪圈了,不是也没人管嘛!再说,你那铁路从来没跑过火车,留着钢轨没什么用,除了生锈还是生锈,要是扒了卖,那可就发大财了。"

"这是国家的铁路。"铁建峰喝口水,又说:"你那个公司你自己开吧,我不入伙。"

"老大,咱不能看着钱不赚。"

"发家致富要靠真本事,走正路,可不能走歪门邪道呀。"

"老大,这是个致富快的好门路,你再想想吧。我家里有点事,先走了。"

送走江同林,铁建峰回到客厅,指着门旁一箱子桃林大曲酒,说:"买这么好的酒干啥?"

"不是买的,是江同林刚才送的。"

"你怎么不早说,让他带回去。"

"我以为你知道了呢。"

"我还以为是你买的酒呢。"铁建峰抱起箱子,又说:"这种人的东西不能要,我给他送回去。"

铁建峰追出来,江同林早没了影。铁建峰推出自行车,把酒绑在后座上,骑到村里,打听了好几户人家,才找到江同林家。江同林还没有回家,不知到哪做发财梦去了,铁建峰把酒还给了江同林的家人。回到家时,月梅还在等他吃晚饭,铁建峰一边吃饭一边对月梅说:"月梅嫂子,这是国家的铁路,咱可不能拆器材、扒钢轨卖废铁,做对不起国家的事。"

"我懂,我对小江说你不会同意的,他不信,非要当面和你谈谈。"

"还是月梅嫂子懂我。"

吃过饭,铁建峰回到西屋,躺在床上,把刚才江同林的话捋了一遍,心里像一锅翻开的水。包产到户以后,他巡道时看见,生产队时砌筑整整齐齐的水渠，石头被村里人扒去盖屋的盖屋，垒猪圈的垒猪圈，水渠不是水渠，成了水沟。这条铁路虽说没跑过火车，可那也是国家的铁路，今天不跑，明天不跑，后天还能不跑吗？咋能拆器材、扒钢轨去卖废铁呢！这样一想，他再也躺不住了，穿上衣服，跑上铁路，歪着头把耳朵贴在钢轨上，仔仔细细听了半晌，直到没有一丝异样的声音，才回去睡觉。

第二天吃过早饭，铁建峰骑车去望龙村找刘支书，刘支书到镇党委开会去了，他又去找陈村长，要陈村长做好村民教育工作，保护好国家的铁路。

"建峰，你那条铁路自打修好以后就没跑过火车，再说，你家的日子过得又不宽裕，扒两块废铁卖卖，也好贴补贴补家用，让老婆孩子过得舒服点嘛。"

"陈村长，你怎么也这样说？这条铁路迟早有一天会跑火车的。"

"好好好，我会教育村民好好保护国家铁路的。"

"那我就谢谢你了。"

"应该的应该的。这几个人想发财想疯了，哪天我说道说道他们。"

见陈村长表了态，铁建峰松了口气，又说了一会儿话，就起身告辞了。

铁建峰走了，陈村长老婆说："这人是不是魔怔了？一个人在这看铁路不行，还把家都搬来了。"

陈村长望着铁建峰走远的背影，摇摇头说："现在还有这样一根筋的人？天底下也难找。"

铁建峰是个一言九鼎的人，在老排长弥留之际，他对老排长说，一定要好好照顾老排长的媳妇和儿子。当组织上决定他留下来护路以后，他真把老排长的媳妇月梅和儿子军军从老家三水湾接了过来,并在老排长的坟前建了三间红瓦房。村里人都以为他们是一家三口,谁也不曾想到他们却是两家人。

月梅是个勤快的女人,自打从三水湾搬来铁路边以后,她就把这里当成了家,屋里屋外拾掇得干干净净利利索索,连摆放在桌上的小瓶子都擦得透明锃亮,一尘不染。她把铁建峰修剪护路树剪下来的树枝拖回来,做成篱笆墙,在篱笆墙下种上豆角、吊瓜、丝瓜、梅豆,篱笆墙上一年四季,三季绿藤缠绕,花儿芬芳,蜂鸣蝶舞。院子后边不远的地方,原来是望龙村的一块洼地,下了几场大雨,成了大水塘。月梅看了几本养鱼的书,找村里承包了大水塘,放养了鱼苗。鱼儿长大了,天不亮,月梅就起网捞鱼,然后自己到镇上去卖。铁路工区吕工长见铁建峰一家人生活艰辛,帮着在县城联系了几家饭店,后来月梅就给城里的饭店送鱼。逢年过节时,鱼贩子天天来拉鱼,塘里的鱼剩不下,日子越过越好。因为月梅的户口不在望龙村,是外地人,承包期到了,村里收回了鱼塘。后来,月梅又想办法,用网子围起一片护路树林养鸡,卖鸡卖蛋补贴家用。

月梅为铁建峰找女朋友的事操了不少心,请望龙村陈村长帮忙介绍了两个村里姑娘,还回老家三水湾给铁建峰介绍了两个姑娘,铁建峰连面也不见,还对月梅说,他的任务就是照顾好嫂子和军军,看护好铁路。说得月梅哽哽咽咽哭了大半天,抹掉泪花,更加悉心照料铁建峰。铁建峰夜里起来巡道,月梅怕夜气湿、寒气重,每天都往铁建峰的军用水壶里装上二三两酒,要铁建峰夜里巡道时喝上两口,驱驱寒气。

铁建峰和月梅娘儿俩像一家人一样生活在一起,只是不在一个屋里睡觉。三间屋,铁建峰一个人住西头一间,月梅娘儿俩住东边两间。后来,月梅用柴笆子在东边两间屋中间隔了个里外间,里间放了两张床,月梅和军军一人一张,外间就成了客厅,早早晚晚有人走过这里,也好进屋说个话喝个茶。两人相处时间长了,铁建峰对月梅慢慢有了爱慕之意,无奈,隔着老排长马志勇这层纸。他有时又怨恨自己,老排长把命都留给我了,我怎能娶他的媳妇当老婆呢?如果娶了月梅,就对不起救命恩人老排长了!他只好把对月梅的爱,深深埋藏在心底。月梅越是无微不至地照料他,他对月梅的爱越是强烈,不知道有多少次,夜里巡道回来后,他悄悄来到老排长坟前,为老排长点上一支烟,插在坟前,想跟老排长说说心里话,捅破这层纸,可是话到嘴边又说不出来,默默地蹲上半天才回去。

月梅是个细心的女人,在感觉铁建峰对自己疼爱的同时,也发现自己爱上了铁建峰。可她觉得自己是个结过婚有了孩子的女人……一晃五六年过去了,月梅掩住了升腾起来的爱的火苗,用一颗母爱之心关怀着这个男人。只要铁建峰夜里出去巡道,不论夜深夜浅,她总是睡不着,总是支棱着耳朵倾听他回家的脚步声。柴门一响,她会立马披衣起床,问一声饿不饿,说一声冷不冷,然后把做好的一碗面,或一碗蛋汤,在炉火上热一热,再温上一杯酒,让他吃饱喝好再睡。月梅渐渐养成了夜里等待铁建峰巡道归来的习惯,只要铁建峰不回来,她就睡不踏实。铁建峰巡道回来,不论是白天还是夜晚,也希望第一眼看到月梅的身影。两个人近在咫尺,却又远隔天涯。

这天中午,铁建峰巡道回来,见院门口停着一辆小四轮,有人在院里说话,走进篱笆小院一看,原来是月梅的哥哥陈三思和月梅的公公老马头来了。月梅见铁建峰回来了,叫他陪哥哥和公公说话,自己赶忙去做饭。

铁建峰放下工具包和手锤,洗洗手,赶紧为陈三思和老马头续上茶水,然后掏出烟来,给两个人一人递上一支,又为两个人点上火,这才坐下来听陈三思说话。陈三思的话还没说完,铁建峰就知道陈三思和老马头的来意了，他们想把月梅和军军接回三水湾去，心里"噗的"一下，像掉进了冰窟窿，失落感不禁油然而生，心里苦叽叽的，半晌没有说话。

陈三思看了一眼老马头，端起杯子喝口水，说："建峰，我和军军的爷爷商量好了，想把月梅和军军接回去。"

铁建峰还在想着月梅和军军要被带走的事，怔怔地望着陈三思，陈三思说的话他一句也没听进去。

"建峰，我说的话你听到没有？"

铁建峰蓦然回过神来，说："我向老排长说要照顾月梅嫂子和军军一辈子的。"

"你跟月梅又不结婚，也不成家，像这样住在一块儿成什么样儿？我脊梁骨都快让村里人戳断了，知道不？"

"三思哥，等铁路跑火车那天，我会跟月梅结婚成家的。"

"哎哟，我的个娘，笑死我了，你这条铁路哪天跑火车？"

"我相信，这条铁路一定会跑火车的。"

陈三思听铁建峰说得那么坚定，看了看军军的爷爷老马头，说："大叔，这人是不是有点魔怔了。"

铁建峰扑通一声跪下来，对老马头说："我的命是老排长给的，你就是我的亲爹，我会给你养老送终的。"又对陈三思说："三思哥，你放心，我不光要把月梅照顾好，还要把军军当自己的儿子养好。"

依偎在老马头怀里的军军说："爷爷，舅舅，铁叔对我可好了。"

老马头慈祥地摸了摸军军的头，而后转过脸去揠了一下眼。

铁建峰巡道没有回来时，陈三思和老马头已经跟月梅说过了，月梅不愿意走，现在铁建峰也这样说，两个人也没啥话好说了。半晌，老马头说："建峰，你看这样行不行，我想把军军接回去住几天。"

陈三思接着说:"过段时间,我再给送过来。"

听军军的爷爷和舅舅这么一说,铁建峰心里的一块石头落了地,爽快地答应了。

吃过饭,铁建峰带着老马头和陈三思不光看了铁路,还来到屋后,看了马志勇的坟,见坟堆上没有荒草,这才回三水湾去了。

等陈三思的小四轮走远了,铁建峰看了一眼月梅,说:"我刚才说的话你不介意吧?"

"你说的什么话,我没听到?"

"我说,我说……"铁建峰脸涨得通红,不知道自己当时为啥会那样说。

"你刚才说了啥话,快说。"月梅的脸也红了,他想听铁建峰说出她想听的话。

"我说,我说……等这条铁路跑火车时就娶你做媳妇。"

月梅心里一凉,这条铁路啥时候跑火车呀?心里一阵酸楚,但还是把自己的手温柔地放在了铁建峰的大手里。

铁建峰一下子把月梅的手握得紧紧的,久久没有松开。

这天夜里十点多钟下了一阵子雨,雨不大,稀稀拉拉下了一个多小时就停了。刚过十二点,铁建峰起来去巡道,拉开栅栏门时,听月梅在身后说:"建峰,喝碗姜汤再去吧。"

铁建峰答应了一声,放下工具包和手锤,走进客厅,月梅把一碗冒着热气的姜汤递到他手上,他接过姜汤,呼呼啦啦喝了下去。

月梅见铁建峰喝得热乎,说:"建峰,雨后潮气大,要不明早再去巡吧?"

铁建峰说:"我怕夜里有人抽空子偷器材。"又说:"别等我了,你睡觉吧。"

铁建峰背上工具包，提着手锤，走上铁路，回头看看，见月梅还站在房门的灯光里望着他，月梅朝他喊道："建峰，注意安全呀。"月梅的话湿漉漉地滚过铁建峰的心头。几年来，月梅总是这样在身后叮咛他。他爽快地答应了一声，而后，踏着枕木巡道去了。

　　铁建峰伸手去衣兜里掏烟，竟掏出来一张纸条。谁放的纸条？他从工具包里拿出手电揿亮一看，见纸条上写着一行字：铁叔，我想让你当爸爸！落款是军军。铁建峰一愣，军军不在家呀，再说军军还没上学，不会写字……他断定，这是月梅把着军军的手写的，而且是早就写好了的……心里蓦然滚过一阵热浪，默默地说，等铁路跑火车了，我一定给军军当个好爸爸。在这万籁俱寂的夜里，铁建峰突然听到了自己怦怦的心跳声。

　　小雨过后天晴了，天上星光闪烁，下弦月也升起来了，月光一片明晃晃。

　　铁建峰从大青山巡道回来已是凌晨两点多钟，走着走着，忽然听到前方有铁器的撞击声。他停下脚步，把耳朵贴在钢轨上听听，铁器撞击声愈加清晰，他断定有人偷器材，一步两个枕木，大步向前飞奔而去。雨后的夜是那样的寂静，铁器撞击声越来越响，铁建峰的脚步也越来越大，越来越快。

　　铁建峰在月光下看见不远处铁路上晃动着两个人影，还听到"吭哧吭哧"的发力声，他一边大喊"住手"，一边陡然揿亮手电。同时，他用手锤连续敲击钢轨，"叮叮当当"的敲击声，在雨后的夜里传得很远，很远。

　　两个窃贼听到有人喊，还有人敲钢轨，知道铁建峰来了，慌忙跳下铁路，窜进一片半人高的玉米地里……

　　铁建峰仔细察看现场，看见钢轨连接处的道夹板被人撬了，螺栓也被拧下来了。他从工具包里掏出扳手，用劲把螺栓重新拧紧。之后，看了看轨道压板，见轨道压板的螺栓也松动了，又把轨道压板的螺栓重新拧紧。他打着电筒，前前后后仔细查看，发现少了十三根道钉，还有一根窃贼没来得及拿走的道钉掉在枕木上。铁建峰心想，今夜要不出来巡道，这道夹板、轨道压板，还有道钉，不知要被人偷去多少。他望望东边的天，见启明星升起来了，天快亮了。他掏出军用水壶，喝了两口酒，一边巡道一边朝铁路工区走去。

　　铁建峰来到铁路工区时，工区刚上班，吕工长一见铁建峰，吃惊地问道："一大早有事？"

　　"今夜要不巡道，铁路就让小贼扒了。"说完，铁建峰把夜里巡道发现有人撬道夹板和轨道压板的事说了一遍。又说："连道钉都想撬去卖废铁，我来买十二根道钉。"

　　"建峰，我还是那话，那条支路又不跑火车，少几根道钉也不是什么大不了的事。"

　　"那不行，我是看铁路的，铁路上的扣件一样不能少，连一根道钉也不能少。"

　　"建峰，我真服了你了，一条不跑火车的废支路，你看你多用心。"吕工长没有让铁建峰掏钱买道钉，"我这里还有一堆换枕木时换下来的狗头钉，你拿去用吧。"然后带着铁建峰来到仓库里，指了指地上的一堆道钉说："自己挑吧。"

　　吕工长又找来个编织袋，铁建峰装了道钉，连忙赶回去，重新钉好道钉，回到家时，已经是中午了，还在篱笆墙外，他就闻到了饭菜的香气，狠狠地抽了一下鼻子。

　　两个月后，陈三思果然开着小四轮把军军送回来了。

　　雨季到了，一连下了三天的大雨，到第三天夜里仍没有停下来的意思，铁建峰怕有人偷器材，觉也睡不踏实，爬起来，背上工具包，穿上雨衣，扛着铁锹，在门前听听月梅和军军都睡熟了，这才走进风雨交加的夜里去巡道。

铁建峰走了一个多小时，月梅被一串响雷突然惊醒，连忙爬起来，开开屋门，一阵斜风带着豆大的雨点急促地窜进屋来，她连忙关上门，对着山墙喊："建峰，建峰！"

没有听见铁建峰的回答，月梅知道铁建峰去巡道了。这么大的雨，她放心不下铁建峰一个人去巡道，穿好雨衣要去找铁建峰。这时，军军也醒了，见妈妈穿着雨衣要出去，连忙跳下床，找块塑料布披在身上，也跟妈妈一起去找铁建峰。

夜漆黑漆黑的，狂风猛烈地摇晃着护路树，大雨如注。

"建峰——"月梅嘴里灌了一口水。

"铁叔——"军军嘴里灌了一口水。

冰冷的雨鞭和被风折断的树枝抽打着月梅和军军的脸。

月梅和军军边走边喊，雨打得娘儿俩张不开嘴，风呛得娘儿俩喊不出声，"建峰——""铁叔——"，茫茫雨夜里，分不清哪是风声，哪是雨声，哪是雷声，哪是喊声。

月梅和军军沿铁路朝大青山方向找，当他们来到磨山脚下的弯道时，天已经蒙蒙亮了。一路没有看见铁建峰，月梅心里十分着急，紧着朝前走，忽然看见前边铁路上有一大堆碎石土，连声叫着"滑坡了，滑坡了"，带着军军赶紧往前跑，看见铁建峰的手电筒扔在不远处的路肩上，她"哇"地一声大哭起来，一边哭一边喊："建峰，建峰——"在朦胧的天光里，她看见碎石堆里有一只手摇了摇，便和军军一起拼命地扒，终于扒出了奄奄一息的铁建峰……

铁建峰住了一个多月院，月梅白天黑夜守在病床前，跑前跑后取药换瓶，端屎端尿，做饭喂饭，困了累了，就趴在病床边睡一会儿……

一晃，又一晃，三十多年过去了，终于传来国家要修建沿海铁路的消息。得知这条废弃多年的铁路支线，就规划在新开发的沿海铁路线上时，铁建峰当天就带着月梅到坟前告诉了老排长："老排长，我们的铁路要跑火车了！"

这年春四月，沿海铁路大青山隧道重新开工建设了。

一天早晨，铁建峰吃过饭正要去巡道，接到大学毕业在铁路上工作的军军的电话，说沿海铁路大青山隧道开工建设了，这是大喜事，要带着媳妇和孩子一起过来庆贺，他激动的连声说好。军军孩子的名字，还是他给起的，叫马铁路。

铁建峰巡道回来，军军和媳妇、儿子早来了，吃过饭，铁建峰带着月梅和军军一家人来到路肩上，指着铁路说："我说得没错吧，这条铁路，迟早有一天会跑火车的。"

月梅的孙子马铁路，像军军小时候一样，一会儿走在这条钢轨上，一会儿走在那条钢轨上，高兴地喊着："噢——噢——要跑火车喽，要跑火车喽——"

月梅拉了一下铁建峰的胳膊，红着脸说："你说过的话忘了吗？"

铁建峰猛然醒悟过来，一手拉着月梅，一手拉着军军，说："没有忘，我要娶你当媳妇，我要给军军当爸爸！"

军军当即改口说："铁老爸，这条铁路要跑火车了，你多年的梦想终于实现了！"

铁建峰看着月梅，看着军军和军军的媳妇，说："来，我们一家人，给铁路敬个礼！"

一家人正要给铁路敬礼时，忽听身后传来一阵汽车喇叭响和喊声，铁建峰转脸一看，一辆小轿车在篱笆墙外停下来，月梅哥哥陈三思从车上下来，一边喊着一边朝他们招手。铁建峰连忙迎过去，军军也喊着舅舅跑了过去，亲热地拉着陈三思的手。陈三思指着开车人对铁建峰说："这是我们村的钱书记，听说我们要来，非要开轿车送我们来，你要当我们三水湾的女婿了，他说你给三水湾人脸上争了光，非要来给你们当证婚人。"然后，和军军一起将老马头搀下车来。

铁建峰见老马头也来了，连忙搀着老马头的胳膊，响响亮亮亲热地喊了一声"爸"，老马头爽快地答应了一声。

大家齐声说好！

几个人正说着话，又听"嘀嘀嘀"汽车喇叭响，一看，原来是三水湾村老苗支书开着面包车来了，跟车一块儿来的还有于村长、吕会计、大盘子，不光带来了黑龙潭水库养的鱼和虾，带来了野鸡野兔，还带来了两盘一万响的鞭炮。

老苗支书说："我这车哪能跑过钱书记的轿车，也不等等我。"

大家一齐大笑起来。

陈三思说："我跟马叔商量过了，把酒菜都带来了，今天就把你俩的婚事办了。"

铁建峰说："你们知道了？"

陈三思说："自打国家有了修建沿海铁路计划后，我们就天天看电视，听广播，今天盼，明天盼，终于盼到这一天了。"

铁建峰把军军拉到一边，说："你去望龙村把老刘书记、老陈村长，还有新书记和新村长一起请来，我去工区把老吕工长请来，这些年，他们对我、对这条铁路都给了不少帮助。"

半下午的时候，人到齐了，篱笆小院里饭菜飘香，鞭炮齐鸣，一院子欢乐。

喝完酒，吃完饭，所有人都跟着铁建峰来到铁路边，在路肩上站成一排，在铁建峰的带领下，庄重地向铁路敬了一个礼！

老　卡

　　浓稠的夜色把村子裹得紧紧的，也把老卡裹得紧紧的，连个鸡叫狗咬也没有，静得像块坟地。老卡却像深海里的鱼一般游走在夜色紧裹的村街上，他从小到大在村里生活了六十二年，哪里有个弯有棵树，他都知道，闭着眼也能找到家。老卡正心无旁骛地走着，突然听到一声婴儿的啼哭，惊得他汗毛倒竖，立马起了一身鸡皮疙瘩。他停下来，看了看黑黢黢的村子，竖起耳朵，仔细听听，却什么也没听到，四周依然悄无声息。他以为听差耳了，抬腿要走，浓稠的夜色里又传来一声婴儿的啼哭。老卡屏住气站着不动，用一根手指掏了掏耳朵，这一次他听得真真的，确确实实有个婴儿在"哇哇"地哭。真真听到婴儿哭声的老卡，这时却倒抽一口凉气，村里的年轻人都外出打工了，有些积蓄的人家也都在镇上住宅小区买房子搬走了，剩下的人大多是上了年纪的人，整个村子就像傍晚一样暮气沉沉，哪来的娃娃哭？老卡慢慢循着婴儿的哭声找去，他要看看到底是谁家生了个娃娃，却见不远处倏地亮起一线灯光。

　　那道灯光撕裂了浓稠的夜幕，也把老卡的眼耀得有些花，但老卡还是朝着灯光摸去。老卡走着走着，却突然停下来，心里陡然一惊，是他家？这两口子从结婚以后就开始"造"孩子，一直没有"造"出一个孩子来,都五十五六岁了,还真的就"造"出一个孩子来了?不可能的事,没看到他老婆肚子大嘛。再说,这两年他都在南方打工也不在家呀。老卡又朝前走了几步,确定是他家之后,悄悄地站在他家大门旁的一棵树后,踮着脚,伸长脖子朝院里张望。

这是马德喜家。

马德喜比老卡小五六岁,老卡娶媳妇时,马德喜和小伙伴们晚上来闹喜,爬到老卡家院子里的树上,不小心从树上掉下来,下唇里边被牙咯破个三角口子,连夜送到镇上医院缝了三针,肿得不能吃饭,喝水喝汤都用葱管吸。后来马德喜娶了媳妇,媳妇的肚子却一直没有鼓起来。马德喜带着老婆到县医院妇科检查,老婆一切正常,老婆叫他也检查一下,结果也一切正常,可两个生理都正常的人就是怀不上孩子。马德喜四处求医,见了墙上贴的专治不孕症的小广告,也把地址抄下来,还骑自行车带着老婆到北乡里去找过游医,中草药少说也喝了十多编织袋,老婆喝,他也喝,两口子一起喝,张嘴说话时一股子中药味。马德喜喝到四十岁的时候,见老婆的肚子还鼓不起来,不喝了,胳肢窝夹了根绳,在村头转来转去找歪脖树要寻死上吊,被村里人强拉硬拽带回家来。后来被村里当作计划生育典型,马德喜私下说,我是生不出来呀。马德喜老婆说两个人啥病也没有,在一起就是生不出娃来,要跟他离婚,让马德喜再找一个女人,给他生个娃传宗接代。可是马德喜不愿离,自打结婚后,两口子感情很好,脸都没有红过,离什么婚。生不出娃就生不出娃吧,两个人过,也省得操心劳神。看村里年轻人都外出打工,马德喜没有拖累,也早出晚归到镇里去打工,后来又跟人到南方去打工,一年到头,也就春节时回来家几天。马德喜老婆在家里种几亩地,闲时也到镇上找点手工活儿做。村里人都说马德喜两口子有钱,而且不少。

老卡在村里时常能见到马德喜老婆,但从没见过马德喜老婆肚子大起来,怎么会突然有个娃娃呢?

　　这事有些蹊跷,老卡第一想到的是,这娃不是偷来的,就是拐来的。娃要是偷来的拐来的,那马德喜可就犯了法了。老卡的心一下子提了起来,一个村住了几十年,不能看着马德喜犯法呀。老卡见马德喜家屋里的灯关了,孩子也不哭了,整个村子又变得十分沉寂。他又站了一会儿,见马德喜家里再也没有任何响动,这才回家睡觉。

　　老卡叫赵大卡,是他爹给取的名。他爹年轻时在镇上见过一次大卡车,那大卡车好几个车轮子,拉东西又多,就记住了,后来娶了媳妇有了娃,就取名叫大卡。年轻的时候,村里就没人喊他赵大卡,都喊他大卡。不知从哪一年开始,村里人也不喊他大卡了,都喊他老卡。老卡有一儿一女,儿子在城里打工,娶了媳妇后,连媳妇也带出去打工了,娃也不回来生,老卡老婆只好到城里出租屋去带孙子。老卡女儿嫁在镇上,两口子开了家饭馆,小日子过得挺滋润。只有老卡留在村里看家,侍弄几亩地,也出不了多大力,收收种种都是花钱请机器干。老卡自得其乐,每天中午半瓶小酒,喝完睡上一觉,夜里觉少,翻来覆去睡不着,就起来在村里村外四处转悠。这天夜里就发现了这个天大的秘密,马德喜家有了个娃娃。

　　老卡断定马德喜家的娃娃不是他老婆自己生的,因为没见过马德喜老婆肚子大。前几天在村里大盘子家的超市听人说,镇上有个两岁多的孩子被人拐走了,男人啥也不干了,专门出去找孩子,女人也痴了,说话颠三倒四的。你想想,孩子丢了,那不是要了一家人的命嘛!马德喜家的娃如果是偷来的拐来的,丢孩子的人家还怎么过?老卡越想越觉得问题不是那么简单,越想越觉得这事跟钱支书说一声才好。老卡这么一想,连忙爬起来穿衣戴帽，开门一看，见天还没亮，又脱下衣服上床，迷迷糊糊睡了一觉，起来一看，天还没亮好，白蒙蒙的。他决定还是去找钱支书，要尽快把这事儿跟钱支书说一声。

钱涌泉家建了三层楼房，院墙一人多高，盖了门楼，银灰色的大铁门很是亮眼。老卡来到钱涌泉家，一边敲大铁门一边喊："钱书记，起来没有？"敲了半晌，没听到动静，就使劲敲，大铁门用劲一敲"咣咣"响，半个村子都听得到。

"老卡，人家还在睡觉，你敲什么门，咣咣响。"

老卡只顾敲门，猛听身后有人说话，吓了一跳，转过身一看，是马小槽爷爷老马头，就说："我找钱书记有事。"

"那也不能咣咣敲，天还没亮，一村人都被你聒醒了。"

"我个娘哎，天都亮了还睡觉？"

"你不睡，你不能让人家也不睡，是不是？"

"你走你走，我找钱书记说事呢。"

老卡"咣咣"地敲门。老马头看着"咣咣"敲门的老卡想，这人脑子是不是让驴踢了，大清早抽什么疯呢？

钱支书家终于有了动静，二楼的玻璃窗拉开了，钱支书老婆露出头来，冲楼下说："涌泉不在家。"听到楼上有人说话，老卡退到村街上，见是钱支书老婆，刚要问钱支书上哪去了，楼上的玻璃窗却关上了。

老卡又"咣咣"地敲大铁门，钱支书老婆不高兴地又拉开玻璃窗伸出头来说："卡叔，大清早的你有啥事？"

"我有事找书记呢。"

"不是跟你说了，涌泉不在家，昨天到县里工地结账没回来。"

老卡"噢"了一声，转头看看走了没多远的老马头，一边小跑着一边喊："老马叔，你走恁快干吗！"

老马头耳朵有点沉,没听到老卡喊他,还是慢慢朝前走,直到老卡追上他,在他肩上拍了一下,他才猛然停住脚步,看看是老卡,说:"你找钱书记,怎么找我来了?"

"我有话跟你说。"

"你说。"

"我问你,马小槽那次放学没回家你急不急?"

"一家人不是找了一夜嘛!都到派出所去报案了,你说急不急?"

"那是肯定急。"

"知道急你还问我?"

老卡抓着老马头的手,把老马头牵到路边,把夜里听到马德喜家有娃娃哭的事告诉了老马头,最后说:"德喜又不在家,也没见他老婆肚子大,哪来的娃娃,你说?"

老马头睁眼看了看老卡,说:"咦,你叫我说,我知道他家哪来的娃娃?"又说:"别是,别是……"

"别是偷来拐来的是不是?"

"我没说,是你说的。"

"所以我才要找钱书记说一声。"

"那你不跟钱书记说,跟我说干啥?"

"钱书记不是不在家嘛!我才跟你说的。"

"那你去跟村长说,也别跟我说。"

老卡拍了一下脑袋瓜,说:"你看我这人,就没想到跟村长说一声呢。"

"这事可不能胡乱说,要搞清楚再说。"

"我就是叫钱书记去搞清楚的呢。"

"德喜家没有后,从亲戚家过继个娃娃来养也说不准。"

"这倒是,得搞清楚再说,那我先去跟村长说一声。"

两个人在村街上分了手，老马头去地里看庄稼，老卡去村长家。

老卡又敲村长于连环家的大门。村长家的大门不是铁的，是木头的，拍起来没有大铁门响，"呼呼"的。一边敲一边喊："于村长，于村长在家吗？"

半晌，院里的堂屋门才"咯吱"一声开了，于村长披着衣服来开大门，说："这是谁，一大早就来喊魂。"

"是我，老卡。"

"你这人真是的，什么事这么急？连个安稳觉也不让人睡。"

老卡把夜里听到马德喜家有娃娃哭的事跟于村长说了一遍，又说："于村长，这事你得管管，德喜在外边打工不在家，他老婆肚子也没大，哪来的娃娃呢？"

"你看到德喜叔回来了？"

"没有，我夜里听到他家有娃娃哭。"

"你是不是耳鸣，听差耳了。"

"我没有耳鸣，听得真真的，绝对是生下来没几天的娃娃。"

"哎哟，这样大的事你得跟钱书记说，他是村里的当家人，管事。"

"咦，你看你这人，我白投你的票了。"

"我不是不管，有书记呢。"

"钱书记不在家嘛。"

"他不回来了？"于村长见老卡被他堵得说不出话来，又说，"这样吧，你去跟妇女主任说一声，生不生孩子的事她管。"

老卡见没法跟村长再说下去了，就说："那好，我去跟刘主任说一声。"

老卡又急匆匆去了妇女主任刘茂兰家。刘茂兰刚从厕所出来，听到有人敲门，一边应着一边系着裤带一边过来开大门，见是老卡,说:"卡叔,大清早找我有事?"

老卡把夜里听到马德喜家有娃娃哭的事又对刘主任说了一遍。

"如果不是偷的拐的,是亲戚家过继给他的呢?"

"如果是亲戚过继的,马德喜都五十五六岁了,等他把孩子养大,他早上西天了,孩子不成孤儿了嘛!"

"养大养不大,那不是你操心的事。德喜叔家的娃娃到底是哪来的,我管不着,我只管计划生育,他家就一个孩子,也不超计划生育,是不是?"

"钱书记不在家不是?"

"我说卡叔,你有儿有女,真的不知道没儿没女的苦。再说,德喜叔家弄个孩子来家养养,好歹有个后人,也不是什么坏事。"

"你想想,老马头家孙子马小槽放学没回家,老马头一家人找了一夜,还到派出所去报了案,丢了孩子的人家,还不跟老马头家一样,急死了。"

"这事,你最好去跟钱书记说一声。"

老卡忙活了半夜带一大早,没人愿意管这事,心里很不是滋味。离开刘茂兰家,他心里愤愤地想,下回再选村长妇女主任什么的,想选谁选谁,反正我是不投票了。

老卡回家的时候,故意绕到马德喜家那条路,经过马德喜家时,见大门关得紧紧的,他伸长脖子朝院里看,没看见马德喜,也没看见马德喜老婆,支棱着耳朵听听,也没听到娃娃的哭。他走得慢吞吞的,很想听到娃娃的哭声。但是没有,马德喜家就像没人一样,一点响动也没有。

上午和下午老卡在钱支书家门口转了好几趟,也没看到门口有车,直到傍晚的时候,老卡又转到钱支书家,看见钱支书的车停在大门旁,知道钱支书回来了,急忙去找钱支书。

钱支书听了老卡的讲述,觉得是个问题,很严肃地说:"老卡,你可听真了?"

"我耳朵又不聋,听得真真的。"

"德喜叔不是在南方打工吗?是在苏州,还是在无锡?"

"德喜有可能回来了。"

"你看到德喜叔了?"

"没有,连他老婆也没看见出来。"

"德喜叔家的娃娃是偷来的拐来的,还是怎么来的,必须搞清楚再说,你到外边不要乱说瞎说。"

"钱书记,这你放心,事情没搞清楚,我是不会对人乱说的。"

"如果是偷来的拐来的,那事情就大了。"

"我就考虑这事,才急着跟你说一声。丢了孩子的人家,还不急死了。"

"是啊,孩子丢了那还不急死个人。"

"钱书记,你这就去吧,越早了解情况越好。"

"我刚回来,累了一天,先歇歇,吃过饭,我去问一下。"

"咱得替丢孩子的人家想想不是。"

"是的是的。"

"那我等你的信。"

老卡睡到半夜醒了,又穿衣起床到村里村外转了一圈,之后就转到了马德喜家院外,靠在树干上,支棱着耳朵,听屋里有没有娃娃哭。马德喜家黑灯瞎火的,一点儿动静也没有。老卡想,我就不信听不到娃娃哭,他蹲在树下等了两个时辰,也没听到娃娃哭。老卡心里有点发虚了,难道真是昨天夜里听差耳了?他拍拍右耳,又拍拍左耳,耳朵没问题呀。昨天夜里确确实实听到有娃娃的哭声从马德喜家传出来。老卡正胡思乱想着,马德喜家果然传出娃娃的哭声,一声,两声。接着,他看见屋里的灯又亮了。老卡悬着的心放了下来,又侧耳仔细听听,真的没错,马德喜家有个小娃娃。他连忙朝钱支书家跑,看到钱支书家黑灯瞎火的,忽然想起来,这才半夜呀,吵醒人家两口子睡觉,算啥事呢。娃娃就在马德喜家,又跑不了,等天明再跟钱支书说也不迟。老卡这样想想,又在浓稠的夜色里遛弯去了。

第二天上午,老卡精神抖擞地去找钱支书,他觉得钱支书昨晚一定把马德喜家娃娃的情况了解清楚了,他想尽快知道马德喜家的娃娃到底是哪来的。谁知,钱支书老婆说钱支书天一亮就到窑厂去了,要老卡到窑厂去找。老卡来时的精气神一下子泄了,有些失望地说算了算了,我等钱支书回来。

老卡想,我就在村街上等,钱支书的车一回来就能看见。老卡这样想着,就慢慢悠悠地在村街上走着。自打钱涌泉当了支书,村里的变化是有目共睹的,原来这村街上,人也走,猪也走,狗撒欢,鸡刨食,狗屎人屎到处都是,不小心就踩一脚,露天粪坑敞着口,臭气熏天;柴堆、草堆、碎石堆把巷道堵得满满当当,根本没法走人。去年村里搞环境整治,草堆柴堆都清走了,砖堆石堆也码放得整整齐齐,露天粪坑也统一用水泥盖板盖上了,村街铺成了水泥路,巷道里也铺了砂石,村庄环境、卫生面貌有了明显的改善。别说外人来村里觉得环境好,就是本村人心情也十分舒畅。可惜啊,就是村里人见少了。老卡一会儿看看左边的巷道,一会儿看看右边的巷道,巷道像个直筒子,一眼望到头,心情很是愉快。老卡远远地看见马小槽爷爷老马头坐在大门旁,想过去跟老马头再说说马德喜家娃娃的事。忽然看见一个三十多岁的陌生人骑着自行车从对面过来,见了老马头停下来,把车子支好,跟老马头打声招呼,从黑皮包里掏出一张纸给老马头看。老卡急忙走过去,也跟着一起看,原来是张寻人启事。

陌生人姓唐，是安徽淮南人。这从寻人启事上可以看出来，他寻的人是他的儿子，叫唐小明，三岁时跟奶奶在广场上玩走丢了，全家人找翻天也没找到，他只身出来找儿子已经整整四年了，头发披散着，胡子拉碴的。陌生人问老马头和老卡，见没见过这么个小孩，今年七岁了，应该是小学生了。老马头眼花看不清寻人启事上的照片，起身到屋里去拿眼镜，老卡突然想到了马德喜家的娃娃，接过寻人启事，仔细端详了半天，心里想，肯定不是马德喜家的娃娃，马德喜家的娃娃还是个奶娃娃，然后摇了摇头说没见过。这时老马头也拿着老花镜出来了，接过寻人启事，看了又看，也摇摇头说没见过。

老卡说："都四年过去了，孩子也长变了，就是见了面也认不出来呀。"

陌生人带着哭腔说："儿子走丢了以后，奶奶没过两年忧郁而死，老婆说他找不到儿子回去就跟他离婚。"

老马头叹口气，老卡也叹口气。

老卡对陌生人说："他孙子放学一夜没回家，一家人找了一夜，你问问，是不是？"老卡说完，指了指老马头。

老马头对陌生人说："我们给你留意一下，看看有没有这么个孩子。"

老卡接着说："是啊是啊，如果看到这孩子，我们跟你联系。"

陌生人听了老马头和老卡的话，扑通一声跪下来，说："谢谢，你们都是好人啊。"

老卡连忙把陌生人拉起来，说："将心比心，谁家的孩子丢了谁不急？你留几张寻人启事，我给你在村里贴贴，让村里人也帮你找找。"

陌生人连忙从包里掏出一卷纸，抽了两张给老卡，说："谢谢大叔了。"又说："你们在家歇着,我再到别的村去找一找。"说着,推了自行车就走。

陌生人没走多远,老卡连着喊："哎,哎,你站下。"

陌生人停下来,说："大叔还有事?"

老卡走过去,拉着陌生人来到大盘子家的超市,买了几瓶矿泉水,又买了一包饼干送给陌生人,说："你出来千里寻子不容易,这几瓶水和饼干带着路上吃。"

陌生人感动的不知说啥好。老卡说："快走吧,再到别的村去找找。"

陌生人推着自行车一步三回头地看着老卡,老卡朝前摆了摆手,示意陌生人赶路,陌生人这才骑上车子走了。老卡在身后喊道："要是找到了,别忘了跟我说一声。"

陌生人说："找到了,我会来这里谢谢你的。"

望着远去的陌生人的背影,老卡心里酸酸的,四年了,一个村子一个村子地找,天下这么大,要找到哪天呀。然后,回家用铁勺打了点面糊,把陌生人留下的两张寻人启事,贴在了村街旁的山墙上。

老卡看着自己贴在山墙上的寻人启事,又想到马德喜家的娃娃。如果马德喜家的娃娃是偷来的或是拐来的,丢娃娃的人家,不是也要像刚才那个陌生人一样到处去找吗?老卡急着去找钱支书,问问马德喜家的娃娃是怎么来的。

老卡在路上遇到了钱支书的车。老卡招招手,钱支书把车停在老卡身边,落下车窗玻璃,探出头来说："卡叔,我问过德喜叔了,他家的娃娃是亲戚家过继给他的。"老卡刚要说什么,钱支书的小车咪溜一下开走了。望着钱支书的小车屁股,老卡琢磨了半晌,不对啊,马德喜的几家亲戚都在村里,外村根本没有亲戚,难不成是他老婆娘家亲戚的?老卡跟着钱支书的车追到钱支书家里,想把马德喜哪里的亲戚问清楚。

老卡来到钱支书家时,钱支书刚打开车门要上车,见老卡跟来了,问道:"卡叔还有事?"

"我想问问是德喜家什么亲戚。"

"是德喜叔远房侄子家的娃。"

"男娃女娃?"

"女娃。"

"如今男娃女娃都那么娇贵,他侄子为什么不要了?"

"他侄子也在南方打工,要了娃养不起,想等以后有钱了再生。"

"他家哪里来的远房侄子?"

"卡叔,事情搞清楚了,就别在卡了。卡来卡去,也没什么意思。"

"我不是卡,刚才还遇到一个外省人来村里找孩子呢。"

"卡叔你慢慢遛啊,刚接杨镇长电话,我得到镇上去一趟。"

钱支书开车走了,老卡愣愣地站在村街上,心里还在想,马德喜哪有什么远房侄子?沾亲带故的亲戚都在村里,这是他胡说八道,编的。老卡又回到马小槽爷爷家,见老马头还蹲在大门旁,走过去,把刚才钱支书的话说给老马头听,然后说:"马德喜家哪里有远房侄子?"

老马头看了看一脸认真的老卡,说:"马德喜五十五六岁了,也是奔六十的人了,一辈子没有生出个孩子来,真叫他家断种绝后?钱支书把事情搞清楚了,你就别卡来卡去了。"

听老马头这么一说,老卡心想,不是我叫他断种绝后,是他生不出来,自己断种绝后的。这时,老卡忽然想到了派出所,不如跟派出所说一声,派出所来人一了解,什么情况不就清楚了嘛!老卡连招呼也没跟老马头打,就急急忙忙地走了。

老卡来到大盘子家的超市，大盘子热情地问他要买啥。老卡说不买啥，想打个电话。大盘子说你打。老卡拿起话筒，听到听筒里"嘟嘟"响，半晌又放下来，不打了。

大盘子说："老卡，怎么不打了？"

"我没有派出所的电话号码。"

"你要给派出所打电话，报什么案？"

老卡就把两天夜里听到马德喜家有娃娃哭的事说了一遍，然后说："德喜家的亲戚都在村里，哪来的什么远房侄子？叫派出所人来一趟，要是偷人家的拐人家的，给人家送回去不就完了嘛。"又说："我刚才买东西给的那个人，是安徽来找儿子的。他家儿子丢了四年了，今年都七岁了，骑个车子，一个村子一个村子找，天下这么大，村子这么多，找到哪天能找到？怪可怜的不是。"

"不生孩子不知肚子疼，哪家的孩子丢了哪家不找？"

"就是这话。"

"派出所的电话你应该知道！"

"我真不知道。"

"110嘛！"

"这又不是什么急事，我只是想跟他们说一声，让他们来人了解一下情况。"

老卡给派出所的电话没打成，没想到，在超市里跟大盘子说的话却在村里流传开来，有人跟他打听："听说你闲着没事，弄了个娃娃来家养？"

老卡听了一愣，说："是马德喜弄了个娃娃来家养，又不是我弄了个娃娃来家养。"

"在哪弄来的？"

"我知道哪弄来的？你去问马德喜。"

老卡决定亲自到镇派出所去一趟,跟派出所人说一说,是偷来的拐来的,还是抱养的远房侄子过继的,搞清楚就行了嘛。

老卡反正也没有什么事,整天在村里村外闲遛,干脆就往镇上遛。

老卡出了村,走到半路,碰到从镇里回来的二歪。

二歪停了摩托车,两腿撑着地,跟老卡说话:"老卡,上镇里去?"

"我想到派出所去。"

"报案?"

"不是报案,我只是觉得德喜家娃娃来的蹊跷,想跟派出所人说一声。"

"那不还是报案嘛。"

"叫派出所人来了解一下情况,哪里是报案。"

"一样的,一样的。"

"不一样,说一声跟报案不一样。"

"老卡,你不能去,派出所来人了解情况,如果娃娃真的是偷来的拐来的,娃娃被抱走了,钱也没有了,德喜不是赔大了吗?他会跟你拼命的。"

老卡认真想了想二歪说的话,就说:"那我不去说了,回家。"

二歪要骑摩托车带老卡,老卡不让,说从来没坐过摩托车,怪吓人的。撑不住二歪磨叽,老卡只好坐上摩托车,生怕掉下来似的,两手紧紧抱着二歪的腰。

不光老卡没有想到,就是钱支书和村里人也没有想到,当天下午,村里忽然来了三辆警车,车顶上的警灯"哇呜哇呜"一直响,红光蓝光一闪一闪的,直奔马德喜家,警察下车后,房前屋后都站了人,把马德喜家围了个水泄不通。马德喜老婆抱着孩子准备跳窗朝后山跑,被警察抓住了。孩子被女警察抱走了,马德喜也被带走了。

消息立马风一样刮遍了全村。

陈三思见了老卡说:"你报的案?"

"我没报案。"

"你没报案,警察怎么来了?"

"我真没报案,不信,你去问二歪。"

"听说你找过钱书记,找过于村长,还找过刘主任。"

"都找过,但我没报案。这个,二歪可以给我证明的。"两人正说话,刚好看见二歪骑摩托车从窑厂回来,老卡急忙说:"二歪,是不是?"

"什么是不是?"

"我没报案。"

"我知道,他想去派出所报案,被我拦住了没去,但不知道打没打电话报案。"

"电话也没打,我不知道派出所的电话,不信,可以去超市问问大盘子。"

"你就编吧,三岁小孩都知道110,你不知道,谁信。"

"报没报案你知道,这回马德喜是赔大了,孩子没有了,钱也没有了,鸡飞蛋打一场空。"

"我真的没报案。"

老卡再怎么说,也没人听了。人散了老半天,老卡还呆呆地站在马德喜家的大门口,马德喜老婆出来关大门,老卡一见马德喜老婆,就说:"我没报案。"马德喜老婆听也没听,把大门狠劲"咣当"一声关上了。

老卡觉得冤枉死了,回家的路上,看见马小槽爷爷老马头坐在大门旁,就说:"我没报案。"经过大盘子的超市时,冲着超市门口的大盘子说:"我没报案。"

这之后,老卡见了村里人就说:"我没报案。"

陈三思到超市来,对大盘子说:"老卡这人是不是神经了,怎么跟祥林嫂差不多。"

这天夜里,老卡正迷迷糊糊睡觉,猛听大门"咣当"一声响,立马坐了起来,心想,这是什么东西砸到大门上了?连忙爬起来,开门出来,见天黑漆漆的,什么也看不见,又回屋里找出手电筒,照了照大门,心里一惊,我的娘哎,大门被一块三角六棱的大石头砸了一个洞。打开大门一看,夜色浓稠,村街上连个人影儿也没有,老卡心想,这是哪个坏种干的缺德事,明天得跟钱支书说一声。老卡生怕有人再使坏,藏在不远处的墙角里,窥视着家里的大门,一直等到天蒙蒙亮,也没见到一个人影。

天亮以后,老卡找到钱支书,把家里大门夜里被人砸坏了的事说了一遍。老卡说:"马德喜家娃娃的事,真的不是我报的案。"

钱支书说:"我知道你没报案,就是报了案也是对的。我都被德喜叔骗了不是?要是娃娃来路正,警察会找上门来?"又安慰老卡说:"砸门这事我帮你查查,查出来非治治他不可。这还得了,要是出了人命咋办!"

老卡从钱支书家出来后,在村街上见了村里人,刚想打招呼,不料,村人见了他,却朝巷道里走去,不愿和老卡说话。老卡冲着巷道那人的背影说:"我没报案,是公安自己来的。"

老卡很无奈,也很无助,觉得没法在村里生活了,就跟在城里打工的儿子联系,儿子在城里给他找了个工作,老卡在编织袋里装了几件单衣和几件春秋棉衣,也到城里去了,在一家花木园艺公司上班,整天在街上修花剪草。

老卡的结还是派出所的人给解开的。

原来马德喜家的娃娃是马德喜在南方打工时叫人家帮忙从网上花两万块钱买的,网上贩婴案破了,公安跟踪追击,找到马德喜家，解救了被拐卖的婴儿。马德喜不光交了罚款，还被判了三年有期徒刑。

后来，老卡知道了这事，对老婆说："我是当年大队里的治保员，还能连这点觉悟都没有？听到马德喜家有娃娃哭，我就觉得这娃娃来路不明，他家亲戚都在村里，哪有什么远房侄子？我断定不是偷来的，就是他从南方拐来的，没想到他是从网上买来的。这人口又不是什么东西，可以随便买卖。"

老婆说："连村子都回不去了，还嘴硬！"

老卡眼一瞪："别说我没报案，就是真报了案，他能说我什么？我是不想回去。"

找　牙

　　胡大风老婆秀芹听见摩托车响,伸头向院里瞧瞧,没看见人,遂扯着嗓子喊:"大风,金牙找到了没有?"半晌没听到答应,秀芹走到院里,又扯着嗓子喊,"大风,金牙找到了吗?"
　　"喊什么喊?我在厕所里。"
　　"你个熊人,夜里睡路边受凉冻着了吧?"
　　"钱书记叫我找金牙。"
　　"钱书记叫你拉屎找金牙?这不是糟蹋人嘛。"
　　"钱书记说可能跟小鸡骨头一块咽进肚里去了,要我把金牙拉出来。"
　　"你拉吧,一个金牙好几千块钱,不找可惜了。"
　　胡大风老婆秀芹说完,听厕所里啪一声响,又啪一声响,说:"大风,找不着金牙,你也不能打自己的脸哎。"
　　"再胡说我弄死你!蚊子叮屁股,我打蚊子呢。"
　　"我听着扇得啪啪响,还以为你找不着金牙气得扇自己的脸呢。"
　　"快把杀虫剂拿来,杀杀蚊子,这蚊子比苍蝇还大,咬死我了。"
　　秀芹赶紧到屋里拿来杀虫气雾剂,送给厕所里蹲坑的胡大风,厕所里接着响起一阵"呲呲"的喷药声。

半包烟吸完了,胡大风也拉得大肠头疼,只拉下来几个冻块子,肚子不疼了,擦了屁股,提着裤子出来,想,拉不出来,是不是金牙把肠道堵上了?这样一想,胡大风两腿索索抖起来,提着裤子连哭带喊地说:"秀芹,我活不了了,吞了金子的人会死的。"

秀芹连忙从堂屋里跑出来,一边搀着胡大风一边说:"说什么丧气话,没拉出来再拉嘛。"

"拉得我头晕。"胡大风一边躺在沙发上一边说,"中午多吃点,看看晚上拉不拉。"

秀芹说:"我去谁家菜园找点韭菜炒炒,说不准能把金牙带出来呢。"

"快去快去,越多越好。"

胡大风中午吃了两盘子韭菜,一碗米饭,肚子撑得圆溜溜的,躺在沙发上不能动。胡大风一个下午肚子发胀,也没有便意,一直到晚上十点多钟,感觉有了便意,连忙钻进厕所,吭哧吭哧地用劲,果然拉出来了,喊老婆拿来一根树棍。黑灯瞎火的看不见,又要老婆找手电筒。家里没有手电筒,秀芹连忙跑到大盘子家的超市买了一把,胡大风在厕所里扒拉来扒拉去,也没找到金牙,打电话给钱涌泉说:"钱书记,没找到金牙。"

"你不是学过生理常识嘛,没拉出来,说明金牙还没运行到肠道里。你拉上三天找找看,要是找不到金牙才怪了呢。"

胡大风放下手机,对老婆说:"钱书记说金牙还没运行到肠道里,要我拉三天找金牙。"

"那你就拉三天看看,拉不出来再说。"

胡大风昨天晚上喝大了,睡到半上午才醒,想叫老婆倒杯水喝,喊了两嗓子,觉得哧哧漏风,手指伸进嘴里摸摸,心里一愣,连忙爬起来张大了嘴照镜子,不禁大吃一惊,嘴里的金牙没有了,跺着脚骂道:"哪个人把我金牙抠去了?"他两手捧着镜子来到大门外,在阳光下张大嘴,左看右看,镶在上牙右侧的那颗金牙真的没有了。

这时胡大风老婆秀芹从外面回来,看见胡大风举着镜子照来照去,说:"我就不相信,一堆牛屎能照成一朵花?"

胡大风张着嘴凑到秀芹脸前,说:"我金牙没有了。"

秀芹把胡大风的嘴朝旁边推了推,说:"去去去,比粪坑还臭,熏死人了。"

胡大风放下镜子说:"金牙昨天晚上还在,睡了一夜怎么没有了?哪个人把我金牙抠去了!"

秀芹说:"你看你昨晚喝得那个熊样,半夜三更睡在大路边,要不是大盘子跟陈三思两个人用小四轮把你送来家,冻死被狗吃了都不知道。"

胡大风一愣,随口说:"是不是大盘子和陈三思把我金牙抠去了?"

"这话你可不能胡说,人家两个人好心好意半夜把你送回来,你反说人家抠了你的金牙,要是让大盘子知道了,还不闹翻天?"

"那你说,我金牙弄哪去了?"

"我怎么知道你嘴里的金牙弄哪去了?还不赶紧去跟钱书记说说。"

胡大风骑了摩托车一阵风似的去了野味馆,又一溜烟去了村支书钱涌泉家,钱涌泉不在家,他掉转车头又去西山下的窑厂,见钱涌泉正跟老苗支书说话,便停下摩托车,等了半晌,见老苗支书走了,连忙喊:"钱书记。"

"我要到城里几家工地看看结砖账,什么事,等我回来再说好吧?"

胡大风见钱涌泉要走,连忙说:"钱书记,我金牙没有了。"

"这不是笑话嘛!金牙在你嘴里,怎么会没有了呢?"

"不信,你看看。"胡大风说着,张大嘴给钱涌泉看。

钱涌泉朝胡大风嘴里瞥了一眼,黑咕隆咚的啥也没看到,说:"什么时候丢的?"

"昨天晚上还在,睡了一夜,今天上午起来没有了。"

"几个人喝的?"

"四个。老苗书记、于四孩、二歪跟我。"

"喝酒时金牙在不在?"

"在,金牙不在,怎么吃东西?"

"是不是跟小鸡骨头一块儿咽进肚里去了。"钱涌泉笑笑说。"回家上厕所找找,如果跟小鸡骨头一块儿咽进肚里去了,准能拉出来。"又说:"县里把咱村定为明年省美丽乡村建设试点村,我得多筹点钱,搞美丽乡村建设。"钱涌泉说完,开车走了。

望着钱涌泉的车屁股,胡大风忽然觉得肚子疼,翻着疙瘩拧着劲地疼。他两手抱着肚子抵在摩托车的车座上,还是疼,又抱着肚子抵在车把上,还是不行,在地上蹲了半晌,觉得肚子不是那样疼了,想想刚才钱涌泉说的话,心里疑疑乎乎地想,说不准,真有可能跟小鸡骨头一块儿咽进肚里了,于是赶紧骑上摩托车朝家跑,一头钻进厕所里,吭吭哧哧拉了半天,只拉了几个冻块子。

三天后,胡大风还是没有把金牙拉出来,又去找钱涌泉。

钱涌泉说:"你拉了三天没拉出来,这说明金牙不在你肚里。"

"不在肚子里,那就是被人抠去了,你说怎么办?"

"你问我怎么办?金牙没有了你报警啊!叫镇派出所郭所长给你找,郭所长要是找不到,县公安局还有狼狗,叫狼狗帮你找。"

钱涌泉提醒了胡大风,胡大风打了电话,半个小时后,郭所长的警车"哇呜哇呜"地开进了三水湾,在大盘子超市门口停下来。郭所长从车上下来,走到超市门前,问大盘子胡大风家住哪里。

大盘子以为胡大风犯了法,吓得不敢说话。正在这时,胡大风急三火四地朝警车跑来,一把抓住郭所长的手,喘了半晌才说:"郭所长,我是胡大风,县城市修缮公司总经理。"

郭所长看了一眼胡大风,觉得这人有点牛哄哄的,而后又看了一眼大盘子,这才领胡大风上了警车,呜的一声朝村部开去。

警车走了,大盘子吓出一身汗,对来看景的老马头说:"大风被公安带走了。"

村里最近来过三回警车,上一回来,把村里的马德喜带走了。马德喜在南方打工,从网上买了个孩子回来,案子破了,来了七八辆警车,连人带孩子一块儿带走了;第二回来,是二嫂家的陈文强把苗永清儿子苗武的小腿戳了个窟窿;这回警车又来了,把胡大风带到村部去了。消息不一会儿就传遍了村里,大盘子家超市门口围了一群老头老太太还有抱着孩子的小媳妇,人心惶惶,七嘴八舌,说不清胡大风犯了什么事。

在村部里,胡大风把三天前下午从城里回来,在村头遇到老苗支书,老苗支书拉他去野味馆,又打电话找来于四孩和二歪,四个人在野味馆喝到半夜,酒喝大了,回家时在村里路边大树下睡着了,听老婆说是大盘子和陈三思两个人用小四轮把他送回家的,然后说:"我找钱书记,他说金牙可能让我咽进肚里了,叫我拉三天找找。我拉了三天没找到,钱书记才叫我报警的。"

郭所长听胡大风说完,问道:"大盘子叫什么?"

"卢玉花。"

"二歪叫什么？"

"吕建新。"

"卢玉花和陈三思跟你有没有什么过节？"

胡大风歪着头想了半天，对郭所长说："我跟大盘子有过节。"接着把前年他没借钱给大盘子开超市的事说了一遍，说："一个老娘们，我怕她超市开不起来，瞎了我的钱，就没借。"

"就是刚才超市门口那个女人？"

"就是她，因为屁股大，村里人都叫她大盘子。"

"我没叫你说这些。"

"是是是，我是提供信息给你参考的。郭所长，很可能是大盘子记恨我没借钱，趁我在路边睡着了，跟陈三思两个人合伙把我金牙抠去了。"

郭所长看看胡大风，说："你和陈三思也有过节？"

"陈三思今年六十岁了，比我大二十岁，小时候不在一起玩，也不是同学。见了他，我都喊三叔。他儿子陈文勇在县城站前街开小饭馆，我经常到他那儿吃饭呢。"

郭所长说："你经常去吃饭，欠不欠陈文勇的饭钱？"

"不欠不欠，一个村里的人，哪次去吃饭，文勇都给优惠，少收钱，很够意思。"

这时，郭所长的手机响了，接听后对胡大风说："胡大风，你不要乱猜疑，也不要胡乱说，我们公安办案是靠事实说话的。今天就先了解这些情况，我要到县局去开个会。"

"那我的金牙不找了？"

"谁说不找了？找金牙也得有个过程，有什么情况，我们会及时通知你的，也希望你及时给我们提供信息。"

警车开出村部院子大门时，村部门口围了一群看景的人。村里人以为警车会把胡大风带走，没想到，警车走了，胡大风却留下来了。

第二天，郭所长开着警车又来了。这回郭所长没有找胡大风，而是让钱涌泉把大盘子叫到了村部，询问大盘子那天晚上送胡大风回家的事。

一番常规询问后，郭所长让大盘子把那天晚上送胡大风回家的事说一说。郭所长说："我们只是了解情况，你要如实向我们反映情况。"

大盘子说，那天下午她和陈三思到城里小商品城去进货，回来天晚了，过了镇子四五里路，小四轮一个车轱辘没气了，陈三思卸下来，扛了好几里路，到镇上一家车行补胎，补完胎又扛回来安上，快一点钟了才回到村里，看见路边树下睡个人，停车下来一看，原来是胡大风，一身的酒气，能熏死人。他们赶紧把车开回家，卸了货，搬进超市，又开车回来，见胡大风还睡在路边，这才把胡大风抬到车上送回家。

听完大盘子的讲述，郭所长说："你看没看见胡大风的金牙？"

"三更半夜黑咕隆咚的，再说，他喝醉了，我跟三思两个人抬他时，他一声都没吭还呼噜呼噜睡，怎么能看到他嘴里的金牙呢？"大盘子说完，突然问："你们不会是怀疑我把他嘴里的金牙抠去了吧？"

"我只是问问，了解一下情况。"

"一个小手指盖大的金牙，值几个熊钱？我抠他的金牙，别脏了我的手。郭所长，我和三思是学雷锋做好事，不把他送回家，在路边睡一夜，还不冻死他。"

郭所长又让钱涌泉把陈三思找来，陈三思是个言语不多的人，把那天晚上的情况说得跟大盘子一样，之后，再也没说什么。

天晚了,钱涌泉要留郭所长到野味馆吃饭,郭所长不去,说现在正开展"两学一做"活动,中央还有八项规定,吃不吃饭不要紧,要紧的是把群众的事办好,把胡大风的金牙找到。一颗金牙不大,但放在公安工作的天平上就有分量了,就成公安工作的试金石了。

钱涌泉隔着车窗朝郭所长摆摆手,然后目送警车越走越远。

郭所长走了,钱涌泉自言自语地说,胡大风干几年修缮工程有点牛哄哄,嘴里金牙让人抠去了都不知道,这算什么事。

一个星期后,胡大风安排好工地上的事,骑摩托车回三水湾,找到钱涌泉,又说起了金牙的事。

钱涌泉对胡大风说,郭所长来村里找过大盘子和陈三思了解情况了,他们都说没看到你的金牙。天黑得跟个锅底似的,再说你也醉得跟个死狗似的,连话都不能说,他们怎么能看到你的金牙?我觉得他们两人不会抠你的金牙。往大了说,他们是学雷锋,做好事,看你睡在路边,怕你冻死,才把你送回家的。往小了说,也看你是一个村里的人,不把你送回家心里过意不去,是不是?如果他们不送,你不冻死也得被狗吃了,信不信?

胡大风低头想想,也确实是这样,如果不是大盘子和陈三思把他送回家,冻不死也差不多被狗吃了。胡大风说:"除了他们两人,我还跟老苗书记、于四孩、二歪一起喝的酒。"

"这我知道,你那天不是说过了嘛。你能不能给郭所长提供点有价值的信息?"

胡大风小声说:"钱书记,我怀疑老苗书记有可能。"

"你别胡说,老苗书记人很正派。"

"你不知道,他曾经想要我几万块钱。"

"有这事?"

"没这事,我还能瞎说?"

"我打电话给郭所长,让郭所长来调查一下。"钱涌泉说完,立马给郭所长打电话,要郭所长来村里一趟。

两天后,郭所长开着警车又来三水湾,叫钱涌泉把老苗支书找到村部来。

老苗支书是村里原来的老支书,前几年因为把村里最好的一块地给钱涌泉建窑厂烧砖了,将陈三思的二亩地变成了孤岛,后来受了处理,支书不干了,现在在钱涌泉的窑厂搞管理。老苗支书和郭所长都是老熟人,老苗支书当支书时郭所长就来镇派出所当所长了,听说找他来是了解胡大风金牙的事,笑着对郭所长说:"我怎么可能去抠他的金牙呢?谁不知道我是三水湾的老书记?如果去抠胡大风嘴里的一个小金牙,我连一分钱也不值了。"

"老苗书记,我没说你抠胡大风的金牙,我是来了解一下你们那天晚上几个人喝酒的情况。"

"四个人喝了四斤桃林大曲,都喝大了,我头晕,走路腿打晃,要不是我老婆来找我,我也睡在路边了。"

"听说你找胡大风要过钱,干什么用的?"

"郭所,胡大风狗嘴里能吐出象牙来?"

"那是怎么回事?"

老苗支书掏出烟,递给郭所长一支,又递给小警察一支,郭所长说小警察不吸烟,老苗支书才把烟放到自己嘴边叨着,然后,给郭所长点上火,又给自己点上火,吸了一口,说:"这小子不是在县城搞了个什么修缮公司嘛,专门掏化粪池下水道、修屋顶漏雨漏水什么的,手里有两个熊钱,我那会儿还在村里干支书,想把村里的两条主干道修成水泥路。村里没钱,你是知道的,我想让他赞助个十万八万的。我说得两嘴角全是白沫,这小子一分钱不掏。他还是不是三水湾人?回家来还走不走村里的路?"老苗支书吸了口烟接着说:"我又不是让他白掏,他掏钱修路，我在路头给他立块碑，几十年后，村里人还能不知道这路是他赞助修的。你说这是好事还是坏事？我是替他扬名哎。就这小子，还不领情，你说天底下还有这样的人？"

"村里路不是修成水泥路了吗？"

"那是窑厂赚了钱，钱书记拿钱修的。村里的东南西北主干道，连巷道都修成水泥路了，他小子再想掏钱修路也没路修了。你说，他一个金牙就是卖了能修几步路？"

郭所长掏出手机看看时间，说："老苗书记，你的情况我了解了。"

"知道了吧，他就不是人。你不掏钱赞助，就不掏钱赞助，我也没当回事，见了面，该说话说话，该喝酒喝酒，你金牙没有了，不能说是我泄私愤抠的，是不是？"

"胡大风也没说是你抠的，我是来了解情况的，因为跟胡大风一起喝酒的就你们四个人嘛。"

"那天晚上喝完酒，我跟于四孩，还有二歪，看着他一摇一晃回家去的。郭所，要不你再找于四孩和二歪了解了解情况？"

窑厂有人打电话找老苗支书，老苗支书问郭所长还有啥要问的，郭所长说没有了，忙你的去吧。老苗支书和郭所长握握手，挺了挺胸，然后头也不回地走了。

这天天快黑时，胡大风从城里回来，没有回家，先去了钱涌泉家，说："钱书记，一共四个人喝酒，郭所长找老苗书记谈过了，我敢肯定，于四孩和二歪两个人嫌疑最大。你得叫郭所长找四孩和二歪两个人谈谈。"

这天下午，郭所长打电话给钱涌泉，说有事暂时走不开，没有时间到村里去，叫他通知于四孩到派出所去，说说那天晚上喝酒的事。

钱涌泉没有跟于四孩说郭所长找他了解胡大风金牙的事，只说郭所长叫他去一趟。其实于四孩心里清楚,他跟郭所长一无亲二无故,再说既没犯法也没作案,郭所长找他不是了解胡大风金牙的事还有什么事?于四孩本来是想不去的,可一想,还是跟郭所长说清楚的好,省得郭所长三天两头来村里找这个找那个,弄得村里人心惶惶。于四孩开了面包车到镇派出所,等了半个多小时,郭所长办完另一桩案子,才叫他到谈话室去。

进了谈话室,于四孩见郭所长一脸严肃,又见一个小民警拿了笔和纸进来,觉得气氛有点不和谐,对郭所长说:"郭所长,你审我?"

郭所长盯了于四孩一眼,吓得于四孩一哆嗦,觉得郭所长的眼光太冷了,看他像看犯罪嫌疑人似的。于四孩心想,警察干时间长了都这样,看谁都像犯罪嫌疑人。于四孩笑着说:"郭所长,你真要审我?"

"了解一下你们那天晚上和胡大风喝酒的事。"

"老苗书记不是都跟你说过了嘛。"

"他说他的,你说你的。"

于四孩就把那天晚上在野味馆喝酒的事又从头到尾说了一遍:"郭所长,我说完了,可以走了吗?"

"我想了解一下,你们喝完酒以后,又干什么去了?"

"老苗书记说头晕,正好他老婆来找他回家,我和二歪两人到窑厂搓麻将去了。"

"几个人打麻将的?"

"四个人,还有两个人在旁边看景的。"

"那四个人都是谁?"

于四孩心里的火蹭蹭往头上蹿,无奈,这是在镇派出所里,他不能太任性,压住心里的火,把打麻将的几个人都说给了郭所长之后,说:"打麻将的人与胡大风的金牙也有关系吗?"

"你什么意思？为了破案，我们不仅是可以，而且也有权力了解一下情况。"郭所长说完，看了一眼于四孩又说："据了解，你跟胡大风之间还有过节？"

"没有。"

"想想？"

"真的没有。"

"再想想？"

于四孩瞥了一眼郭所长，翻翻白眼，想了半晌说："真的没有过节，我盖楼缺几万块钱，找他借，那时候他老丈母娘看了几年病刚死，手里没有钱，要等等再借给我。我没等，找钱书记借的钱。郭所长，你说，楼都快封顶了，恨不能一天就把顶封上，他让我等等，这不是笑话嘛。"

郭所长点点头。

于四孩见郭所长点头了，说："郭所长，说实在的，大风是怕我以后还不起钱，他才不借给我的。话说回来，都是村里人，乡里乡亲的，今天不见明天见，有钱你就借，没钱你不借，反正我也不能叫他卖血借钱给我。他看不起我，我还瞧不起他那个熊样。一个金牙能值几个钱？抠他的金牙，我怕脏了手，我不会放过他。"

郭所长眼一睁，说："你想干什么？"

"我自己发发狠还不行吗？我能把胡大风怎么着？有你撑腰，他不怕，我怕。"

于四孩在询问笔录上摁了手印之后，昂着头走出派出所，心里说，胡大风真没良心，那晚喝酒，是老苗书记请的客不错，可账是我结的啊。于四孩越想越气，开车去了县城，他要问问胡大风，良心是不是被狗吃了。

于四孩开车之前，给老婆打了个电话，说他从派出所出来了，又说了他要到县城去找胡大风的事。老婆知道于四孩的脾气，怕他惹事，千叮咛万嘱咐，要他有话好好说。于四孩让老婆放心，他不会做违法犯法的事。

于四孩下午在城里找朋友办了点事，快吃晚饭的时候才找到站前街开小馆子的陈文勇，打听胡大风住在哪里，恰好胡大风就在陈文勇小馆子的包间里吃饭。

胡大风在小包间里听于四孩跟陈文勇打听他住哪里，吓得不敢出来。

陈文勇见于四孩气呼呼的，心想于四孩肯定是来找胡大风算账的，就说："四孩哥，大风哥金牙被人抠去了，不是也急嘛。"

"他乱嚼舌头，跟郭所长说我把他金牙抠去了。"

"消消气，今晚别走了，我炒两个菜喝一盅。乡里乡亲的，有话好好说嘛。"

"就是有话好好说，也不能到郭所长那里说金牙被我抠去了，这事我跟他没完。"

陈文勇怕于四孩见了胡大风，真的惹出什么事来，见胡大风没有出来，也就没说胡大风在小馆子里吃饭。

"今晚找不到他，明天我还来找。"于四孩说完，开车走了。

不光陈文勇吓出一身汗，就是在小包间里吃饭的胡大风也吓出一身汗。等于四孩开车走了，胡大风打电话给郭所长，说于四孩到城里找他算账来了，要郭所长保护他的人身安全，救他的命。

郭所长听说于四孩去城里找胡大风，心里也窝了一肚子的火，说了句"还真反了他了"，就挂了电话。

第二天上午，郭所长到村里找钱涌泉，要把于四孩带到派出所去谈谈。

村里人见郭所长的警车又来了，都围过来看景，听说要把于四孩带到派出所去，以为胡大风的金牙被于四孩抠去了，一村的人都在传讲。

于四孩不去，对郭所长说："我一没犯法，二没抠胡大风的金牙，凭什么带我去派出所？现在是法治社会，你郭所长也不能不讲法治！"

郭所长说："我们找你是了解情况的，你找胡大风干什么？"

"我找胡大风也是了解情况的，我想问问他有没有人证明是我抠了他的金牙？"

"谁说你抠了胡大风的金牙？"

"胡大风跟你说的。胡大风不跟你说，你们会找我了解情况？"

"你想干什么？"

"我什么也不想干，什么也都想干。"

"你不要干扰公安破案，我们正在调查了解情况，如果你再找胡大风的麻烦，别怪我不客气。"

"我找他的麻烦？这不是天大的笑话嘛！他血口喷人，像疯狗一样到处乱咬，我得把他那几颗好牙给掰下来，叫他都换上金牙。"

"胡大风带着村里人在城里干活儿，是领着乡亲们走共同富裕道路，是为村里人做好事。你要是这样做就是有犯罪动机，有犯罪动机，我就可以把你带到派出所去谈谈。"

"胡大风真是小蚂蚁献血，精神可嘉。他欠马营长三千块钱，好几年了也没还。马营长哪次回家不找他要钱？你问问村里人，谁不知道？"

"哪个马营长？"

"我们村里的马营长！"

能说会道的于四孩把郭所长气得脸铁青，打电话要钱涌泉把于四孩带走。于四孩说:"事情没说清楚,我哪里也不去。"

"于四孩,我告诉你,敢动胡大风一根汗毛,我叫你吃不了兜着走,非数几天屋笆不可。"

"郭所长,别说我说话不好听,你要是敢叫我数屋笆,我非到北京去告你不可。"

郭所长听了一愣,本想说几句大话吓唬吓唬于四孩,没想到于四孩不吃那一套,胡大风的金牙没找到,再弄出个上访户,那麻烦可就大了。

钱涌泉一看于四孩上来犟劲,忙把郭所长拉到村委会里去说话,又叫人把于四孩拉走了。

钱涌泉说了些什么话,郭所长一句没听进去,他想的是刚才于四孩说胡大风欠马营长工钱的事……又向钱涌泉了解了一下马营长的情况,这才回镇里。

于四孩到城里找账,吓得胡大风十多天没敢回家,一边在城里带着人抽化粪池掏下水道,一边等郭所长的电话,他希望早日接到郭所长的电话,早一天找到金牙。十多天没回家了,他打电话给老婆秀芹了解情况,秀芹把郭所长到村里找于四孩的事说了,又说:"你就手指头大点个胆,于四孩能怎么着你?他要是叫你断条胳膊少条腿,他是知法犯法,郭所长也饶不了他。"

胡大风听老婆秀芹这么一说,心里终于松了口气,遂给郭所长打电话,想问问情况。郭所长说他最近事务比较多,叫他先找一下村里的钱书记,让钱书记帮着查一查。

"钱书记又不是警察,找他有啥用?"

"你是村里人,你的金牙没有了,他也不能不管,村里的治安他也有责任。"

挂了电话,安排了业务,天快黑的时候,胡大风才骑摩托车回到村里,去找钱涌泉,他要向钱涌泉转达郭所长的话。钱涌泉到镇里刘镇长那里去了,一直等到晚上十点多钟,钱涌泉才从镇里回来。

胡大风见钱涌泉回来了,像见亲人一般迎上前,说:"钱书记,是郭所长叫我来找你的。"

"郭所长叫你来找我?你报了案,郭所长有责任帮你找金牙,这就是说你的金牙案已经进入司法程序了,找我有什么用?"

"郭所长说了,村里的治安村里也有责任。"

"那我也不能搞逼供信,要是弄出事来,我这书记还干不干?"

"你要不给我找金牙,我只有死给你看了。"

"你要真想死,到外边去死。"

"钱书记,你真想叫我死啊?"

"为了一个小花生米大的金牙,你就真的想死?死不死你自己看着办。"

胡大风有些哭笑不得地说:"我,我……"

"如果不想死,你还去找郭所长,他们公安专门查案子,破案子。"

胡大风说:"我在城里人家修抽水马桶,那家半个月内被小贼偷了两次,报了两次案,到现在也没抓到小偷,案子也没破。"

"大风哥,你报了案,派出所就得给你个说法。"

"那天晚上喝酒的人只有二歪还没找,有没有可能是二歪抠的呢?"

"你叫郭所长找二歪谈,我帮他找人可以,叫我谈话我谈不了。"钱涌泉说完看了一眼胡大风,又说,"大风哥,你今天说是这个人抠的,明天又说是那个人抠的,村里人你还相信哪个,我看你以后还怎么在村里住?"

"都是抬头不见低头见的老少爷们,我也不想得罪,可是喝完酒金牙被人抠去了,不是几个喝酒和见过的人干的,你说还能是谁?"

"天晚了,你回家睡觉吧,明天我给郭所长打电话,你也给郭所长打电话,叫他快点破案。"

三天后,胡大风终于打通了郭所长的电话,郭所长说身体有点状况在医院。听说郭所长住院了,胡大风连忙买了水果,在县医院住院部找到了正在病床上挂水的郭所长。

郭所长见胡大风来看他,心里很是感动,说:"你看你那么忙,还来看我。"

胡大风说:"这几天真地很忙,不知道你病了,早知道早就来看你了。"

原来郭所长前几天去三水湾想找二歪了解情况,谁知半路上肚子疼,到医院检查说是盲肠炎,住院开刀,再过几天就可以出院了。

胡大风听了郭所长的讲述,心里很感动,说:"郭所长,你安心养病,我的金牙不忙找。"

"派出所不仅仅是找你金牙一件事,全镇的社会治安都要管。"郭所长说完,看看吊瓶上的点滴,又说:"谢谢你来看我,有事你先去忙吧。"

胡大风见郭所长不想和他再谈下去了,就从包里掏出来一张卡,塞到郭所长的枕头下。郭所长一只手挂着吊瓶,另一只手从枕头底下掏出卡来,塞给了胡大风,说:"大风,你这是干什么?想叫我犯错误?赶紧拿走。"又说:"大风,你要相信,事情总有一天会水落石出的嘛,你说是不是?"

"是是是。"

"你今天说是这个抠了你的金牙,明天又说是那个抠了你的金牙,你在村里就没有一个可以信任的人吗?我不能不怀疑你在村里的为人了。"

听郭所长这么一说，胡大风心里咯噔一下，对郭所长说："郭所长，你放心，全村老少爷们，我都和谐相处得跟一家人似的。不然的话，老苗书记能请我喝酒？"

胡大风离开医院后，觉得最有可能抠他金牙的人就是二歪了。因为二歪前几年曾找过他，想到工程队里干活儿。当时胡大风认为二歪是老苗书记的小舅子，活儿干多干少不好管，工资开少了，老苗书记的面子上不好看，工资开多了，别的工人又有意见。思来想去，胡大风到底没有同意二歪跟他干活儿。后来，二歪到钱涌泉的窑厂干活儿了。郭所长找其他人都谈过话了，唯有二歪还没谈，真的有可能是二歪抠的金牙哦。

又过了十多天，胡大风还是没有接到郭所长打来破案的电话，再去医院想问问郭所长，郭所长已经出院一个多星期了。胡大风心想，如果把没要二歪到工程队干活儿的事儿跟郭所长说了，少不了还要挨郭所长的批；不说吧，总觉得这是个信息，二歪肯定对他有意见。趁这天上午干完活儿，胡大风中午回村里找钱涌泉，把二歪想到他工程队干活儿他没要的事儿说了。还想接着说什么，却被钱涌泉打断了："大风哥，你又要说是二歪抠你的金牙了是不是？我跟你说，你可不能一天到晚胡说八道，人是要讲诚信的，你今天说这个，明天又说那个，这不是说村里老少爷们没一个可信任的了吗？我听老苗书记说，那天晚上你们喝酒，是于四孩结的账。喝完酒，他们三个人是看着你一摇一晃走的。后来老苗书记头晕跟老婆回家了，于四孩和二歪两个人又到窑厂搓麻将，二歪还赢了于四孩一百多块钱呢。"

"他们搓麻将时，二歪出没出去撒尿？撒尿的工夫也把我金牙抠去了。"

"撒泡尿要多大工夫？从窑厂到村里来回好几里路，十泡尿撒完了也回不来。再说，二歪也不知道你在路边睡着了，你不要瞎胡说。"

"那有没有可能是老卡抠的呢？"

"你说老卡叔？他在城里修花剪草，什么时候回来的？你是不是真疯了？老卡叔就是坐飞机回来也抠不了你的金牙，这话说出去，不笑死人了嘛。"

两个人正说着话，听院子里有人粗声大嗓地喊胡大风，要胡大风出来。钱涌泉和胡大风都明白，是二歪来了。

二歪中午吃饭时，听老婆说村里人都说是他抠了胡大风的金牙，当时就气得摔了碗，说："谁说的？"

二歪老婆玉莲说："村里人说是胡大风老婆秀芹说的，几个人郭所长都找过了，就你没找，不是你是谁？"

二歪二话没说，一路狂奔跑到胡大风家，问胡大风老婆秀芹是不是看见他抠胡大风的金牙了，秀芹吓得躲在屋里说胡大风在钱书记家，有本事你去钱书记家找胡大风。二歪又气喘吁吁一路狂奔到钱涌泉家，要胡大风当面说清楚。

钱涌泉走到院里，胡大风影子一般跟在他身后。二歪一看胡大风躲在钱涌泉身后，从旁边窜过去要抓胡大风，被钱涌泉一把拦腰抱住了。钱涌泉严厉呵斥道："二歪，你想干什么！"说完，钱涌泉把二歪拉到一边，"有话好好说嘛，你看你那个样子，想把人吃了是怎么的？"

"钱书记，我跟你有话好好说，我跟他，"二歪指指胡大风，"没有话说，他今天不把我抠金牙的证据拿出来，我非把他一嘴牙都敲下来不行，看他还怎么咬人。"

胡大风趁钱涌泉跟二歪说话的时候，急忙躲进钱涌泉家屋里不敢出来。

二歪说："我姐夫老苗书记和于四孩可以给我作证，喝完酒我姐夫说头晕跟我姐回家了,我跟四孩两个人到窑厂找几个人打麻将,我还赢了四孩一百多块钱呢。你说我什么时候抠的金牙。"

钱涌泉家门前围了一圈看景的人,大盘子叫陈三思看着超市也跑来看景,对看景人说:"大风这个人,满嘴喷粪,他喝醉了在路边睡着了,我怕他冻着,好心好意把他送回家,他能叫派出所郭所长来调查我。我学雷锋做好事,真是瞎了眼。他以后死在路边,我也不会再送他回家了。"

一群人正说着话,二歪老婆玉莲骂骂咧咧来了,胡大风老婆秀芹害怕胡大风挨打也过来看看,两个女人见了面,不容分说,你抓我头发我扯你褂襟地厮打起来。

有人喊钱书记,说外面打起来了。钱涌泉听到喊声跑出院子一看,见两个女人正四把搂花腰在地上翻过来滚过去……立马对二歪说:"把你老婆拉回家!"

二歪在钱涌泉的窑厂里做工,对别人横,不敢对钱涌泉横,上前没拉自己老婆玉莲,却拉了一把胡大风老婆秀芹,自己老婆玉莲正好腾出手来,狠狠扇了胡大风老婆秀芹一个耳光,"啪"清脆一声响,围在钱涌泉家大门外看景的人都听到了。这时,胡大风在院里见老婆秀芹挨打吃了亏,三两步窜到大门外,被二歪一个别勾腿放倒在地……

钱涌泉气得在二歪屁股上踹了一脚,又在胡大风屁股上踹了一脚,连着说:"这些人,真无法无天了!"

忽听汽车喇叭响,众人回头一看,来了一辆警车,急忙让出一条道。车刚停稳,郭所长从车上下来了。

钱涌泉连忙迎上前,说:"郭所长,这两个人要反了。"

郭所长说:"钱书记,胡大风在不在?"

听到郭所长喊自己的名字,胡大风一边拍打着身上的土,一边说:"郭所长,你找我?"

"你的金牙找到了。"

围在钱涌泉家门前看景的人、大盘子还有二歪都愣了,胡大风的金牙找到了?谁抠的?这时,众人看到从警车上又下来一个人,都吃了一惊:马营长?

跟在郭所长身后的马营长,一脸的不在乎,看看大家,笑着说:"胡大风的金牙是我抠的。"

郭所长说:"马营长,你做了犯法的事,还好意思显摆?"

"郭所长,我叫马营长,长短的长,不叫马营长。"

众人听了一愣,忽然爆发出一阵大笑,叫了几十年马营长,今天才知道不叫马营长,叫马营长,长短的长。

钱涌泉笑着对郭所长说:"你看这名字起得多好,我也叫了他几十年马营长呢。"

郭所长笑着说:"我开始也以为你们村有个部队回来的马营长呢。"

马营长说:"郭所长,这是我的身份证。"

郭所长没有接马营长递过来的身份证,说:"我在工地上不是核对过了你的身份证了嘛!"

钱涌泉说:"马营长,你为什么抠胡大风的金牙?"

"胡大风欠我三千块钱,要了好几年没要来,我抠他金牙是抵债的。"

"金牙呢?"

"卖了。一个金牙才卖一千八百块钱,他还欠我一千二百块钱呢。"

众人哄堂大笑。

胡大风和老苗支书、于四孩还有二歪喝酒那天晚上,马营长在县城建筑工地吃过晚饭后,被几个工人拉上街玩,没想到,看见胡大风喝醉了睡在村里路边大树下,想想胡大风欠自己三千块钱好几年没要来，灵机一动，一不做二不休，把胡大风嘴里的金牙抠去了。

郭所长根据于四孩无意中提到胡大风欠马营长工钱的信息，在县城工地找到了马营长。其实，郭所长本来是想找马营长了解情况的，谁知，马营长一见郭所长，以为郭所长是来抓他的，便把那天晚上抠胡大风金牙的事，一五一十地讲给了郭所长。

郭所长对胡大风说："大风，要和乡亲四邻和睦相处，讲诚信，不要整天乱猜疑，我们公安是吃干饭的吗？"

胡大风涨红了脸，不好意思地看看钱涌泉，然后对郭所长点着头连说："是是是……"

一九四二年的驴

　　那头驴如果活到现在,应该是七十九岁,吴大四扳着指头算算,因为那头驴离开太爷爷家时已经五岁了。

　　太爷爷家那头驴借给八路军的事,还是吴大四上小学六年级时听父亲吴奎山说的,十几年过去了,吴大四大学毕业都两年了,早把太爷爷家借给八路军的那头驴忘到了脑后,可偏偏刘丝丝提醒了他,于是,太爷爷家的那头粉鼻、亮眼、白肚皮的驴就活在吴大四脑海里了,而且十分健壮有力地迈动四蹄,"嘚嘚嘚"地走在一九四二年苏北的土地上。

　　太爷爷家的驴跟八路军走出院子时,是一九四二年七月里的一个黄昏。吴大四歪着头想想,没错,父亲吴奎山确实就是这么说的。父亲吴奎山说,爷爷吴有田那天在北山上放驴,见蛋黄一样的太阳已经落到山尖上了,又见驴吃得肚子又大又圆,这才把驴牵下山,在涧里喝足了水回家。爷爷舍不得骑驴,一边牵着驴走在前面,一边唱着在儿童团里学会的《沂蒙山小调》:"人人那个都说哎沂蒙山好,沂蒙那个山上哎好风光。青山那个绿水哎多好看,风吹那个草低哎见牛羊……"爷爷牵着驴回到家,刚把驴绳拴在驴棚里的横棒上,忽听身后有人说"好驴",转脸一看,见一个八路军跟到驴棚里,前前后后左左右右,把吃得肚大腰圆的驴，上上下下打量了一遍，不光摸摸驴头，还拍拍驴屁股，然后就到堂屋里去找太爷爷了。爷爷那时是一个十二岁的少年，一个十二岁放驴回家的少年茫然地望着那个八路军的背影，不知他为啥又摸又拍家里的这头毛驴，但一个十二岁的放驴少年知道，那个八路军是夸家里的驴好。

当太爷爷和那个八路军从堂屋里走出来时，太爷爷手里拿着一张巴掌大的黄草纸片说，你牵去用就是了，还写这个。那个八路军对太爷爷说，借东西要还，这是我们的纪律，你把借条收好，我们完成任务回来后，就把驴还给你。太爷爷有些激动，拿着黄草纸片的手一直在抖，半晌才说，你们放心用，啥时回来，啥时还给我就是了。太爷爷说的是大实话，也是真心话，他知道八路军是说话算话的队伍。那个八路军又对太爷爷说，老吴，谢谢的话我就不多说了，我走了。然后，那个八路军在驴棚里解开驴绳，牵着驴走出了太爷爷的家院。见驴跟八路军走出家院后，太爷爷紧走几步，来到院门口，望着那个八路军和毛驴的背影越走越远，走到房角拐弯时，那个八路军还回过头来跟太爷爷挥挥手，然后牵着驴拐过房角不见了，太爷爷还站在大门口，睁大眼睛朝拐弯的地方望着。爷爷见八路军把驴牵走了，愣了半晌，看太爷爷站在大门口送驴，也跑过去，站在太爷爷身旁。这时，爷爷看见太爷爷眼里有一泡泪转来转去，却始终没有掉下来。太爷爷和爷爷站在门口，一直到夜色扑落下来，眼前像挂上一个黑色幕帘什么也看不见时，太爷爷才牵了爷爷吴有田的手说："有田，回家吃饭。"

当然了，这些都是吴大四上小学六年级时听父亲吴奎山说的。吴大四听父亲吴奎山说太爷爷家的驴跟八路军走时，太爷爷早已驾鹤西去，吴大四没有见过太爷爷的面，那时候连爷爷也已经过世了。后来，也就是吴大四小学六年级以后，再也没有听父亲吴奎山说过太爷爷家驴的事。十二三年过去了，是吴大四女朋友刘丝丝的提醒，他才想到了一九四二年七月里的那个黄昏，想到了爷爷家那头粉鼻、亮眼、白肚皮的驴，想到了八路军留给太爷爷的那张黄草纸片。

吴大四对父亲说："后来爷爷说没说八路军把驴送回来？"

"没听你爷爷说过。"

"那你听没听爷爷说过纸条上写的啥？"

"也没听你爷爷说过。你爷爷小时候没念过书，不认字，就是看过纸片，也不知道上面写的啥。"

"噢——"吴大四失望地叹口气，对父亲说："爷爷那时候都十二岁了，还没上学？"

"废话嘛，那是战争年代，哪像现在，两三岁的娃娃就开始上幼儿园宝宝班。听你爷爷说，那时候村子里有家私塾学堂，可你太爷爷家没钱，你爷爷怎么能去上学堂认字呢？"

"爷爷不是认字嘛！"

"那是解放初期，你爷爷上冬学识字班时学的。"

"八路军没有把驴送回来，就是说，那张纸片还在太爷爷手里？"

"没听你爷爷说过。"

吴大四有些失望。

爷爷家的驴从那个黄昏跟八路军走出太爷爷家院后，就再也没有回来，太爷爷和爷爷从此再也没有听到过自家毛驴的驴蹄声，再也没有听到过自家毛驴"咴咴咴"的叫声，也没有再听到过自家毛驴"吐噜吐噜"的响鼻声。爷爷家的驴棚早已没了踪影，但又大又沉的驴槽还在老宅的后院里。太爷爷虽然不在了，爷爷也过世了，但太爷爷家那四间土坯房还在。吴大四小时候割草，经常骑在驴槽上磨镰刀，驴槽沿上被磨得一弯一弯成了波浪。

　　吴大四想干什么？绕来绕去，老是追问当年那个八路军留给太爷爷的纸片还在不在，这让吴奎山心里"咯噔"了一下，小四子怎么突然想起几十年前太爷爷手里的那张纸片来了呢？吴奎山有点莫名其妙，小四子你不在城里好好工作，回家来问你太爷爷的纸片留没留下来，这是什么意思？七十多年过去了，问你太爷爷的纸片干啥？吴奎山心里对小儿子吴大四有了一种莫名的不满。

　　吴大四跟父亲谈过话后，断定八路军留给太爷爷的那张纸片是借条。太爷爷家的驴被八路军借走了，八路军给太爷爷留下一张借条，证明太爷爷家的驴是被八路军借走的。如果八路军没有把驴还回来，八路军留下来的借条还在太爷爷手里，太爷爷可以拿这张借条找政府，让政府还太爷爷一头驴。那张借条太重要了，太爷爷怎么会随便把借条给丢了呢？借条丢了，想让政府还驴也没了证据。太爷爷肯定不会把借条弄丢的。但也说不准，七十多年过去了，连爷爷都过世十几年了，再也没有见过这张借条的人了。父亲只是听爷爷说的，他既没有见过那张黄草纸片，也不知道纸片上写的啥，一切的一切，都是听爷爷吴有田说的。

　　离开老家后，太爷爷家毛驴"嘚嘚"的驴蹄声，就梦里梦外，时而远、时而近地在吴大四的耳畔鸣响着。

　　吴大四骑摩托车紧赶慢赶回到县城舒新超市上班时，还是迟到了十分钟。上一班的一个胖女人因为吴大四没来接班还没有下班，心里很不爽，剜了吴大四一眼，说："吴立东，你一个吃饱全家不饿的光棍汉，比我们这些女人还磨叽？"

　　"胖姐，对不起，我回老家有点事回来晚了。这样好不好，下次你晚来十五分钟，要不就晚来二十分钟，干脆半小时吧，你不来接班,我不走人,怎么样?"

"咦——,看你说的多大方,这是叫我下岗吗!"

"胖姐,我说的是实话,也是真心话,因为我耽误你下班回家了不是。"

"你的心意我领了,跟你说,刚才值班经理查过岗了,我说你上卫生间洗手去了。"

"谢谢胖姐,谢谢胖姐!"

吴大四看着胖女人一扭一扭地走了,心里充满感激,直到那个胖女人走上电梯下楼去了,他才收回目光,开始整理货架上的商品。

其实,货架上的商品胖女人在交班前已经整理好了,但吴大四还是动手整整这个,理理那个,转过一排货架,见顾客不多,便迅速朝旁边不远处的服装柜走去,想看看刘丝丝来了没有。一个女孩见他过来,知道吴大四是来找刘丝丝的,对吴大四说:"刘丝丝今晚有事,跟我调了一个班。"

吴大四应了一声,心里顿时有些不快,丝丝跟人调班也不和我说一声?然后,又迅速回到自己的货架前,掏出手机,看看丝丝是不是在他骑摩托车时打电话他没听到,划开手机,看看没有未接电话,又点开信息,也没有丝丝的只言片语,接着就点开了刘丝丝的手机号,手机通了,却一直没有人接;再点,还是没人接;再点,手机关机了。吴大四心里很恼火,我一个大学生,连一个技校生都搞不定?吴大四一肚子的气,也只能咽下去。虽然超市楼上楼下都是人,但刘丝丝没来,他朝谁发火?

吴大四大学毕业后,不停地应聘,不停地找工作,不停地在工厂里打工,又不停地跳槽,最多在一个工厂干了半年,少的也就一两个月,跳来跳去,跳到了舒新超市。超市里的工资虽然也不高,仅够他吃饭的,但他有他的想法,他觉得超市工作不是太累,而且是换班干,有不少业余时间,他打算看看书,报考公务员。谁知他到超市不久,跟刘丝丝谈朋友谈得火热,大部分业余时间是陪刘丝丝度过的,根本没时间看书,报考公务员的事早忘脑后去了。和刘丝丝谈朋友,吴大四手里的钱就更不够花了。刘丝丝是超市服装柜的营业员,来啥新款式服装,看中了,就要吴大四给她买。刘丝丝自己不想做饭,喜欢到外面吃,三天两头要吴大四带她下馆子,不下馆子,到大排档也行。吴大四一个月有多少钱够花的?钱花完了,只好回家跟父亲要。父亲像爷爷和太爷爷一样,是个地地道道从来没有离开过三水湾的农民,虽说吴大四的哥哥吴立松在镇中学教书,两个姐姐也都嫁到了镇上,但父亲手里没几个钱,撑不住吴大四今天要明天要。家里没钱了,父亲只好向吴大四哥哥姐姐要,然后转手再给吴大四。父亲向吴大四哥哥姐姐要钱时,从不说是帮吴大四要的,都谎说买化肥或是买农药,反正是买东西。其实吴大四的哥哥姐姐也都知道父亲要钱是给吴大四的,但哥哥姐姐都没有捅破这层纸,让父亲觉得确实是他需要买化肥买农药的钱。吴大四回家找父亲要钱,父亲说:"小四,你这么大了自己不能养活自己,还得回家要钱吃饭,你不就是个啃老族嘛。"父亲前几天看了一档关于啃老族的电视节目,电视节目里的父亲说他儿子啥也不想干,啥也不能干,整天在家里,吃老的、喝老的、穿老的、用老的、花老的。父亲就想起了自己的儿子吴立东,因此记得十分清楚。

"我不是啃老族,我在舒新超市打工是潜伏。"

"潜伏?"吴奎山心里"咣当"一响,好像被什么东西撞了一下似的,愣怔片刻,说:"你一个打工的,在超市里潜什么伏?"

"我利用换班业余时间看书看资料,正凝聚力量准备考公务员呢。"

父亲恍然大悟,看看吴大四,又拍拍吴大四的肩膀,说:

"小四，不得了，你要能考上公务员，咱吴家老祖坟上那是真冒烟了。"父亲想，看来是自己错了，吴大四这代人的生活方式虽然与上一代人有些不同，但也不是只知道吃、穿、喝，不知道愁的主儿。虽然大学毕业两年了，吴大四也没闲在家里，东家厂干一天，西家厂干两天，多少还能挣俩钱。再说，吴大四还没有迷失方向，报考公务员，这是想让老祖坟上冒烟，光宗耀祖的大好事啊。再想想，吴大四也到了谈婚论嫁的年龄，谈个女朋友哪能一分钱不花？现在的女孩跟过去的女孩不一样了，谈男朋友就是谈的钱，连顿饭都不能吃，连件衣服都不能买，谁还跟你谈朋友？谈女朋友找媳妇花点钱就花点钱吧，自己刚六十出头的人，还没有多老，大不了再找点事做做，多干两年，等吴大四找到媳妇结了婚，自己就不用再干了。父亲一边揉眼，一边想，海水不可斗量啊，真没看出来，小四子还有这么远大的理想。为了支持吴大四在超市"潜伏"和找媳妇，父亲对村支书钱涌泉说，自己身体棒棒的，希望到村里的窑厂干活儿，挣点钱贴补家用。钱书记摸摸他的手说，你老要觉得自己还行，你就去干。吴奎山就到村里的窑厂去干活儿挣钱了。

与吴大四一起合租房子的小伙子，谈了女朋友不久，就另外租房搬出去住了，俩人像夫妻一样过起了小日子。吴大四羡慕得眼红，跟刘丝丝谈朋友后，也想让刘丝丝住到他的出租屋来，把想法跟刘丝丝说了，哪知，刘丝丝的小嘴一撇，说："让我跟你去住出租屋？"

能说会道的吴大四突然哑了，脸憋得通红，半晌也没说一句话。在县城没有房子，这是吴大四的软肋。

"吴立东，你别白日做梦想好事，买了房子，我就跟你住。"

"老家三水湾有四间新瓦房，我父亲去年就盖好了，等我娶媳妇回家呢。"

"喊,你那三水湾就是有栋楼,我也不会跟你到山里去的。告诉你,不买房子,啥事也别想啊。"

吴大四听了刘丝丝的话,挺不起胸了,腰也直不起来了,连看也不敢看刘丝丝一眼。

刘丝丝说:"回家要钱买房子啊。"

当年自己上大学花了家里几万块钱,父亲和哥哥姐姐七拼八凑在三水湾又给他盖了四间新房,哪里还有钱给他在县城买房子?县城虽小,但房价却不低,像"二踢脚"似的,一个劲地往上蹿,一平方米要四五千块钱了,学区房的房价就更高了。三水湾四间新房能卖几个钱?就是卖了,恐怕也差老大一截。再说,现在村里人都到城里住了,谁还买村里的房子?

一天晚上,吴大四和刘丝丝都没有晚班,两个人下了班逛街,逛完街在大排档吃饭,闲聊时,吴大四无意间说小学六年级时听父亲说过太爷爷借驴给八路军的事。刘丝丝听了,像打了一针兴奋剂似的,说:"大四,八路军借你太爷爷家的驴写没写借条?"

"听我父亲说,八路军给我太爷爷写了借条。"

"八路军后来把驴送回来没有?"

"这个我父亲没有说。"

"如果八路军给你太爷爷写了借条,又没有把毛驴送回来,那张借条很有可能还留在你太爷爷手里。如果能找到你太爷爷手里的那张借条,七十多年了,换回一套房子是没有问题的。"

这时候的吴大四头脑里还没有太爷爷家驴的影子,耳边也没有"嘚嘚"的驴蹄声,等刘丝丝说完,吴大四说:"一张借条可以换套房子?"

"你不会算算账?"刘丝丝说完,又说:"你太爷爷的毛驴借给八路军了,八路军也给你太爷爷写了借条,对不对?问题是八路军到底有没有把驴还回来?"

"还是小学六年级时听我父亲说的,后来就没听父亲再说过太爷爷借驴给八路军的事。"

"你回家问问你父亲,八路军要是把驴还回来,就没有借条了,如果没有还回来,你太爷爷手里肯定有八路军的借条。那时候的一块钱,到现在也成百上千块了吧,别说是一头驴。现在一头驴你知道值多少钱?我爸在家里养一头毛驴,卖了四千多块钱呢,你说七十多年前的一头驴,能不能换回一套房子?"

两个人分手后,吴大四回到自己的出租屋,上网查了一下,乖乖,不得了,一头小驴驹子价格在一千二百块钱左右,一头成年母驴价格在三千块钱左右,一头成年公驴价格在五千块钱左右。刘丝丝说的没错,要是找到八路军留给太爷爷的那张借条,还真能换回一套房子呢。吴大四激动起来,脑子里一直有一头不停甩着尾巴、"咳咳"叫着、"吐噜吐噜"打着响鼻的驴,耳畔一直响着"嘚嘚"的驴蹄声。八路军借走太爷爷家的驴到底还没还?如果没还,八路军留给太爷爷的那张纸条还在不在……毛驴"吐噜吐噜"的响鼻声和着"嘚嘚"的驴蹄声,搅得吴大四一夜无眠。

吴大四想尽快找到刘丝丝,把回家找太爷爷借条的事说说,说不定刘丝丝会有什么好主意呢。

吴大四接连拨打了十几次刘丝丝的手机,刘丝丝的手机一直关机。

吴大四想找刘丝丝说说八路军留给太爷爷那张借条的事,意思是看看这事能不能成。如果不能成,借条找到了也是白找,费那个劲干吗,不如不找;如果能成,就是费劲了也值。

第二天是上午班,吴大四见刘丝丝来了,想过去问刘丝丝昨晚到哪去了,打电话关机、发短信也不回。吴大四还没过去,这边来了几个顾客，又看这，又看那，吴大四生怕丢东西。商场里如果丢了东西，哪个柜丢的哪个柜负责，谁当班罚谁的款。吴大四走不开，只好远远地喊了一声刘丝丝，听到喊声，刘丝丝也看到了吴大四，吴大四连忙抬手在耳边做了个打电话的动作，然后掏出手机给刘丝丝打电话。简单说了一下回家询问父亲手里有没有八路军留给太爷爷借条的事，说："我估计，八路军留给太爷爷的借条应该还在，只是父亲也不知道太爷爷那张借条到底留没留下来，如果留下来，也不知道藏哪儿去了。"

"那你还等什么？回家去找，找到借条，你就找来一套房子。"

"嗯，我是准备回去找的。"

吴大四还想说什么，刘丝丝却把电话挂了。吴大四伸头望望，见刘丝丝那边有顾客比试服装。虽然吴大四在电话里和刘丝丝说了几句话，但总觉得刘丝丝冷冰冰的不太热情，心里忽地涌上一股说不出的滋味。吴大四想，如果真的找到八路军留给太爷爷的借条，到哪里去兑换钱呢？想来想去，吴大四想到了县民政局。之后，自己对自己说，我要先到民政局去问个清楚明白，当年八路军留下的借条，现在政府还认不认账。吴大四心焦不耐烦地熬到下班，去找刘丝丝，又没找到。吴大四心里纳闷，快下班的时候，还看见刘丝丝和同事有说有笑的，怎么一转脸又没了踪影？刘丝丝在忙什么？吴大四又到刘丝丝的出租屋去找，问问合租房子的一个小女孩，小女孩说刘丝丝昨晚一夜没回来，现在也没回来，不知道她上哪去了。吴大四又给刘丝丝打电话，他想告诉刘丝丝，自己准备到民政局问清楚后，再回家找八路军留给太爷爷的借条。电话通了，吴大四刚想说话，刘丝丝先说话了："吴立东，下午我有事，你别打电话。"吴大四还没说话，手机里就传来了"嘀嘀"的忙音声。

吴大四心情有些沉重地回到自己的出租屋,吃罢方便面,躺在床上想心事。

下午上班后,吴大四来到县民政局人秘科,简单说了事情,工作人员热情指点他到社会救助科去找林科长。

吴大四对林科长又简单说了八路军留给太爷爷借条的事,说:"时间有点长,七十多年了,政府对八路军当年留下来的借条还有没有说法?"

"七十多年了还有点长?"

"一九四二年的借条,时间确实太长了。"

"你要什么说法?"

"我来看看,借条还能不能兑现?"

"拿来我看看。"

"还没找到呢。"

"那你忙什么?找到了再说也不迟。"

"我想问问还能不能兑现,如果不能兑现,我就不找了,如果能兑现,我就回去找。"

"八路军是共产党的队伍,就是现在的解放军,拿群众一针一线都要还,这是铁的纪律,只要有八路军的借条,共产党什么时候都认账。你太爷爷虽然去世了,只要八路军留下的借条在,政府都会根据实际情况给你兑现的。"

听林科长说完,吴大四一下子激动起来,想和林科长握握手,但林科长没有伸出手来,吴大四只好把伸出的手就势理了理衣襟。

办公桌上的电话铃响了,林科长一边拿电话听筒一边说:"你回去找吧。"

"谢谢科长,谢谢科长。"

林科长一手接电话,一手朝吴大四摇了摇。是说不用谢,还是让吴大四走？可能只有林科长自己知道了。

吴大四见林科长和电话说起话来，说声再见，便从民政局社会救助科走出来，像得了法宝一样，心里有些欣喜若狂，想把这消息尽快告诉刘丝丝，让刘丝丝分享他的快乐。他两腿跨在摩托车上，拨打刘丝丝的手机，手机里却传来"嘀嘀"的忙音声，再拨，还是忙音。吴大四关了手机，忽然觉得刘丝丝这几天有些不正常，什么事这么忙？一次两次找不到人，打手机不接，发短信也不回，她是不是在躲着我？吴大四想不出刘丝丝在干什么，就不想了。现在吴大四的第一个想法，就是马上到超市找值班经理请假，明天回三水湾老家找八路军留给太爷爷的借条；第二个想法就是兑现以后，给刘丝丝一个大大的惊喜，然后，两个人一个小区一个小区地去看房、选房、买房。再然后，他在城里安了家，就再也不回三水湾了。如果婆媳关系相处得和谐，到时候把父亲和母亲一块儿接进城来，让父亲和母亲也过过城里人的生活。城里人的生活对比三水湾人的生活，那就是天堂。如果父亲母亲不愿进城，逢年过节就带着老婆孩子回三水湾看看，也算乡村游了。

找到八路军留给太爷爷的借条，才能兑现；兑现有了钱，才能在城里买房子；有了房子，才能娶回来刘丝丝。吴大四这样想的时候，"嘚嘚"的驴蹄声在耳畔越来越响。

吴大四一边骑摩托车一边想，八路军留给太爷爷的借条爷爷是见过的，爷爷看见太爷爷和那个八路军一起从堂屋走出来时，太爷爷手里就拿着一张黄草纸片了。父亲是听爷爷说的，爷爷不说，父亲哪里知道，那时候爷爷才十二岁，还没有父亲呢。

太爷爷早去世了，爷爷在吴大四上初中的时候也去世了，看见和知道八路军牵走太爷爷家的驴，留给太爷爷一张借条的两个人都不在了。如果八路军后来把驴还给了太爷爷，爷爷也没啥说得了。爷爷对父亲说八路军借太爷爷家的驴，就说明八路军没有把驴还给太爷爷，借条还留在太爷爷手里。如果真能找到借条，在县城买套房子，就把刘丝丝给娶回来。

虽然太爷爷和爷爷都不在人世了，但太爷爷家的老宅还在。老家后院里用棍顶着后墙的几间土坯房，就是太爷爷和爷爷的家。吴大四听父亲说，当年原想拆了老宅建新房，村里没同意，要父亲把太爷爷和爷爷的老宅留下来，并批准在老宅前建新房。这样，太爷爷和爷爷家的老宅就成了父亲家的后院，村里说这是新社会和旧社会最好的对比。吴大四还记得小时候经常到后院里玩，现在想起来，就是在太爷爷和爷爷家院子里玩呢。

吴大四想到太爷爷和爷爷家，就想到了院前一角的驴槽。那是太爷爷家喂驴的驴槽，驴槽上曾经有个棚，爷爷放驴回来，就把驴绳拴在驴棚上的一根横棒上。一九四二年七月的那个黄昏，爷爷看着八路军从驴棚的横棒上解下驴绳，然后牵走了太爷爷家的驴。吴大四突然想，太爷爷会不会把借条藏在驴槽底下或是什么地方了呢？

吴大四回到三水湾老家时快到中午了，父亲在窑厂干活儿还没回来，家里大门上了锁。母亲一直在镇上两个姐姐家带孩子，把大姐家的儿子带大了，又带二姐家的闺女。吴大四把摩托车停靠在院墙边，站在摩托车上，爬上院墙，跳进后院。后院里已经很久没有人进去过了，长满半人高的蒿草，驴槽旁边有一堆陈年发黑的麦草垛，整个院子看起来有些荒凉。吴大四看看太爷爷和爷爷曾经住过的草房，虽然经过父亲几次修缮，但房顶的草黑乎乎的，有的地方凹陷下去，看上去有些破败不堪。吴大四想象着太爷爷和爷爷在院子里的生活，想起自己小时候在驴槽上磨镰刀的情景，"咻咻"的磨刀声不绝于耳。吴大四摸摸被自己小时候磨刀磨凹的驴槽，又想到自己孩童时的生活，下湖割草的时候去豆子地里逮个"叫乖子"，到山涧小溪里摸个鱼、摸个山螃蟹，现在觉得十分有趣。

吴大四摸着驴槽愣怔片刻，又从小时候回到现实。太爷爷会不会真的把那张借条藏在驴槽底下了呢？这样想着，吴大四抓着驴槽用劲推，三米长、一拃厚的驴槽动也没动。吴大四撅起屁股又用劲推推，驴槽还是没动。吴大四拍拍手上的土，驴槽上干干净净的，但吴大四还是拍了拍手，然后，弯下腰围着驴槽底下看了一圈，也没看出什么道道。不过，如果把驴槽掀起来，说不准那张借条就藏在驴槽底下呢。

吴大四翻墙跳出院子时，父亲从窑厂干活儿回来了，一见吴大四，很是吃了一惊，说："小四，你怎么跑回来了？又没钱吃饭了？"

"不是，我回来找八路军留给太爷爷那张借条的。"

"什么，找八路军留给你太爷爷的那张借条？小四，连我都没见过，你到哪去找？"

"我去民政局问过了，太爷爷那张借条现在还可以兑换。"

父亲不认识似的看着吴大四，说："兑换什么？"

"换钱，八路军留给太爷爷的那张借条能换钱，换的钱可以在城里买套房子。"

"当年八路军留给你太爷爷的借条现在这么值钱？"

"我算过了，一九四二年七月到二〇一六年七月，整整七十四年，那头驴，如果一年按四千元算，七十四年是二十九万六千元；如果一年按五千元算，是三十七万元；如果一年按六千元算，就是四十四万四千元，在县城可以买套一百平方米的大房子了。"

"小四，你考上大学那年，我说要给你盖房子，村里苗书记二话没说就批了地皮，现在盖了四间新瓦房，你回来住就是了。"

"我又没让你盖，那是你自己愿意盖，我现在在城里工作，总不能晚上回三水湾住，天一亮跑几十里路到城里去上班是吧？"

父亲不说话了，板着脸择菜准备做饭。

吴大四说："你还自己做什么饭？到村里野味馆去端两盘菜，咱爷俩喝一盅。吃完饭，你给我找几个人，我要把太爷爷家当年喂驴的驴槽掀起来找找。"

"掀驴槽，找什么？"

"我看看八路军留的那张借条是不是给太爷爷藏在驴槽底下了。"

父亲拿这个小儿子真的没有办法，现在的孩子怎么会是这个样？叹口气，去村里野味馆端来两盘菜，路过大盘子家三水湾超市时，又买了一瓶桃林大曲。爷儿俩吃好喝足了，父亲说在窑厂干活儿累了，躺床上眯一会儿，让吴大四自己去找人。

吴大四找来了陈三思，还有老苗支书，三个人在后院里掀了半天也没把驴槽掀起来，老苗支书又打电话把于四孩和二歪找来，几个人这才把驴槽掀起来。吴大四看看，湿漉漉的泥土上有几条蚯蚓，除此之外，驴槽底下啥也没有。吴大四给几个人散了一圈烟，说谢谢各位叔叔了，还说今后在城里安了家，请各位叔叔去家里做客。

几个人抽着烟走了，都纳闷，吴大四这是在找啥呢？话又说回来，谁会把东西藏在驴槽底下？屋顶上、墙缝里，哪里不能藏？

送走村人，吴大四围着驴槽转了好几圈，啥也没找到，走到太爷爷家老屋前，推开门，一股潮湿的霉味呛得吴大四喘不过气来，吴大四连忙退到门外，喘了口气，这才走进太爷爷的老屋，望着漆黑的屋顶、房梁、横棒，想了半天，太爷爷不会把字条藏在屋顶上吧？他见屋里有个耙地的耙，搬起来靠在墙上，到院里找了根长棍，爬到耙上，用棍子在屋顶上、梁头上、横棒上到处乱捣乱戳，捣戳得屋顶的尘土和草屑纷纷飘落，撒了吴大四一头一脸。他"呸呸"吐了两口，朝屋顶猛一戳，用劲大了，草房顶被戳了个窟窿，一缕阳光从洞里射进屋来。吴大四倾着身子要往房梁上戳，棍子短有些够不到，他两手举着棍子使劲朝前倾身子，一下失去重心，在耙上晃了晃没站稳，一头从耙上栽下来。

父亲午休后起来到后院墙角的茅房撒尿，一泡尿没撒完，忽听老屋里"咕咚"一响，吓得猛一抖，不尿了，提着裤子朝老屋跑，一看，吴大四正躺在地上"哎哟哎哟"直叫唤。父亲看看靠在墙上的耙，又看看扔在一边的树棍，说："小四，你这是干啥？"

吴大四见父亲来了，一边爬起来一边咧着嘴说："我想看看，太爷爷的借条是不是藏在屋顶上了。"

"你这是要气死我啊！我跟你说过了，我都没见过八路军留给你太爷爷的借条，你到哪里去找？"

"你睡你的觉，我又没叫你找。"

"滚，滚回你的城里去。"

吴大四转转脖子，拍拍屁股上的土，又盯着老墙的墙缝看。

父亲说："快滚，快滚。"

吴大四这才恋恋不舍地走出老屋，走到院里，转脸对父亲说："我还得找，太爷爷留下来的借条，是太爷爷给我留了一套房子。"

父亲气得脸色铁青，张张嘴想说什么，又没说，深深叹了口气。

吴大四回到城里舒新超市上班，已过了接班时间半个多小时,见值班经理在等他,笑着说:"经理,今天我回老家有点事,上班晚了,我向你检讨,保证下次不再迟到。"

值班经理看着吴大四,说:"你不用检讨了,到三楼财务去领你的钱。"

"经理,我只晚来半个小时,都向你承认错误了,你怎么还叫我走?"

"你今天迟到明天晚来,不能按时交接班,不光影响其他人的情绪,还坏了超市的规矩。你忙你的去吧,这里不用你了。"

吴大四看看,见货架旁站着一个新来的小姑娘。小姑娘见吴大四看她,朝吴大四笑笑,转身到货架另一边整理商品去了。吴大四想再跟值班经理求求情,见值班经理也走了,苦笑着咧咧嘴,然后到服装柜去找刘丝丝,他是听了刘丝丝的话,才回老家去找八路军留给太爷爷那张借条的,如果不回去找八路军留给太爷爷的借条,他怎么会耽误上班时间被辞退?他会一直在超市里干下去的,直到考上公务员。

刘丝丝正在整理商品,吴大四在刘丝丝身后喊了声:"丝丝。"刘丝丝没听到,吴大四又大点嗓门喊一声,"丝丝。"

刘丝丝听到喊声,直起腰来,看一眼吴大四,说:"吴立东,你怎么才来?"

"我不是回家找八路军留给太爷爷的那张借条了嘛。"

"找到了?"

"没有。"

"八路军到底给没给你太爷爷留借条?"

"我父亲听我爷爷说,当时确实是留了。八路军留下借条后,才把太爷爷家驴牵走的。"

"借条有可能被你太爷爷藏在什么地方了,你还得回去找,找来借条,就是找来一套房子嘛。"

"丝丝，下班后，我请你吃夜宵。"

"不用了，下班后小姐妹找我还有事。"

这时，有人喊刘丝丝："小姐，过来看看，有没有这个型号的褂子。"刘丝丝连忙走过去，帮顾客挑选服装。

吴大四被超市辞了，这倒不要紧，再去找个工作呗，要紧的是他要离开刘丝丝了，不能和刘丝丝一起上班了，这让他心里很不爽。刘丝丝不光脸蛋长得好看，身材也好，腿长腰细，超市里不少小青年追她，还有那些老女人，也忙着给她介绍男朋友，就连社会上的一些男孩，也有事没事地来她的货架前转悠，想着法儿和她多说几句话。吴大四心里忽地涌上一股醋意，酸叽叽的，咽了口唾沫，又咽了口唾沫，这才把泛上来的酸压下去。

吴大四沿着人行道一边走一边想心事，不知不觉来到站前街，抬头一看，眼前正好是陈文勇开的小馆子。陈文勇也看见吴大四了，惊喜地说："大四，来来来，好长时间没见你了，咱俩喝一盅。"

陈文勇是村里陈三思的儿子，前几年就在县城站前街开了一家小馆子，吴大四上大学走时，父亲还有哥哥姐姐来送他，就是在陈文勇家的小馆子里吃的饭，陈文勇听说吴大四考上大学了，连饭钱也没收，说村里的大学生不论是去上学还是放假回家，在他这儿吃饭，他都不收钱。还说村里的大学生能在他的小馆子里吃饭，是看得起他，是他的荣耀。

陈文勇亲自下厨，炒了两个菜，两个人一边聊着一边喝起来。吴大四把他回家找当年八路军借驴留给太爷爷一张借条的事说了一遍，又说："上班迟到半个小时，就被超市辞了。"

"辞了再找个好工作，大学生到哪找不到工作！"陈文勇又说："你太爷爷真有八路军留下的借条？"

"我父亲听我爷爷说的，真有。我太爷爷手里拿着八路军的借条后,八路军才把我太爷爷家驴牵走的。"

"乖乖,这借条不得了,要是能找到,政府给的钱不会少。"

"我算了一下,够买一套房子。"

"哎呀,真不得了,你太爷爷做梦也没想到,会给你留下一套房子。"

"前几天回老家,我把太爷爷家当年喂驴的驴槽掀开了,后来,我又把太爷爷住的三间土坯茅草房屋顶墙缝都找了,也没找到。"

"你说这事,我忽然想起来,电影电视剧里经常看到老财主把金银财宝封在坛子里埋在院里地下,你太爷爷会不会也……"

"文勇哥,你给我指了一条道啊!来,干一杯。"

"要是真能找到借条,我估计政府不会赖账的。"

吴大四听陈文勇这么一说,心里又升腾起一股希望,说:"文勇哥,你在城里开馆子好几年了,肯定认识不少人,看看有没有认识的老板,给我找个工作先干着。"

陈文勇想了一下,说:"有个搞建筑的马老板经常到我馆子里吃饭,我给你问问他缺不缺人手。不知道这活儿你干不干?"

"就这样说定了,我等你电话。"

小酒喝到十一点多钟,吴大四才轻飘飘地回到自己的出租屋,耳边"嘚嘚"的驴蹄声似乎越来越远了。没有房子,就没办法娶刘丝丝当老婆,那刘丝丝就成了别人的老婆。吴大四在床上翻过来翻过去就是睡不着,一会儿想想刘丝丝,一会儿想想太爷爷的借条,一会儿又想想陈文勇的话。他把电影电视剧里大户人家将金银财宝装坛子里埋在地下的事,又细细想了一遍,说不准,太爷爷也会把八路军的那张借条装在坛子里埋在院里地下了呢。吴大四决计再回老家找借条。

吴大四想把自己再回家找八路军留给太爷爷借条的事跟刘丝

丝说一声，打刘丝丝的电话，通了，吴大四说："丝丝，我准备再回家找找太爷爷的借条。"

刘丝丝在电话里爽快地说："你回去找吧。"

吴大四好像听到电话里有男人的说话声，想问问刘丝丝十二点多了没睡觉在哪里，但刘丝丝却把电话挂了。

天快亮时，吴大四睡着了，一直睡到快中午十二点，被手机铃声吵醒了，迷迷糊糊接听电话，是陈文勇打来的，说跟马老板联系过了，叫吴大四下午两点钟去工地找马老板。接着陈文勇把马老板的工地在什么地方说清楚了，最后说："找到马老板，你说我名字他就知道了。"

吴大四虽在马老板的工地上干活儿，心思却不在工地上，他想抓紧回老家找八路军留给太爷爷的借条。第三天下班时，吴大四跟马老板请假，谎说父亲病了，打电话来要他回一趟老家。马老板说："这两天浇水泥楼层，人手不够，能不能过几天回去？"

"人病了能等吗？"

"是的，是的，那你快去快回，你父亲的病要是没什么大碍，就抓紧回来。"

"最多两天吧。"

吴大四回到老家时，见父亲不在家，从邻居家借来铁叉和铁锹，先扔进后院，然后自己翻墙入院，在太爷爷老屋前墙的窗洞下挖起来。吴大四挖了一阵，站在铁叉上晃动铁叉时，听到地下一阵"咯吱咯吱"响，心里一阵狂喜，是不是真的挖到坛子了？他怕把坛子挖坏了，拔出铁叉，在略微远一点的地方又扎下铁叉，踩在铁叉弯头上用劲朝下挖，围着刚才"咯吱咯吱"响的地方挖了一圈，然后把中间的一块土挑起来一看，哪里有什么坛子，原来是块坛子的碎片，碎片上还有刚才铁叉尖划的痕迹。

吴大四在老屋门东边和西边两个窗洞下挖了两条沟,没有找到太爷爷藏东西的坛子,拄着铁叉喘气,两眼不停地打量着院子,太爷爷会不会把坛子埋在院墙根呢?于是,吴大四又开始沿着院墙根挖。

中午时分,父亲从窑厂干活儿回来,听后院里有动静,过去一看,见吴大四几乎把院子里的地翻了一遍,没好气地说:"找到你太爷爷的借条了?"

"现在还没有,不过我相信,一定会找到的。"

"小四,你怎么想一出是一出呢?"

"既然八路军留给太爷爷的借条是存在的,就有可能找到,对不对?"

"几年大学算你白读了,就学会耍嘴皮子了。你太爷爷要是知道你这样不孝,会找我算账的。"

"我只是想找找八路军留给太爷爷的借条,这就是不孝?如果太爷爷活着,说不定他早就给我了呢。"

父亲被气得直翻白眼,不理吴大四,回家做饭去了。吴大四再不听话,也是父亲的儿子啊。

吃饭的时候,吴大四说:"如果找到八路军留给太爷爷的借条,到民政局兑了现,在城里买了房,你就不要在窑厂出苦力了,跟我到城里享福去。"

"小四,是不是什么刘丝丝把你哪根筋挑了,你这样回来折腾?"

"丝丝说得不错,找到八路军留给太爷爷的借条,就是找回来一套房子。"

"我看刘丝丝也不是什么好东西,给你出这馊主意。"

"你怎么这样说丝丝?她可是你未来的儿媳妇。"

"小四,我看这刘丝丝跟你不能成,她一心想钱,一心想吃好的穿好的,还一心想住好的,跟咱不是一路人啊。"

"现在的女孩,哪个不想钱,哪个不想吃好的穿好的住好的,哪个不想找个有钱人?我既没钱,又没个好工作,丝丝能跟我谈朋友,说明丝丝还是看得起我的嘛!"

"咱家里有现成的四间新瓦房,她为什么不跟你来?"

"咱三水湾哪能比得上城里?村里人都到城里打工、做生意去了,哪还有想回来的?"

父亲把筷子一扔,不吃了,到一边抽烟去了。

吴大四也突然把筷子一放,大惊小怪地说:"八路军留给太爷爷的借条,说不定跟太爷爷一起走了呢。"

"什么意思?"

"我是说,八路军留给太爷爷的那张借条,会不会跟太爷爷一起埋在坟里了?"

"你胡说八道,你太爷爷下葬时我在场,棺材里只有你太爷爷,其他什么东西也没有。"

"你那时候只有十来岁,太爷爷入棺时你又不在跟前,你怎么知道棺材里只有太爷爷一个人?我得找人扒开来看看。"

"你,你……"父亲话还没说完,"噗"地一声,吐出一口血来。

吴大四一看父亲吐血了,吓得小脸焦黄,赶紧给大哥和姐姐们打电话。

半小时后,吴大四大哥吴立松、两个姐姐和大姐夫开车一起来了。这时,父亲也早已缓过气来,面色焦黄地闭着眼躺在床上。

知道吴大四要扒太爷爷的坟找八路军留给太爷爷那张借条的事后,大哥吴立松指着吴大四说:"小四,你要敢动太爷爷坟上一锹土,别说大哥对你不客气。"

大姐说:"小四,你怎么那么不争气,为了刘丝丝,你要扒祖坟?"

二姐也说:"你把父亲都气吐血了,真要扒祖坟,非把父亲气死不可。"

大哥说:"我打一辈子光棍,也不要刘丝丝这样的媳妇。"

吴大四盯着大哥看了半晌,翻翻白眼,说:"那你们给我钱在城里买房子?"

"什么?你啃老还不行,还要啃我们?父亲都六十多了,被你逼得还去窑厂出苦力干活儿,你脑子里成天想的什么玩意儿?"

"找到八路军留给太爷爷的借条,民政局说是可以兑现的。兑了现,我就可以在城里买房子安家。"

父亲对大儿子和两个女儿说:"从现在开始,你们谁要给他钱,就不要姓吴了。"

吴大四说:"我不扒太爷爷的坟了还不行吗?"

"不扒了也不行,自己挣钱自己花,二十多岁的人,连自己都养活不了,还想买房子娶媳妇?"

大姐夫要开车把父亲送到镇上医院,父亲不去,说在村医务室看看就行,他还要在家看着祖坟,真让吴大四给扒了,还怎么在三水湾生活?

吴大四大哥和两个姐姐走了以后,吴大四的二姐夫又开车把吴大四的母亲从镇上送回三水湾看老头,老两口抱在一起,号啕大哭一场。

吴大四垂头丧气地回到城里,因为没有找到八路军留给太爷爷的借条,他觉得没有必要再去找刘丝丝了,等在工地干活儿领了钱,请刘丝丝吃饭时,再把经过讲给刘丝丝听。思来想去,吴大四断定八路军留给太爷爷的那张借条,多数是给太爷爷陪葬了,老宅屋顶上没有,房梁上没有,墙缝里没有,窗根挖了没有,院墙根挖了一遍也没有,那借条不跟太爷爷一起埋葬了,能藏到哪里去?想想,自己刚说要扒太爷爷的坟,父亲就气得吐了血,要真的扒了太爷爷的坟,父亲还不被气死?要是把父亲活活气死了,大哥和两个姐姐也不会放过他的。吴大四心里发虚,底气有些不足。这时,太爷爷家的毛驴越走越远,"嘚嘚"的驴蹄声也越来越弱,竟虚无缥缈地随风而去了。

好几天没有见到刘丝丝,吴大四有些想刘丝丝,这天晚上,他计算着刘丝丝应该上晚班,悄悄来到超市二楼服装柜,却没有看到他日思夜想的刘丝丝。问一个原来认识叫小莺的女孩,刘丝丝怎么没来上班?小莺看着吴大四,说:"你不知道?刘丝丝辞职了。"

吴大四头立马懵了一下,看着眼前的小莺,说:"哦,我回家有事几天没来。"又说:"丝丝没说到哪儿去吧?"

小莺说:"听说她嫌超市工资低,可能到一家足疗还是洗浴中心挣大钱去了。"

吴大四木呆呆地望着小莺,小莺说:"吴立东,你怎么这样看我?"

吴大四回过神来,说:"那我去找她。"说完,连忙离开了超市。

吴大四打刘丝丝的电话,电话里传来语音提示,说他拨打的手机已经停机。再打,还是语音提示停机。走在人来人往的大街上,吴大四仍然感到孤单。吴大四跟刘丝丝谈朋友时,刘丝丝在身旁有说有笑,从来没有感觉到孤单,现在刘丝丝突然辞职失联了,孤单、孤独的感觉像树下的阴影笼罩着他。吴大四看着街上灯火闪烁的店铺招牌,希望看到一家足疗或洗浴中心什么的,却一直没有看到。

第二天上班时，吴大四想着心事，在三楼的脚手架上一脚踩滑了，幸亏及时抓住身旁的一根立柱才没有掉下去。吴大四站稳后，仍继续干活儿。地面上的马老板看到这一幕，吓出一身冷汗，随即招呼吴大四下来。吴大四见是马老板叫他，以为马老板要给他安排轻快活儿干，比如工地安全员、技术员什么的，笑着对马老板说："马老板找我有事？"

"你去财务结一下账。"

"不是还差两天才领工资吗。"

"你还是另找养爷的地方去吧。"

"马老板，我干得好好的，你辞了我？"

"你要从脚手架上掉下来一头栽死了，我得赔多少钱？"

"哪能呢？我不是没有掉下来嘛！"

"趁现在还好好的，你走吧，哪有养爷的地方到哪去吧。"

吴大四知道刚才在脚手架上滑了一下让马老板看到了，也无话可说，拍拍手上的土，说："谢谢马老板对我的关照。"

"我关照不到你了，以后你自己多多关照自己吧。"

吴大四再次被辞，整天在街上晃荡，他要找足疗或是洗浴中心，他要找失联多日的刘丝丝。

这天下午，吴大四终于在牛山北路找到一家新生活足疗洗浴中心，一进门，迎宾小姐弯了一下腰，微笑着说："欢迎老板光临。"

"我不是老板，我是来找人的。"吴大四说，"你这里有没有一个新来的叫刘丝丝的女孩？"

迎宾小姐摇摇头，说："没有叫刘丝丝的。"

"你看，就是这个人，她是我女朋友。"吴大四掏出手机，调出刘丝丝的照片，迎宾小姐看看手机里的照片，说："她不叫刘丝丝，叫毛毛。"

271

正说着"毛毛",有人答应了一声。吴大四转脸一看,刘丝丝正送一个老板模样的人从足疗室出来,喊道:"丝丝。"

刘丝丝好像没看到吴大四一样,把老板模样的人送到门外,这才回来跟吴大四说:"你怎么找到这儿了?我想过几天打电话跟你说,这边工资比超市高一倍,我把超市工作辞了。"

"你怎么把手机号码也换了?"

"那个手机掉了,我又办了个新号。"

吴大四知道刘丝丝说的是假话,在搪塞他,心里憋着一口气,但还是平静地说:"别在这种地方干,跟我走。"

"八路军的借条找到了?"

"找没找到,你都得跟我走。"

"没找到借条,让我跟你到哪去?这不是笑话嘛!"

这时,刘丝丝的手机响了,刘丝丝接听电话,眉飞色舞嗲声嗲气地说:"哎哟,是秦老板,我有时间,你来吧。"

吴大四眼前的刘丝丝忽然变得十二分的陌生,这还是原来认识的那个熟悉的刘丝丝吗?吴大四脑子里正转着圈地想事,刘丝丝说:"吴立东,我工作忙,以后别来找我了。"

吴大四说:"丝丝,我买了房子就来找你。"

刘丝丝忽然凑上来,把小嘴贴在吴大四耳边说:"你看你那个傻样,我从来没见过一个身无分文的光棍把女孩带回家的。"说完,在吴大四腮帮子上亲了一口,又说:"感谢你给了我许多快乐的时光,拜拜。"刘丝丝说完,一阵风似的走了,留下吴大四木桩一样站在大堂中间,半晌回不过神来。

刘丝丝说得再明白不过了,但吴大四不这样想,他仍对刘丝丝抱有一线希望,突然对着足疗室大喊一嗓子:"丝丝,我弄到钱,买了房子一定来找你。"

足疗洗浴中心大堂值班经理说:"先生,你怎么可以这样大声喧哗?"

"我找丝丝。"

值班经理说:"如果先生不足疗,也不洗浴,请出去,到外边找你的丝丝去。"

过来两个迎宾小姐,连拉带推地把吴大四赶出了足疗洗浴中心。

吴大四在出租屋里憋闷了两天,想出一个弄钱的办法,如果成了一个见义勇为的英雄,政府肯定会奖励的。

吴大四走出出租屋,在街上闲逛,他设想,如果哪家小吃店的液化气罐爆炸了,如果有坏人正在抢劫,如果有暴恐分子正在作案……哪里人多,他朝哪里去;哪里热闹,他朝哪里去,一天到晚想的就是见义勇为。

这天,吴大四走过牛山北路与富华路交叉路口小游园时,看见一个男青年拉扯一个女孩,女孩不走,还呜呜地哭。吴大四以为那个男青年要对女孩不轨,不管三七二十一,冲过去在那个男青年脸上狠狠打了一拳。那个男青年也被这突如其来的一拳打懵了,愣怔半晌,在吴大四又一次举起拳头时,那个男青年一把抱住吴大四的腰,对女孩说:"快打电话报警。"

在派出所里,吴大四对巡警说他是见义勇为。巡警说:"你想当见义勇为英雄想疯了吧?人家是小两口。"说得吴大四哭笑不得。

见义勇为,打了人家小两口,这算什么事?吴大四在自己脑袋上狠狠拍了一巴掌。

兜里的钱越用越少,因为找当年八路军留给太爷爷的借条,回家要扒祖坟,惹恼了父亲和哥哥姐姐,哪还有脸打电话给父亲、大哥和姐姐要钱?吴大四真的有点急眼了,他想,实在不行,就去偷一次,弄两个钱花花,再请刘丝丝吃顿饭。

  从来没有做过贼的人,做一次贼也不容易。吴大四有了做贼的想法,心里就不停地打小鼓,看见巡警就朝街边躲,生怕被警察认出他是贼似的。

  这天,吴大四溜达到新建巷,看看有栋六层楼,是过去单位建的楼房,现在没人管也没人问,不像那些住宅小区,到处都是探头,人走过去,影像就留下来了。吴大四看看楼下没人,静悄悄的好像无人区似的,就走到最里面的一个单元,悄悄走上楼去。吴大四走到四楼时,忽然听到左手门屋里传出来哭喊和挣扎的声音,抓住门把手一推,门开了,看见一个身穿上衣,裤子褪到脚脖子的光屁股男人,正要对一个女孩施暴。躺在沙发上的女孩,头发凌乱,衣衫不整,下身的短裤已被撕烂,两手正死命护着下体,两腿乱蹬。吴大四大喝一声:"放开她!"

  猛然听到有人喊,光屁股男人转脸一看,沙发上的女孩趁机爬起来跑到窗口大喊救命。光屁股男人弯腰提上裤子,顺手从茶几上摸过一把水果刀,冲着吴大四就刺过来,吴大四一闪身,刀刺在胳膊上,吴大四"哎哟"一声,一把捂住伤口,那男人趁机夺门而逃。吴大四一看那男人跑了,转身出门,一步三个台阶地追下楼,一把抱住那个男人,那个男人拿刀朝身后的吴大四乱捅,吴大四屁股上被捅了两刀,但吴大四忍住疼仍死死抱着那个男人,大喊大叫抓坏人,巷口过路人来了,楼上也有人下来了,众人合力抓住了那个男人。不一会儿,警察来了,叫来救护车,把血淋淋的吴大四送到医院去,然后将那个男人带走了。

  吴大四万万没有想到,自己没有做成贼,反倒成了见义勇为的英雄。

  吴大四见义勇为的英雄事迹当天就在小城里流传开来,县电视台新闻部记者闻讯赶来病房采访,吴大四屁股上被那个男人捅了两刀，不能躺着睡，只好趴在病床上。电视台女记者拿着话筒采访他，吴大四还有些莫名其妙，说我……他想说自己本来是想做一次贼的，我了半天又没说。记者以为他激动地说不出话来，说："我问你什么，你回答我就行。"吴大四咽下了原来想说的话，顺着记者的提问回答，说他是一个打工的大学生什么什么的。女记者问道："你是怎么发现坏人的？"

这一问，差点儿把吴大四给问住了，他脑子里立马转了一圈又一圈，看着女记者伸在嘴前的话筒，编了个谎说："我准备到楼上去找朋友，路过四楼时，听到屋里有哭喊声和挣扎声，就冲了进去。"吴大四说完这段谎话，额上冒出一层密密的汗珠，心里直发虚，生怕记者再问到什么他不好回答的问题。他闭上眼睛，装作累了。他听记者说："英雄累了，让他休息吧，如果素材不够，我们再回来二次采访。"

直到电视台记者走了，吴大四才睁开眼，望着雪白的房顶，想捋一捋自己的所作所为，病房门又被推开了，来了两个县报的女记者，要采访他。

吴大四把对电视台记者采访时说的话又重复了一遍。县报一个女记者说："你是一个好青年，是广大市民学习的榜样，实现社会主义核心价值观，就需要这样的正能量啊！"

另一个女记者说："明天报纸出来，我们给你送报纸来。"

哪知道，晚上电视台头条新闻一播，当天晚上就有许多人来医院看望吴大四。第二天来看望他的人更多，有的送花篮，有的送水果，还有的送钱，堆了满满一病房。一家光伏公司的老板也来看他，不光带来了一万块钱慰问金，还要吴大四伤好出院后到他们公司工作。一时间，把吴大四激动得热泪盈眶，不知说啥是好。

第二天，县报女记者果然送来了刊载他大幅照片报道的报纸。病房里没人的时候，吴大四看着报纸上自己的大幅照片，望着满屋的花篮，瞧着堆成小山似的营养品，心里却万分歉疚，为了弄钱买房子，赢得刘丝丝的爱情，娶刘丝丝当老婆，自己还想扒祖坟、找八路军留给太爷爷的借条、找政府兑现……是不是真的昏了头？

吴大四住院期间，被救女孩的母亲天天给他送饭，他胳膊被坏人刺伤了，吃饭不方便，女孩母亲像对自己孩子一样用小勺一口一口喂给他吃。过了两天，那个被他救下来的女孩从惊吓中缓过劲儿来，也来医院病房看他。女孩说她叫蓝雨，刚刚大学毕业回家来，正在家里看资料，准备参加公务员考试。还说那个男人是个小偷，以为家里没人，捅开门锁进去时，见只有她一人在家，顿起歹意，幸亏吴大四及时出手相救，她才躲过一劫。

吴大四说自己大学毕业没找到好工作，也正准备考公务员。两个人越说越热乎，蓝雨替代了母亲，天天来医院送饭，有时还坐在病床上，跟吴大四拉呱儿。蓝雨坐在病床上时，吴大四有一种说不出的温馨。

蓝雨问道："你朋友住在那栋楼上吗？"

吴大四心里猛一紧，真是怕什么来什么，他让蓝雨拿过水杯，趴在床上喝了几口水，说："我记错地方了，我朋友不住那栋楼。"然后又说："有些阴差阳错哦。"

吴大四把自己想做贼的事深深埋在心底，成了他自己永远的隐私。

这天上午，蓝雨回家做饭还没来，吴大四父亲和母亲来了。父亲拉着他的手，说："小四，伤得重不重？"

吴大四一见父亲母亲，不禁哇哇大哭起来，说对不住父亲，对不住母亲，还说自己不孝，让二老操心了。母亲也陪着吴大四哭。父亲劝了半天，娘儿俩才止住哭，吴大四让父亲看了看屁股上的伤，又让母亲看了看胳膊上的伤。

"你们咋知道我受伤了？"

"电视上放了，我那天在窑厂干活儿累了，喝点酒躺在床上睡着了。你大哥在家看新闻看见了，打电话和我说的。等电视台重播时一看，真的是我四儿呢。"

"这几天我也想了很多，回家找八路军留给太爷爷的借条，确实是我昏了头。都是刘丝丝出的鬼主意，叫我回家找借条，还说找到借条找政府兑现，兑现了好在城里买房子娶她。"

"刘丝丝没来看你？"

"我们分手了。"

"分手了？"

"分手了。"

父亲拍拍吴大四的肩膀，一句话也没说。

吴大四感觉到了父亲的信任。

"你哥你姐过两天都要来看你。"

"他们那么忙，别来了，我这里有蓝雨。"

"蓝雨？"

爷儿俩正说着蓝雨，恰好蓝雨提着饭盒推门进来。蓝雨看两个老人在吴大四病床前说话，就远远地站在门口等着。吴大四喊："蓝雨，过来。"

蓝雨提着饭盒慢慢走过来。

吴大四对父亲母亲说："爸、妈，这是蓝雨。"又对蓝雨说："这是我父亲和母亲。"

蓝雨听说两位老人是吴大四的父亲和母亲，热情的不得了，立马打电话给她妈妈，说吴立东父亲母亲来了，叫她快过来。

吴大四父亲连忙说，我们一会儿就走，下午还要到窑厂干活儿去呢。

蓝雨不让走,说她父母前几天就想去三水湾感谢他们,现在来了,正好见见面。

那天中午,蓝雨父母没有让吴大四父母走,四个老人在街上的小馆子里吃了一顿饭,蓝雨父母说吴大四父母养了一个好儿子,是英雄的父亲母亲。吴大四父亲心里高兴,多喝了两杯,是蓝雨的叔叔开车把吴大四父母和蓝雨的父母一起送回了三水湾。

父亲和母亲跟蓝雨父母一起出去吃饭后,蓝雨看着吴大四吃饭,这时有同学打电话找蓝雨,蓝雨对吴大四说出去一会儿就回来。蓝雨走了,吴大四望着雪白的房顶,想着父亲和母亲,想着蓝雨的父亲和母亲,又想到了蓝雨……忽地,他在枕下摸到一卷东西,掏出来一看,竟是父亲临走时留在枕下的一卷钱,试试,那卷钱还带着父亲的体温热乎乎的,吴大四心一热,泪水夺眶而出。

第二天早晨,蓝雨送饭来,一边看着吴大四吃饭,一边说:"听我爸说了,你们三水湾村不错嘛,村路和巷道都是水泥路,还安装了太阳能路灯。我爸还说,你们拦水坝里的水多清啊,养出来的鱼虾,绝对是绿色的。"

听蓝雨说村里的事,吴大四有些不好意思,自己大学毕业两年了,一直在县城干这干那很少回村里,偶尔回去一次,也是来去匆匆,接过父亲递过来的钱就走。他希望在城里买房子成为城里人,根本就没有发现村里的变化,听蓝雨说了村里的变化,脸不由得红一阵白一阵,自己在心里问自己,前段时间和刘丝丝谈朋友时,怎么就没有看到村里的这些变化呢?蓝雨的父亲母亲只去了一趟三水湾,就发现了村里的变化,自己还是三水湾的人吗?

吴大四吃过饭,说自己的伤快好了,叫蓝雨不要再来了,在家看资料学习吧。蓝雨不走,蓝雨说就想和他说说话。

两个人正说着话,病房门被推开了,吴大四父亲和村支书钱涌泉、村长于连环一起来了。父亲说:"小四,钱书记和于村长听说你成了英雄,非要来看看你。"

"钱书记、于村长,我……"

"大四,你是咱三水湾的英雄啊!村里老少爷们都惦记着你,叫我和于村长代表他们来看看你,希望你尽快把伤养好。"

"谢谢钱书记,谢谢于村长。"

"大四,说啥谢呢,都是乡里乡亲的。村两委昨天晚上开会商量过了,等你伤好了,愿意回村里干,先干副村长,等改选时再选你当村长。"

"我哪能当村长?"

"大学生村官嘛!我想明年春天,把咱三水湾的绿化树都改造了,集中栽种桃树和杏树,三五年过后,咱三水湾就是桃花村杏花村了,开辟农家游,咱三水湾不富起来恐怕也不行。奎山叔,你说是不是?"

吴大四父亲兴奋地说:"是是是。"又对吴大四说:"钱书记说我年龄大了,干不了窑厂的体力活儿,他跟你老卡叔联系后,过了年,我就到你老卡叔那儿,跟他一起当花匠。"

"奎山叔,走到哪都别忘了,咱是三水湾人!"

"钱书记,你放心,到哪咱也不能给三水湾人丢脸。"

钱支书和于村长还要到县里去办事,对吴大四父亲说:"奎山叔,你们爷俩先说说话,我们办完事回来,接你一块儿回去。"

吴大四父亲激动得不知说啥好,泪在眼眶里打转转。

等钱支书和于村长走了,父亲说:"小四,你成了英雄,连我和你妈的脸上都有光啊!"又说:"昨天夜里我突然想起来,你爷爷去世前,曾留给我一个布包,说是你太爷爷传给他的。当时我也没看是啥,反正是你爷爷传给我的,我就把布包放在你妈结婚时带来的樟木箱子底下,十几年过去了,我早把这事忘了。昨夜想起来,从箱底翻出来一看,你说是啥?"

"太爷爷传下来的东西,那就是传家宝啊!"吴大四一边说着,一边接过父亲递过来的布包,一层一层打开,见里面是一张叠起来的黄草纸片,轻轻打开一看,原来就是八路军留给太爷爷的那张借条!吴大四想想自己在刘丝丝的怂恿下,上墙爬屋挖地扒坑找借条时,脸红得像蒙了一块红布。

父亲说:"小四,这是你太爷爷传给你爷爷,你爷爷又传给我,是咱吴家的传家宝啊!我昨晚电话里跟你妈商量一下,你成了咱吴家的英雄,我把它传给你了!"

突然,吴大四把脸贴在那张黄草纸片上,号啕大哭。

太爷爷家的驴,自从一九四二年七月那个黄昏跟八路军走了以后,就再也没有回来,因为八路军留给太爷爷的借条一直在太爷爷手里,太爷爷把这张借条当成传家宝传给了爷爷。新中国成立后,爷爷也没有拿八路军的借条去找政府兑现,就是三年自然灾害困难时期,爷爷也没有拿借条去找政府兑现,到了二〇一六年,太爷爷的重孙子却想找到八路军的借条去兑现,真真要把吴家祖上的脸都丢尽了啊。无地自容的吴大四,恨不得地上有个裂巴逢好钻进去。

吴大四住院期间,蓝雨在医院里跑前跑后的伺候,特别是刚住院那几天,白天黑夜挂点滴,蓝雨连夜在医院里看护他,她母亲要换她回去休息,她都不走,也把吴大四感动得一塌糊涂。你来我往,蓝雨也了解了一些吴大四的过去。一天夜里,吴大四醒来时,看见蓝雨还在病床前看着他挂点滴,眼睛潮乎乎的。蓝雨见吴大四醒了,悄悄在吴大四耳边说:"立东,是你救了我,要不,我还怎么活?"吴大四一把抓住蓝雨的手,说:"谁见了都会出手救你的。"

吴大四出院以后,蓝雨父亲母亲和蓝雨都希望吴大四住到家里,再照顾他一段时间,但吴大四不去,坚持回到了自己的出租屋。

这天,蓝雨把母亲煲的鸡汤送来。

吴大四拿出父亲给他的传家宝,一层一层打开,将那张黄草纸片展开,两个人一起看,只见纸片上写着的时间是:

"民国三十一年六月初十"。

蓝雨用手机上网一查,民国三十一年六月初十,是一九四二年七月二十二日。

吴大四说:"父亲听我爷爷说得没有错,真的是一九四二年七月。"

蓝雨惊喜地说:"你太爷爷家的毛驴,一九四二年七月就参加革命了。"

吴大四心里忽地涌上一股热浪,有惊喜,也有悔恨,不禁放声大哭起来。一边哭着一边对蓝雨说:"我真是鬼迷心窍了,我太不应该了!前些日子,为了一个不值得爱的女人,上墙爬屋挖地三尺要找这张借条,如果真的找到了,我就铸成一生都无法弥补的大错了。"接着,吴大四把跟刘丝丝谈朋友时,为了买房子在城里安家,刘丝丝出主意要他回家找借条的事说了一遍,最后说:"蓝雨,你走吧,我不值得你爱。"

蓝雨没有走,一直陪着吴大四。待吴大四哭完了,两个人才轻轻地将八路军留给太爷爷的那张黄草纸片包起来,放在吴大四拉杆箱底下。

吴大四说:"我洗了一次澡。"

蓝雨没听清楚,以为吴大四要洗澡,脸臊得通红。

吴大四说:"是我心灵洗了一次澡。"

两个年轻人忽然紧紧拥抱在一起。

太爷爷吴仁旺家粉鼻、亮眼、白肚皮毛驴"嘚嘚"的蹄声,再次敲击着饱经沧桑烽火连天的大地,过沭河,渡沂河,穿过一九四二年七月的枪林弹雨一路向西,向西……

三个月后,吴大四和蓝雨在双方父母的支持下,整理好行装,带着太爷爷的传家宝——八路军留下来的借条,在站前街陈文勇的小馆子里吃过饭,搭乘晚班西行列车,沿着陇海铁路"咯噔,咯噔"一路向西,到西部支教去了。

一九四二年七月太爷爷家毛驴"嘚嘚"的蹄声和着二〇一六年"咯噔,咯噔"的火车声,奏响了一曲雄浑的交响乐。

后　记

　　这是一部描写当下中国农村正在进行时的小说集。

　　2012年完成小说集《烟镇匠人录》的写作后，2013年我又开始《三水湾》中短篇小说的写作。真正有这部小说写作的想法始于2012年7月，那时我在单位编辑的报纸内刊5月停刊后，局领导安排我到县农村环境整治指挥部工作，为了写好简报稿子，局党委书记、县农村环境整治指挥部副指挥长樊平，副局长陶明政和许守关、卞广霞科长、周建梅、陆波副科长以及倪红云、孔庆华等人经常带着我一起深入乡村，实地查看村庄环境整治进展情况，可以说跑遍了全县百分之八十以上的村庄。在检查村庄环境整治工作的同时，我十分留意农民的生活和精神面貌。村里中老年人居多，年轻人少，楼房一幢一幢建起来，使原来低矮的农舍有了高度和亮点，给我留下非常深刻的印象。有个村的支书曾给我介绍说，年轻人都外出打工了，留在村里的不是老人就是妇女小孩，外出打工的人手里有了钱，就回村里建楼房。村支书说的不错，别说是外出打工的人手里有钱了回村建楼房，就连贫困户危房改造时也是建好一层楼基础，待以后有了钱，再建二层。我十分感慨，农民对新生活的追求真的是前所未有。由于参加农村环境整治工作，不仅使我深入了农村生活，而且使我对当下农民有了新的认识，他们再也不是大字不识一筐的老一代农民了，而大多是新中国建立后出生的五零后六零后，这一代人基本上都是上过学读过书的人，虽说只有部分人读了初中、高中和大学，但大多数人是接受过小学教育的，可以说是有文化有知识的一代中国农民。

农村题材的小说知名作家们已经写了很多，如何写好当下农村题材的小说就成了我思考的重中之重。要写好写活有文化有知识的新一代中国农民又谈何容易？不仅要写出他们有文化有知识的一面，而且要写出他们对土地深厚眷恋的一面；不仅要写出他们秉承传统的一面，同时也要写出他们追求新生活的一面。思索良久，我虚构了一个三水湾村，并以三水湾村为圆点向四周辐射，写这个辐射圈里的众多人物，他们的故事有的发生在三水湾，有的不在三水湾，但都与三水湾有关联，这样形成一个系列，在单篇的基础上合起来就是一部描写当下农村农民生活的长篇小说。写三水湾人的当下生活，写三水湾人的喜怒哀乐，写三水湾人的无奈，写三水湾人的无助，写三水湾人的思想境界，写三水湾人的追求。通过对三水湾村普通小人物的描写，反映当下中国农村农民思想和生活的巨大嬗变，这是我写作这个系列小说的主题之一。

2014年10月15日，中共中央总书记、国家主席、中央军委主席习近平在北京主持召开文艺工作座谈会并发表重要讲话，他强调，文艺是时代前进的号角，最能代表一个时代的风貌，最能引领一个时代的风气。实现"两个一百年"奋斗目标、实现中华民族伟大复兴的中国梦，文艺的作用不可替代，文艺工作者大有可为。广大文艺工作者要从这样的高度认识文艺的地位和作用，认识自己所担负的历史使命和责任，坚持以人民为中心的创作导向，努力创作更多无愧于时代的优秀作品，弘扬中国精神、凝聚中国力量，鼓舞全国各族人民朝气蓬勃迈向未来。我作为一个最基层的写作者受到了极大的鼓舞，当下的农民与改革开放前后的农民不可同日而语，当下的农村面貌与改革开放前后的农村面貌不可同日而语，当下农民的思想精神境界更是与改革开放前后农民的思想精神境界不可同日而语，如何写好当下中国农民的生活与思想、精神境界、实现中国梦，成为我写作这个系列小说的主题之二。新形势下，农村题材的文艺作品必须把立根铸魂作为神圣责任，以党的文艺使命为使命，紧扣新农村建设时代主题，以坚定的自信和强烈的担当，真情唱响追梦圆梦的时代篇章，大力弘扬主流价值，彰显农村题材文艺作品的独特作用，成为我写作这个系列小说的主题之三。

通过几年来的思考和实践，我写出了这部中短篇小说集，小说人物的思想和精神境界贴近当下的农村生活，不论是细节的运用，还是语言的运用，都使小说充满浓郁的生活气息，正应了小说创作来源于生活、高于生活那句老话，但仍与习近平总书记说的"高峰"有一定的距离，这使我非常惭愧，我也希望自己能在今后的写作中有所提高，尽量向"高峰"努力。

从事文学创作以来，我写作出版了《前面是片天》《湿漉漉的风铃》《留在乡村的底片》《烟镇匠人录》四部小说集，《三水湾》这部小说集出版后，我三十年业余创作的小说主要作品就都结集出版了，由于和集子内容不合，还有一部分小说与我写过的上百篇散文随笔、几十篇故事和报告文学等作品就都不再结集了。2016年6月,东海县住房和城乡建设局领导邀我写《东海县城乡建设志》,盛情难却,我只好放下长篇小说的思考,从7月开始为志书构思和收集资料,虽然语言不同,结构不同,但能把东海城建人的奋斗史和城乡建设的履痕留下来昭示后人,也使我无愧于人生。

感谢管国颂、刘威、徐同华、李明官、刘兰松、张涵、蔡骥鸣、刘晶林、杨海达、解永红、卜伟、吕宏、王文岩、周景雨等编辑老师和朋友,他们不吝版面,多次编发和推介我的小说作品,给了我一篇一篇写下去的信心。

感谢东海县委、县政府,为繁荣东海县文艺创作,制定出台文艺精品创作扶持政策,在县委宣传部的大力支持下,作为文艺精品工程项目,此书才得以出版。

李 琳

2017年5月27日